D1730586

B. S. Johnson

Werkausgabe in sieben Bänden

Herausgegeben von Michael Walter
und Hans Christian Rohr

Band 3

B. S. Johnson

SCHLEPPNETZ

Roman

Aus dem Englischen übertragen von
Regina Rawlinson

Schneekluth

Die Deutsche Bibliothek – CIP-Einheitsaufnahme

Johnson, Bryan, S.:
Werkausgabe: in sieben Bänden/B. S. Johnson
Hrsg. von Michael Walter und Hans Christian Rohr.
München: Schneekluth
NE: Walter, Michael [Hrsg.];
Johnson, Bryan S.: [Sammlung <dt>.]
Bd. 3. Schleppnetz: Roman/
aus dem Engl. von Regina Rawlinson. –1992
ISBN 3-7951-1188-9

Erste, durch die Erben des Verfassers
autorisierte Werkausgabe
Die englische Originalausgabe erschien
unter dem Titel TRAWL
im Verlag Secker & Warburg, London 1966

ISBN 3-7951-1188-9

Satz: Utesch Satztechnik, Hamburg
Gesetzt aus der Walbaum 10/12 Punkt
Druck und Bindung: Ebner Ulm
Printed in Germany 1992

α Mein Name lautet ...
β Was spielt das für eine Rolle?
α Mein Land heißt ...
β Und was für eine Rolle spielt das?
α Ich bin von edler Geburt ...
β Was, wenn du von Arbeitern abstammtest?
α Als ich starb, war ich ein bedeutender Mann ...
β Was, wenn du unbedeutend gewesen wärest?
α Und nun liege ich hier.
β Wer bist du, und wem erzählst du das alles?

Grabspruch
Paulus Silentiarius zugeschrieben

Für meine Eltern

Ich · · immer mit ich · · fängt man an · ·
man und ich haben denselben Charakter · ·
sind eins · · · · · man fängt immer mit ich an
· · man · · · · · allein · · · · · · · · · ·
einsam · · · · · · · · · · · · · vereinzelt · ·
· · · · · · · · ich

Ich habe hier, hier unten, keinen Anhaltspunkt dafür, wann sie fieren, aber ich weiß, das Geräusch erreicht mich hier unten, eines der wenigen Geräusche, die mich hier unten erreichen, wann sie hieven. *Krääangk!* Gerade ist er einmal gegen die Seite geschlagen: sie lösen achtern den Schleppblock, er kracht hart gegen die Seite, und ich weiß, daß sie mit dem Hieven begonnen haben. · · · · · Manchmal weckt es mich auf, manchmal öfter als nur einmal in den sechzehn Stunden am Tag, die ich schlafend beziehungsweise in meiner Koje verbringe, denn der Schleppblock kräängkt genau über meinem Kopf

gegen das Heck: der Schleppblock ist genau darüber, oben und draußen, natürlich, gleich neben meinem Kopf: deshalb war diese Koje bestimmt frei, deshalb haben die anderen sie nicht benutzt, sie nicht benutzen wollen, konnte ich sie haben.
· · · · · So kracht mir denn alle zwei Stunden oder so, alle zweieinhalb oder manchmal auch öfter, je nach Lust und Laune des Skippers, *Krääangk!* der Schleppblock gegen den Kopf, so kommt es mir vor, manchmal sogar auch in den Kopf, so kommt es mir vor; und ich werde oft geweckt, wenn ich schlafe, oder beim Denken gestört, wenn ich denke, was vielleicht genauso oft vorkommt, da ich es nur selten schaffe durchzuschlafen: obwohl ich gestern abend aufgewacht bin, und es war fünf Stunden her, seit ich das letzte Mal auf die Uhr gesehen hatte, also muß ich mindestens einen Hol verschlafen haben, was gut war, was mir lieb war: wenn ich schlafe, kann ich nicht seekrank sein, oder zumindest fühle ich mich nicht seekrank, bin betäubt, die Pillen schlagen bei mir überhaupt nicht an, wirken nicht bei mir, sogar ein wenig übel wird mir davon, von dem Geschmack, vielleicht nur noch wegen der Assoziation, aber ich habe sie anfangs genommen, weil sie hätten wirken sollen, weil der Arzt sagte, daß sie wirken. Etwas Besseres gibt es nicht gegen die *mal de mer*, sagte er geschwollen. Seekrankheit, gleiche Silbenzahl, was spart oder gewinnt er, wenn er sich geschwollen ausdrückt? Ich werde ihn we-

gen der Wirkungslosigkeit seiner Tabletten zur Rede stellen, wenn ich zurückkomme, falls ich zurückkomme, ach, ach, weil sie mir die Lage nicht erleichtert haben, meine allzu menschliche Lage. · · · · · · · · Während sie hieven, rollt das Schiff, und die Bewegung wird schlimmer, dann ist mir immer am übelsten, wenn sie hieven: aber das Liegen hilft: an Deck könnte ich es nicht aushalten, mein Magen fühlt sich an, als ob er sich losmachen, nach oben treiben, herausschießen will aus meinem zuckenden Körper. Manchmal frage ich mich, was ihn daran hindert, an welchem Punkt der Körper sich zwingt, nicht mehr seekrank zu sein, damit er überleben kann, damit der Magen Ruhe gibt. · · · Sie rollt, sie rollt, schaukelt unregelmäßig von einer Seite zur anderen, ein Spielball des Meeres, nur Windstärke fünf heute morgen, aber ach sie rollt, wenn wir keine Fahrt machen, wenn wir hieven! · · · · · · Aber bald werden sie wieder gefiert haben, sie haben es nicht gern, wenn es lange aus dem Wasser ist, das Schleppnetz, es bringt nichts, bringt ihnen nichts ein, lange nicht, doch wann genau weiß ich nicht, kann es nicht sagen hier unten, wann sie es wieder aussetzen, aber es wird bald sein, das hoffe ich, je schneller desto, zwanzig Minuten vielleicht zwischen dem Hieven und dem nächsten Aussetzen, es kann nicht schnell genug kommen, vielleicht kann ich dann wieder nachdenken oder schlafen, schlafen wäre besser, natürlich, aber denken wäre mir auch lieb, dazu bin ich ja hier, um das schmale Schleppnetz meines Geistes im weiten Meer meiner Vergangenheit auszusetzen.

Bitte sehr, damit ich anfangen kann, aus dem Nichts: · · Joan, so hieß sie, Joan, kein Name, der mir gefällt, Joan, nein, langweilig, unzeitgemäß, hinter seinen Zeiten zurück, kein Name, der mir im mindesten zusagte, nein: aber dafür konnte ich es mir damals auch nicht leisten, eine Frau zurückzuweisen, ganz egal, was für eine Frau, nur ihres Namens wegen, nein, und aus vielen anderen Gründe genausowenig, als sie also in diesem Lokal nicht weit von Sussex Gardens, in Kirchenbesitz, früher zumindest, nicht weit vom Bahnhof Paddington, als sie mir jedenfalls sagte, daß sie Joan hieß, störte mich das nicht, ich merkte nicht oder kaum, daß ihr Name keiner war, den ich mir ausgesucht hätte, wenn ich mir denn einen hätte aussuchen können, was natürlich nicht der Fall war. Sie war mit ihrer Freundin Renee in diesem Lokal, als wir uns trafen, und Jerry und ich waren beide scharf auf Joan: ich weiß nicht, woran das lag, vielleicht sah Renee zu verbiestert aus, zu dürr, zu engstirnig, zu wenig bumsfidel, vielleicht: jedenfalls hat Joan sich mich ausgesucht, ich weiß nicht warum, vielleicht, weil ich merklich um einiges jünger war als Jerry, obwohl er auch nicht gerade alt war, jedenfalls noch nicht jenseits von Gut und Böse oder so, bestimmt nicht. · · Genausowenig weiß ich, wieso ich auf Joan scharf war: später habe ich mir gewünscht, ich hätte mir Renee ausgesucht oder ich wäre von ihr ausgesucht worden und nicht von Joan: aber egal, wir gingen jedenfalls in so eine neue caféartige Kneipe, die ich gerade erst, fast zufällig, entdeckt hatte, am Abend vorher, und ich spielte den anderen dreien vor, daß ich mich in solchen Schuppen heimisch fühlte, fast in ihnen zu Hause war, ich war ziemlich überzeugend, fand ich zumindest damals, obwohl es mir heute eher erbärmlich vorkommt und auch verlogen, aber egal: Jerry fühlte sich gehemmt, er fühlte an Renee herum, um sich zu enthemmen und so weiter, und sie stellte sich zickig an, und wir gingen, sobald wir unsere Smörrebröds und den dicken Kaffee intus hatten: heute denke ich, wie falsch wir dort gewirkt haben müssen, so fehl am Platze, ohne es zu ahnen, was das Schlimmste daran ist, heute, was mir wirklich weh tut, ich fühle heute die Verlegenheit, die ich damals hätte fühlen müssen: eigenartig. · · Und dann zu ihnen nach Hause, eine Wohnung im ersten Stock in Sussex Gardens, dem besten Stock, der Beletage, wie ich heute weiß: damals wußte ich es nicht, war von Architektur unbeleckt, ahnte nicht einmal, daß Architektur eine Kunst ist, bildete mir ein, nur Dichtung könne Kunst sein, in meiner Ahnungslosigkeit, in meiner Kleinheit, damals fand ich einfach die Gegend ziemlich schäbig, habe die guten Seiten der Häuser nicht gesehen und die Variationen, die die langen, monotonen Reihenhausfronten auflockerten, ohne deren Einheit zu zerstören, hätte zum Beispiel die ionischen Kapitelle über den Portiken nicht benennen können: sah eigentlich nur das Innere, den Teppich und das zerschrammte Geländer, den vergilbten cremefarbenen Anstrich und die staubigen Paneeltüren, ich erinnere mich noch an die meisten Schränke, worin die Kochnische und das Bad dieses Einzimmerapartments eingebaut waren. Kann mich an kein Vorgeplänkel erinnern, an das, was gesagt wurde, nachdem Kochnische und Bad bestaunt worden waren, was passierte, bevor ich, wie ich mich wieder erinnere, mit Joan auf dem Bett lag, und es muß dunkel gewesen sein, das Licht muß aus gewesen sein, bestimmt, weil Jerry und Renee auf dem anderen Bett lagen, beziehungsweise auf dem Sofa, Renee wollte nicht ins Bett, ja, das war's, ich konnte hören, daß er nicht sehr weit kam mit ihr, aber ich hatte mehr Glück, ich wollte ihr am Hals die Hand in die Bluse schieben, eine rote Bluse war das, aus Seide oder Nylon oder so, und es ging nicht, der Ausschnitt war sehr klein, ich hätte sie ihr fast zerrissen, oder habe ich sie ihr sogar zerrissen? · · Dann sagte sie plötzlich, Hier, und schon hatte sie sie hochgeschoben, die Bluse, von der Hüfte aufwärts, und da war ihre Brust, die linke, ich kann mich nicht erinnern, ob sie keinen Büstenhalter anhatte oder ob sie den auch losgemacht hatte, aber ich faßte die linke Brust an, und sie war schlaff: ich lag rechts neben ihr, deshalb kam sie mir ganz von selbst in die Hand, und sie sagte, Probier mal die andere, die haben die Kinder nicht so ausgeleiert, und ich dachte, Großer Gott!

· · Und ich habe mir weiter keine Gedanken gestattet, sondern die rechte angefaßt, und die war viel strammer, und die Brustwarze war schon steif, wie für mich gemacht, und ich dachte, Wie kommt es, daß die Kinder nur an der einen gesaugt haben, wenn nicht für eine solche Gelegenheit? Und sie tat den nächsten Schritt, langte nach unten und machte mir den Reißverschluß auf, nein, Knöpfe, damals waren es Knöpfe, und knöpfte mir die Hose auf und schlängelte sich mit der Hand durch das Dikkicht, durch das Türchen meiner Unterhose, und tat einen tiefen Seufzer, als sie fühlte, wie hart mein Penis war, und schob dann die Vorhaut zurück, und als er sich an der rauhen, porösen Hose rieb, war es aufregend und schmerzhaft zugleich, und ihr großer Mund ließ von meinem ab, und sie sagte: Hast du einen Gummi? Und ich sagte nein, und sie sagte: Dann bitte nicht, ein andermal, wenn du einen dabeihast, aber ich darf kein mehr Kind kriegen, ich darf nicht noch ein Kind kriegen, du darfst mir kein Kind machen. Und ich dachte, sie meinte es ernst, sie würde mich ein andermal ranlassen, meine ich, also sagte ich fast sofort, Okay, und bedrängte sie nicht weiter, und wir lagen ein Weilchen nur so da, und ich hatte meine Hand darauf, eine Handvoll Sprotten, wie Jerry sagen würde, weich und warm, klebrig und ungewohnt für meine Finger, bis Renee herüberrief, sie wollte das Licht anmachen, und es auch schon tat, bevor ich mir die Hose wieder zuknöpfen konnte: und Renee lachte, bis dahin hatte sie noch nicht einmal gelächelt, und ich bemerkte, daß Joan schmutzigen Käse zwischen den Zehen hatte, unter den Nylons, und ich sagte ihr, ich würde am Freitag mit ihr ausgehen: das war am Dienstag, und Jerry und ich gingen dahin, wo wir sein Motorrad abgestellt hatten, eine 500er AJS hatte er, und fuhren nach Hause, in die Vorstadt, ohne zu reden, ich euphorisch, er verdrießlich, weil Renee offenbar darauf bestanden hatte, daß ihre Sprotten nicht angetastet wurden. · · · · · · · · · · Der Film, in den wir gingen, war ein schwedischer über ledige Mütter, den Joan sich ausgesucht hatte, und dann haben wir noch einen gesehen über Handwahrsagerei beziehungsweise Handliniendeutung, jedenfalls über Chiromantie, und darin wurde behauptet, man hätte schon vorher wissen können, daß Hitler ein machtbesessener Irrer war und ein Mörder ein Mörder, nur wegen ihrer Hände, wegen ihrer Handlinien, und es wurde gesagt, daß Schriftsteller zwei sich überkreuzende Linien an der Wurzel eines Fingers haben, ich weiß jetzt nicht mehr, an welchem, aber ich konnte meine Hand im Dunkeln nicht sehen und wollte unbedingt nachschauen, wenn wir wieder draußen waren, aber Joan war sehr anhänglich, in diesem Film zumindest, in dem anderen nicht, sie war zu sehr in die ledigen schwedischen Mütter vertieft, ja, vertieft ist das richtige Wort, und sie schlang irgendwie auf höchst laszive Weise ihre Beine um meine und lenkte mich von der Frage ab, ob ich nun wohl einer war oder nicht, und dabei streichelte sie auch noch meinen John Thomas, und ich mußte immer daran denken, welche Brust die bessere war. · · · · · Als wir rauskamen, habe ich nachgesehen, und ich war einer, aber wer glaubt schon an Chiromantie, und ich dachte, ich rede lieber was mit ihr, und sagte: Wie fandest du den Film? Und sie sagte, Ich finde alles interessant, wo Mütter drin vorkommen, und ich sagte vorsichtig, Bist du auch eine ledige Mutter? Und sie sagte, Nein, ledig nicht. Also dachte ich, nicht zum ersten Mal, Scheiße auch, wieso machst du es so spannend? · · · · · Sie knöpfte mir einen Shilling für die Heizung ab, und wir machten den Gaskamin an und arbeiteten uns von dem zerschlissenen Chintzsofa auf den Teppich vor, und ich stand auf, um den Gummi überzuziehen, und da wäre es mir beinahe gekommen, weil ich keine Übung darin hatte, dann wieder zurück zu ihr, und da lag sie, die eine Körperhälfte hell angestrahlt vom Feuer, die andere im Schatten, und sie sagte, was ich unter den Umständen ziemlich zynisch fand: Ah, du bist also für alles gerüstet: und ich wußte nicht, was ich darauf sagen, was ich antworten sollte, also kam ich statt dessen zur Sache, und sie sagte: Es ist ziemlich weit, ich habe nämlich drei Kinder: und ich dachte wieder Großer Gott! und scheiß drauf, und als ich drin war, ob es weit war oder nicht, konnte ich nicht sagen, weil ich damals noch reichlich unerfahren war, da sagte sie plötzlich, Hier, ich mache es dir ein bißchen bequemer, und sie machte die Beine zusammen, und dann nahm sie ihn wieder irgendwie auf, und so war es viel besser und schon bald eine große Erleichterung für mich: aber trotzdem bin ich hinterher aufgestanden und habe mich in dem Schrankbad gewaschen, wegen der Seuche, sehr eng war es in dem Schrank, und wir haben uns wieder aufs Sofa gesetzt, und sie hat uns Kakao gemacht, halb Milch, halb Wasser, und dann kam Renee und wollte ins Bett, also bin ich gegangen und habe noch einen der letzten Busse erwischt, ein Glück. · · · · · · · · · · Das war an dem Freitag, an dem ich die Stelle in der Buchhaltung aufgegeben hatte, ich konnte es da nicht mehr aushalten, wegen diesem Mädchen, Laura – nein, nehmen wir sie der Reihe nach durch. · · An dem Sonntag nach dem Freitag wollte ich mich mit Joan treffen, sagte ich. Sie wollte ihre Kinder besuchen oder wenigstens zwei von ihnen, die zusammen in einem Fürsorgeheim wohnten, irgendwo oben in Mill Hill, glaube ich, jedenfalls in Nordlondon, und ich wollte mitgehen, ja, ich bin mitgegangen und habe den Kindern ein paar Süßigkeiten mitgebracht und Obst, glaube ich, ja, und es war ein schmerzhafter Anblick, die Kinder in dem großen, alten Jahrhundertwendebau, in dieser Anstalt, gestrichen in Anstaltsfarben, milchschokolade und pastellgrün, und alle Kinder gleich gekleidet, in verwaschene, verblichene Uniformen, waren sie aus Jeansstoff? · · Trotzdem konnte ich nicht viel empfinden, zu der Zeit eine Schwäche von mir, daß mir die Fähigkeit fehlte, Mitleid zu empfinden, die wirkliche Fähigkeit für dieses Gefühl, ich konnte nur in bestimmten Umfeldern fühlen, und dieses gehörte nicht dazu, weder Mitleid, noch Mitgefühl, obwohl ich nach außen hin die passenden Reaktionen zeigen und so etwas wie die passenden Worte finden konnte, die allerdings sicher leicht zu durchschauen waren, denke ich, für andere bestimmt. Doch vor allem war es mir peinlich. · · Es waren ein Mädchen von ungefähr acht Jahren und ein Junge von ungefähr fünf, und das dritte, das jüngste, war irgendwo in einer anderen Anstalt untergebracht, und ich gab diesen beiden die Süßigkeiten und so, und sie gab ihnen die Sachen, die sie mitgebracht hatte, viel war es nicht, und wir haben geredet, und plötzlich drehte sie das Mädchen zu mir um und sagte, Sieh dir das an, und sie schob dem Kind die Haare nach hinten, und da war ein großer weißer Fleck nackter Haut, weiß, ohne Haare. Er hat das gemacht, sagte sie. Er konnte die Kleinen nicht ausstehen, dabei sind sie doch so süß, die Kleinen, nicht? Ja, sagte ich, und lächelte sie passend an, ich, ihr neuer Onkel. · · Später erzählte sie mir, daß das Mädchen zu ihr gesagt hätte, Den Onkel sehen wir nicht mehr wieder, oder? Und sie hätte gesagt, Nein. Das war auf dem Rückweg vom Heim, als wir in irgendeinem Laden in der Edgware Road etwas gegessen haben, eine trübe Stimmung herrschte da, weil sie am Sonntag geöffnet hatten, und kein Mensch arbeitet sonntags gern, aber der Käsetoast hat mir geschmeckt, ich weiß noch, daß er mir geschmeckt hat. · · Ich kann mich an eine Zeit erinnern, als mir das Essen noch geschmeckt hat, seltsam, · · jetzt nicht mehr. · · Ich weiß nicht mehr, was sie gegessen hat, was ich ihr spendiert habe. Die Unterhaltung lief nicht mehr besonders nach der Geschichte mit dem Onkel. Sie beklagte sich, daß Renee in der letzten Woche zweimal Männer mitgebracht hatte, die über Nacht geblieben waren, was sie ungerecht fand, sie fand es nicht fair, daß man von ihr erwartete, mit ihnen in einem Zimmer zu schlafen, und ich wußte nicht, was ich dazu sagen sollte, habe sie statt dessen gefragt, wann Renee am Abend nach Hause käme, und sie sagte, nach sechs, sie hätte um sechs Feierabend, und ich dachte bei mir, Da bleibt uns ja noch eine gute Stunde. Dann zurück, es muß wohl gegen fünf gewesen sein, ziemlich warm war es noch, obwohl das Feuer aus war, und ich zog sie aus, sie sagte, sie hätte es noch nie nackt gemacht, komischerweise, aber es gefiel ihr trotzdem, und ich kam schnell, und wir lagen ein Weilchen da und spielten aneinander herum, und schon sehr bald hatte ich wieder einen Ständer, und sie krabbelte auf mich drauf, hockte sich hin und steckte ihn sich rein und sagte, Bleib so, bleib einfach so, aber ich konnte ihn nicht stillhalten, natürlich nicht, und sie zuckte ein bißchen zusammen, und ich mußte sie an den Hüften packen, um eine anständige Reibung zu bekommen, so weit war sie, aber es kam mir, langsam und stetig anschwellend, besser als je zuvor, und wir lagen keuchend beisammen, eine ganze Weile, und ich konnte nur denken, daß ich es in zwanzig Minuten zweimal gebracht hatte. · · · · · · · · Was dann? Ich muß an alles denken, mich an alles erinnern, alles muß dasein, denn sonst habe ich nicht die Möglichkeit, nicht einmal die Chance, das zu verstehen, woran mir am meisten liegt, das, weshalb ich hier bin. · · Ich setzte mich auf, sah sie nicht an, ging ins Bad, merkte, daß ich den Gummi verloren hatte, drehte mich zu ihr um, sagte es ihr, geriet in Panik. Weiß nicht mehr, was sie sagte, konnte mich nur wieder umdrehen und versuchen, mich in dem engen Kabuff zu waschen. · · Das ist alles sehr schmerzhaft, schmerzhaft. · · Da sagte sie plötzlich, Ich hab ihn, bestürzt war sie, und ich schob die Schranktür auf (ich war nämlich prüde), und sie stand neben dem Bett und zog sich das Kondom zwischen den Beinen hervor, und der Erguß lief ihr an der Innenseite des linken Oberschenkels herunter, und ich war erleichtert und lachte, und sie schnitt ein Gesicht, lachte aber nicht. · · · · · Renee kam herein, als wir beim Essen saßen, Joan hatte uns ein Viertel Sülze zum Abendbrot gekauft: Renee hatte Sonntagsdienst gehabt, sie war Telefonistin, und wir teilten die Sülze mit ihr, und wir rösteten Brot, und Renee ließ witzige Bemerkungen fallen, sie konnte sich denken, was wir getrieben hatten, und es war alles sehr freundschaftlich und fast häuslich, und bald schneite ein Mann namens John herein, ein Freund von Renee, der die Vier komplett machte, der uns eigentlich sehr willkommen war, und er erzählte mir, er wäre Journalist bei einer Autozeitschrift und käme gerade von einem Wochenendbesuch bei seiner Mutter zurück, und Renee erklärte, daß er sich mit seiner Frau nicht vertrug, und sie machte ein sehr trauriges Gesicht, und John machte ein sehr trauriges Gesicht, und er nahm Renees Hand, und dann wurden wir alle wieder etwas fröhlicher und gingen über die Straße auf einen Drink ins Marquis, wo alle möglichen Jagdszenen an die Wände gemalt waren, stümperhaft, und da stand so ein Stutzklavier, oder wie man das nennt, auf jeden Fall niedrig, über das der Spieler hinwegsehen kann, und wir alle verbrachten einen vielleicht etwas allzu freundschaftlichen Abend miteinander und nahmen uns noch etwas zu trinken auf das Zimmer beziehungsweise in die Wohnung der Mädchen mit, und dann holte John ein Päckchen aus seiner Reisetasche, da waren Butterbrote drin, ich weiß heute noch, wie willkommen sie mir waren, Braten, dick gebuttert, dünnes Weißbrot: köstlich. · · Etwas zu essen kann mir noch immer köstlich vorkommen. · · Und John erzählte von dem Auto, das er gerade fuhr, und sagte zu mir, die Transportfrage für den Abend wäre also geklärt: und über irgend etwas, was er über Autos gesagt hat, mußte Joan lachen, und sie sagte, sie wäre heute mal wieder toll ausgebohrt worden, was ich so verstand, daß es ihr vor mir schon ewig keiner mehr besorgt hatte, und wir lachten und lachten, vielsagend, und ausbohren hat seitdem für mich nie mehr ganz dieselbe Bedeutung gehabt. · · · · · · Der Gedanke, mit einer Frau ins Bett zu gehen, während jemand anders, ein anderes Pärchen, im Zimmer war, hätte mich normalerweise gestört, aber nun kam es mir völlig natürlich vor, wir vier waren den ganzen Abend zusammengewesen, es war natürlich: das Licht war aus, und ich hörte Renee leise fragen, Was ist mit einem Schutz? Und John antworten, Einen besseren Schutz als mich findest du nirgends, Schatz: und Renee schien das zu akzeptieren, ich verstand darunter soviel wie ihn kurz vorher schnell rausziehen, *coitus interruptus*, plötzlich kam mir sogar das Lateinische, aus Büchern, und mir fiel auch ein, daß es angeblich für die Frau nicht schön sein soll, und ich dachte mir, das würde ich gern mal probieren, und ich fing an, es mir zu wünschen, ohne die Intervention des Gummis, nur sie bei mir, ah, ja, aber in der Nacht habe ich es noch mit Kondom gemacht, und diesmal dauerte es lange, bis ich kam, und sie hatte schon fast keine Lust mehr, aber für mich war es großartig, als ich endlich kam, und dann fing sie sich auch wieder, hörte auf herumzujammern, vielleicht war sie trocken gewesen, nicht feucht genug: dann plapperte sie eine Menge, ich weiß nicht mehr was · · Wenn ich es doch nur noch wüßte, jedes bißchen würde helfen, wenn ich könnte, aber ich kann nicht, egal, ich kann mich nicht an das erinnern, woran ich mich nicht erinnern kann, also: · · Ich glaube, sie hatte die ganze Zeit die Hand darauf, während wir plauderten, aber diesmal kam er nicht wieder hoch wie am Nachmittag, wurde er nicht steif, aber während sie ihn streichelte, war er irgendwie teilweise angeschwollen, halb und halb, und plötzlich sagte sie, Wetten, ich krieg ihn auch von hinten rein, und ich war plötzlich überrascht und sagte, In deinen... und suchte krampfhaft nach einem Euphemismus, aber bevor mir einer einfiel, hatte sie schon verstanden und sagte, Nein, für sowas kann man ins Gefängnis kommen, hier, ich zeig's dir. Und sie wälzte sich herum, drehte mir den Rücken zu und bog und zog, bis sie ihn halb in der Scheide hatte, und dann sagte sie, Halte still, halte einfach schön still, und dann sind wir wohl eingeschlafen – nein, da war noch etwas, sie sagte, es muß vorher gewesen sein, bevor sie ihn sich von hinten reinsteckte, ja, sie sagte, Wenn ich dich besser kenne, mache ich es dir mit dem Mund, und das ließ ich mir eine Minute durch den Kopf gehen und sagte, Du kennst mich mittlerweile gut genug, und das ließ sie sich eine Minute durch den Kopf gehen und nahm ihn tatsächlich in den Mund, aber nicht lange und nur die Spitze, und ich weiß kaum noch, wie es war, ich meine, es war kaum etwas zu fühlen, als sie es machte, soweit ich mich erinnere. · · · · · John brachte mich nach Hause, und ich wollte nicht, daß sie sahen, wo ich wohnte, die Mädchen, meine ich, sie kamen auch mit, aber ich wollte nach Hause, es war ungefähr vier Uhr morgens, das weiß ich noch, und ich sollte am nächsten Morgen eine neue Stelle bei einer Ölgesellschaft in High Holborn antreten: und ich war trotzdem am Morgen der erste im Büro, und als ich das erste Mal bei der Firma zur Toilette ging, stand ich vor den Urinalen und mein John Thomas war ein bißchen wund, und ich sprach ihn in Gedanken an, Hier weiß keiner, was wir getrieben haben, was, Kumpel? Und ich dachte wieder an den *interruptus* und an eine Zeit, wo ich ohne Kondom auskommen würde, nicht mit Joan, sondern mit einer anderen … · · nein, warum wieder daran denken, ich gehe es wieder durch, drücke mich vor dem Eigentlichen, woran ich denken muß, dem Ende, dem Warum. · · Es hat wohl ein paar Wochen gehalten, sicher keinen ganzen Monat, die Zeit ist nicht wichtig, das Ende ist wichtig, ich erinnere mich · · – schwer, aber ich erinnere mich, ich arbeite daran, erzwinge es, der Verstand strengt sich an, gibt sein Bestes zu vergessen, was ihm weh tut, weh tat, was ihn bis zu einem gewissen Grad bedroht hat, geschweige denn bis zur Zerstörung. · · Eines Abends waren wir im Marquis von Sowieso, eines Samstagabends, ja, und diesmal war ich mit Barry zusammen, einem Freund aus meiner alten Firma, bevor ich bei der Ölgesellschaft anfing, einer Asbestriemenfirma in Hammersmith, übelste Kapitalisten wie aus dem neunzehnten Jahrhundert: Barry war Vertreter und hatte einen Wagen, ich war in der Buchhaltung und hatte keinen: Ich hatte ihn angerufen und gesagt, Weißt du noch, wir haben doch immer nach lebenslustigen Begleiterinnen gesucht. Also, ich habe zwei aufgetrieben! Und er mochte Renee, obwohl Renee Barry nicht sonderlich mochte, weil sie ihn dann später nämlich nicht ranließ, aber immerhin hat sie ihm einen runtergeholt für seine Mühen, aber · · das ist ohne Belang, was in der Kneipe passierte an dem Abend, ist von Belang, vorsichtig · · Jetzt: ich weiß nicht, ob Joan ihn von früher her kannte oder nicht, aber dieser Mann – groß, massig, schwerfällig aussehend, Stoppelhaare, schon grau an den Oh-

ren und nach hinten herum bis in den Nacken, ich sehe ihn noch vor mir – dieser Mann redete kurz mit ihr, vielleicht wollte er sich bei ihr nur für eine Ungeschicklichkeit entschuldigen: aber gesprochen hat er mit ihr, das auf jeden Fall, und ich war plötzlich eifersüchtig, und als sie zum Tisch zurückkam, an dem wir drei anderen saßen, sagte ich, Was war denn das für ein Rüpel?
· · Ja, Rüpel, an das Wort kann ich mich noch gut erinnern, ich weiß genau, daß ich es gebraucht habe, da es kein Wort ist, das ich oft verwende, Rüpel, es schwingen darin zu viele entlehnte Klassenvorurteile mit, für mich zumindest: aber Rüpel war es damals, ein Wort mit beschränktem Nutzen, doch bei dieser Gelegenheit griff ich hastig danach, nur um Joan weh zu tun, nur um meine Eifersucht zum Ausdruck zu bringen: und es hat ihr weh getan, das sehe ich heute, habe es wahrscheinlich schon damals gesehen, sie sagte nichts mehr, trank ihren Dubonnet mit Zitrone, sie trank doch immer Dubonnet mit Zitrone, oder? Und sagte nichts mehr, und Barry muß uns wohl in ein anderes Gespräch gezogen haben, im Plaudern mit den Damen war er unschlagbar, weltmännisch war er, das paßt zu ihm, weltmännisch ist auch so ein Wort, das ich nicht oft verwende, aber manche Worte treffen eben genau auf manche Menschen zu, besser als alle anderen Worte, und weltmännisch paßte genau zu Barry, haargenau. · · · · ·
Dann war da noch etwas, als wir wieder bei ih-

nen im Zimmer waren und Kaffee getrunken hatten, ja, den obligatorischen Kaffee, von Joan gekocht, die Kleinigkeit, mit der sie sich für unsere Großzügigkeit revanchierten, das kümmerliche häusliche Zeichen dafür, daß keinerlei gewerbsmäßige Prostitution im Spiel war, um unser aller Gewissen zu beruhigen: da herrschte eine Stimmung, an die ich mich mit einiger Überraschung erinnere, so gelöst war sie: Barry hatte sich das Hemd ausgezogen und lag auf Renees Bett, und Joan war in ihrem Bett, nackt kann sie doch wohl nicht gewesen sein, nein, das stimmt, wie komisch mir das jetzt vorkommt, sie ist fast völlig angezogen ins Bett gestiegen und hat sich unter der Decke ausgezogen, damit die anderen nichts sahen, und hat mich gedrängt, das Licht auszumachen: aber ich kostete meine Macht aus, ich genoß die Kontrolle und spülte erst umständlich die Tassen und drehte mich schließlich um, und Renee hatte sich die Bluse ausgezogen und lehnte mit dem nackten Arm am Kaminsims, ich sehe sie noch so stehen, und in meiner Selbstsicherheit ging ich zu ihr und legte ihr den Arm um die Schultern und sagte, leise sagte ich es ihr ins Ohr, Sieh sie dir an, wie sie da liegen und es gar nicht erwarten können, dabei haben wir sie in der Hand, nicht wahr? Sie lächelte, und da merkte ich, daß ich an dem Abend lieber Renee gehabt hätte, Renee war mir viel sympathischer, seit ich sie zusammen mit John gesehen hatte, aber aus irgendeinem Gefühl von Treue heraus verbot ich sie mir, also knipste ich das Licht aus und ging zu Joan, und sobald ich mich ausgezogen hatte und neben ihr im Bett lag, sagte sie, Was hast du zu Renee gesagt? Und ich sagte, Nichts. Und ich merkte, daß sie verletzt war, aber sie drängte mich nicht weiter, als wir loslegten: trotzdem küßte ich sie heftig und streichelte sowohl das schlappe Euter als auch das stramme und versuchte, ihr gefällig zu sein; aber sie ging nicht richtig mit, und als ich dann drin war, fand ich keinen anständigen Halt, sie fühlte sich schlaff an, hielt mich nicht fest, also bat ich sie, sich auf den Fußboden zu legen, sie hat zwar gemault, ist aber mitgekommen, und es war besser mit dem harten Boden unter den Knien statt dem federnden Bett, viel besser: und danach stieg sie wieder ins Bett, ich hinterher, und von meiner Seite aus sah ich, daß Renee noch immer weiß am Kaminsims lehnte und Barry bei ihr war, der versuchte, sie aufs Bett zu ziehen, das sah ich im Licht der Straßenlaternen draußen in Sussex Gardens. · · Joan lag einfach nur da, normalerweise nahm sie ihn gern ein bißchen in die Hand, aber jetzt mußte ich ihre Hand darauflegen, und sie ließ sie einfach liegen, ohne mich scharf zu machen, und deshalb dauerte es eine halbe Stunde, bis er mir wieder stand, die ganze Zeit sagten wir kein Wort, ich hatte die linke Hand zwischen ihren Schenkeln, lauschte auf die Geräusche, die Bewegungen aus Renees Bett: und als ich dann doch wieder einen Steifen hatte und mich an Joan ranmachen wollte, maulte sie wieder, jammerte und wollte nicht noch einmal, aber mein versteifter Schwanz ließ sich nicht abweisen, also landeten wir wieder auf dem Boden, und ohne jede Hilfe ihrerseits bestieg ich sie und quälte mich ewig herum, bis ich mit einem großen Schwall kam, und sie atmete oder seufzte lange und tief, und ich zog den Gummi mit einem Taschentuch ab und ließ ihn neben meiner Hose liegen, oder habe ich ihn unter das Kopfkissen gesteckt, und sie hat ihn am Morgen gefunden? . . . . . . Vielleicht bin ich dann eingeschlafen, vielleicht ist sie auch eingeschlafen, auf jeden Fall erinnere ich mich als nächstes daran, daß ich Barry gefragt habe, ob wir fahren könnten, und er sagte Ja, also zogen er und ich uns an und machten dann Licht, und Renee, die immer noch BH und Höschen anhatte, stand auf, um uns zu verabschieden, ziemlich nett war sie jetzt zu Barry, zu mir auch, aber Joan schlief noch oder tat zumindest so, und ich weckte sie auf und sagte, ich käme am Sonntag vorbei, und dann merkte ich, daß ich etwas wiedergutmachen mußte, wenn auch einzig und allein, um mich für die nächste Zukunft sexuell abzusichern, ich sagte, ich wollte gegen zwei kommen und wieder mit ihr die Kinder besuchen, und sie murmelte Ja, und ich küßte sie auf die Stirn und ging. . . . . . Und dann auf der Rückfahrt im Wagen, in dem kleinen Anglia, den die Asbestkönige Barry zur Verfügung stellten, sagte er, Renee hätte ihn nicht rangelassen, aber er hätte sonstwohin abgespritzt, und er machte keinen enttäuschten Eindruck, und ich fragte ihn, ob er sie wiedersehen wollte, und – · · das ist ohne Belang! · · Ich hatte das sichere Gefühl, fühlte mit entsetzlicher Klarheit, wie sie sich im Umgang mit Frauen fast jedesmal bei mir einstellt, daß es mit Joan so gut wie vorbei war: aber ich rechnete damit, sie am Sonntag anzutreffen, und sie war nicht da, Renee auch nicht, also ging ich nach unten zu ihrer Hauswirtin, die mir erzählte, Joan wäre über das Wochenende verreist, und ich war entsetzt, verwirrt und ging bis vier in ein Café, das, wo es den leckeren Käsetoast gab, und hinterher ins Kino, bis um sieben das Marquis aufmachte, wo mir das Mädchen hinter der Theke sagte, sie hätte Joan zuletzt am Freitag gesehen, da wäre sie mit einem Mann zusammengewesen, in dem ich nach ihrer Beschreibung mit einiger Sicherheit den Rüpel wiedererkannte. · · Zuerst war es nur der Verrat, ich nenne es Verrat, ich belege es mit diesem anspruchsvollen Namen, aber das war es, was mir anfangs weh tat, nichts weiter, aber später taten mir nur noch die sexuellen Entbehrungen weh. Ich habe sie am nächsten oder übernächsten Tag angerufen, und sie sagte, sie wäre in Südwales gewesen, ihre Tante besuchen, die ihr den Trauring ihrer verstorben Mutter gegeben hätte, oder hat sie mir erzählt, sie hätte ihre im Sterben liegende

Mutter besucht, die ihr den Trauring gegeben hätte, das einzige, was sie besaß? Jedenfalls hatte es irgend etwas mit dem Trauring ihrer Mutter zu tun – aber Moment, irgendwann habe ich den Ring doch gesehen, dabei habe ich sie nach diesem Sonntag nicht mehr wiedergesehen, nein, wie kann ich dann – ich weiß es nicht mehr. Die Sache ist die, sie war über das Wochenende mit dem Blödmann aus dem Marquis nach Wales gefahren, und am Telefon sagte sie zu mir, Er ist gar kein Rüpel, er ist überhaupt kein Rüpel. · · · · · · · · · · Und dabei beließ ich es. · · · · · · ·
Nur schleppten Barry und ich ein paar Wochen später zwei andere Frauen, die wir in Richmond aufgerissen hatten, ins Marquis ab, die Mutter der einen betrieb einen Frisiersalon in Kensington, und die andere arbeitete da, und als wir durch die Tür kamen, waren Joan und Renee mit dem Rüpel da, und Joan sagte, Ach, da kommen die Jungs: aber ansonsten beachteten sie uns nicht, und wir haben den Mädchen, die wir bei uns hatten, nichts erzählt. Als wir die beiden nach Hause brachten, gönnte mir meine, die Friseuse, nur einen schlabberigen Kuß und einen Griff an die eine Titte, die halb im, halb aus dem BH hing, wobei uns die Tochter ihrer Chefin vom Beifahrersitz des Anglias aus zusah: und ich dachte an Joan und spürte zumindest die Entbehrungen und war tieftraurig und zu Tode betrübt und sehr bitter und fragte mich, was ich getan hatte, daß sie mich einfach so verlassen

konnte, war ratlos, warum sie mich abgeschrieben hatte, und ich frage mich noch immer, Warum? Warum?

Warum schleppe ich das zarte Maschenwerk meines Geistes über den schartigen, zerklüfteten Boden meiner Vergangenheit? · · · · · · Um zu leben, die Frage stellt sich nicht, mir nicht. · · · · · · · · · · Wie bei dieser Episode, so erbärmlich sie auch heute erscheint, würde ich mich heute gewiß nicht verhalten, acht Jahre später: aber liegt das daran, daß es mich nur langweilen würde, weil ich weiß, daß es mir keine Befreiung verschaffte, keinen Nutzen hätte, der diese Bezeichnung verdiente? Diese schmerzhafte Episode also, was sollte ich aus der schmerzhaften Erinnerung daran lernen? · · · · · · · · · · Heute ist es leicht zu sehen und zu verstehen, daß ich zu selbstsüchtig war: will sagen, ich wußte damals noch nichts von aufgeklärtem Eigennutz, daß jeder nur gibt, um etwas zu bekommen, daß alle Handlungen zwangsläufig auf selbstsüchtigen Beweggründen beruhen, ganz gleich, mit wieviel Selbsttäuschung sie verbrämt werden: und daß die Aufklärung alles ist. Ich nahm von Joan und gab ihr kaum etwas zurück. Und ich habe damals nicht erkannt – wieso ich das nicht erkannte, ist schwer zu begreifen – daß sie ganz offensichtlich nach Sicherheit suchte, nach ökonomischer und emotionaler Sicherheit, und daß ich ihr nicht bieten konnte, was sie wollte, weil ich für sie nur ein Jemand war, der ungern seine Adresse preisgab, ihr ein paarmal einen Drink spendierte und sie dann vögelte, manchmal sogar, wenn sie keine besondere Lust hatte, gevögelt zu werden. · · Soviel steht fest. Und daß sie mit dem erstbesten Mann auf und davon ging, der so aussah, als könnte er ihr Sicherheit bieten, eventuell sogar ein Heim, wo sie die Kinder bei sich haben konnte. Oder ist das zu offensichtlich, zu simpel, zu naiv? · · Was habe ich gesucht? Regelmäßigen Sex zum einen, wahrscheinlich war das die Hauptsache. Aber ich wollte zu der Zeit keine anderen Frauen: nie habe ich mehr als eine Frau zur gleichen Zeit gewollt, niemals. Also muß ich mir von ihr eine Art Nähe erwartet haben, und ich muß sie auch gespürt haben, sonst wäre ich mir doch hinterher wohl kaum so verraten und verkauft vorgekommen, oder? · · · · · Dann braucht es eine systematische Analyse. · · Erstens Ich habe zuviel verlangt? Ja, wahrscheinlich, aber das mochte und wollte sie so, wenigstens am Anfang, anscheinend hat sie es sogar gebraucht. · · Zweitens Ich war zu jung? Ja, in dem Sinn, daß ich in Beziehungsdingen zu unerfahren war, auch muß sie acht- oder neunundzwanzig gewesen sein, vielleicht noch älter, und ich war gerade erst zweiundzwanzig geworden, damals. · · Drittens Ich gab ihr keine Sicherheit? Ja, es lag in der Natur dessen, was ich wollte und brauchte, daß ich sie nicht heiraten konnte und wollte, als Frau und schon gar nicht als Mutter von immerhin drei Kindern, und ich hatte kaum das Geld, großzügig zu sein, nicht mehr als acht Pfund die Woche habe ich verdient damals, damit kam ich kaum selbst über die Runden, acht Pfund die Woche mit zweiundzwanzig, bei dieser üblen Asbestfirma, dabei habe ich ihr trotzdem Drinks spendiert, und den Kindern habe ich auch etwas geschenkt, und ich habe sie einmal zum Essen eingeladen in diesem Lokal in der Edgware Road · · die Edgware Road... ihren Namen weiß ich nicht mehr, allerdings war sie vom College, Peggy, Pauline? · · Nein, der Name war ausgefallener, weiß nicht mehr, aber vom College war sie, ein paar Jahre später, ich muß wohl so vier- oder fünfundzwanzig gewesen sein, älter als sie, daß ich später aufs College kam als die meisten anderen, war in mancher Hinsicht gut für mich, in mancher Hinsicht auch schlecht? · · Prudence oder Perdita? · · Sie, ich nenne sie einfach sie, sie, sie wohnte in einem Frauenwohnheim, einer Studentenbude in der Nähe der Edgware Road, zum Park hin, frage mich, ob ich damals wohl an Joan gedacht habe, glaube kaum, das war ein anderes Leben, ach ja? Weiß nicht mehr, was uns zusammengeführt hat, Priscilla vielleicht, irgendeine Collegeveranstaltung, aber auf jeden Fall außerhalb der Universität, außer Rand und Band, ah? Aah Aah! · · Nein, nein! Was es auch war, was uns zusammengeführt hat, mich eher weniger, ich war nicht so scharf darauf, es lief jedenfalls darauf hinaus, daß wir in diesem Wohnheim landeten, in ihrem Zimmerchen, sehr steif sah es da aus, ein Studienapartment, so nannte man es, was es auch war, was uns zusammengeführt hat, ha! · · Aber ich erinnere mich, daß ich auf einer dunkelroten Tagesdecke lag, so nennt man das wohl, jedenfalls auf dem Bett, und an ihr rumfummelte, und sie konnte nicht genug davon kriegen, aber sie ließ mich trotzdem nicht ran, und ich lag auf ihr, *in situ* sozusagen, und ich sagte, Siehst du, da kommt er rein, er ist für dich gemacht. Aber nein, sie wollte nicht, und wir gingen nach draußen, um die Glut meiner Leidenschaft zu dämpfen, wie sie wohl in ihrer spießigen Art dachte, lächerlich im Grunde, und aßen Hühnerlebersandwiches, die mit gehacktem Ei bestreut waren, oder vielleicht auch Pökelfleischsandwiches, die dick mit Senf bestrichen waren, oder vielleicht jeder je eines von beidem oder auch beides, jedenfalls war es in dieser jüdischen Futterkrippe oder Sandwichbar an einer Ecke in der Edgware Road, den Laden gibt es nicht mehr, zumindest war er nicht mehr da, als ich ihn das letzte Mal gesucht habe. · · Schon wieder Essen. · · Es wundert mich, daß ich mit ihr, Perpetua, nicht ins Marquis gegangen bin, wo wir womöglich Joan oder Renee getroffen hätten, und das hätte mir gefallen, die Ironie hätte mir gefallen zu der Zeit, ich habe mich damals sehr für Ironie interessiert, es war schon fast eine Manie für Ironie, nicht für dramatische Ironie, die ich studiert habe, sondern für die Ironie im Leben, ich war ein sehr ironischer Mensch damals. Aber sie, Paula, Pegeen, scheißegal, sie hat mir leid getan, weil ich ihr weh tun mußte, der ich doch im Wehtun keine Übung hatte, da normalerweise ich es war, dem weh getan wurde: aber ich sah noch etwas anderes, wußte etwas anderes: Gwen: stellte nach, wo man mir weh tun würde, tat weh mit diesem Nachstellen, um nachstellen zu können, ungehindert nachstellen zu können. Mit Absicht eben, wer weiß, so daß ich mutwillig der weh tat, Phoebe, Phyllis, die mir nicht weh tun konnte, um der nachzustellen, die mir weh tun konnte, Gwen: · · Immer diese Amateurpsychologie. · · Ach. Sie sagte, Ja, als ich sagte Tut mir leid, Portia, Poppy, wir gingen wieder einmal spazieren, diesmal durch Barnes Common, sie würde mich heiraten, wenn ich keine andere fände · · · · · Nein, so war es nicht, es ist schwer, sich zu erinnern, hier, muß mich mehr anstrengen. · · Wir gingen durch den Park, über den sandigen Weg oder Pfad mit den weißen Pfosten neben Mill Hill, ich weiß nicht mehr, wie ich angefangen habe, zum Schluß habe ich auf jeden Fall gesagt, ich wollte sie nicht heiraten, obwohl mir klar wäre, daß ich damit womöglich meine einzige Chance verspielte. Sie äußerte sich im selben oder ähnlichen Sinn, entweder war sie pikiert oder ehrlich, und dann sagte sie im Scherz, Wir treffen uns wieder, wenn wir dreißig sind oder so, und wenn wir bis dahin nicht verheiratet sind, dann heiraten wir eben uns. Aber sie hätte sich keine Sorgen zu machen brauchen, Polly, Primrose, sie hat einen Vikar geheiratet, ja, obwohl er damals bloß Theologiestudent war, noch keine Lizenz für Geburten, Trauungen, Aussegnungen, Austreibungen und dergleichen hatte, sozusagen noch nicht auf amtlichem Fuß mit Gott stand, ein liebenswürdiger Bursche, die Beschreibung paßt zu ihm, überhaupt nicht wie ein Pfaffe, wirklich genau der Richtige für sie, sie hätte sich keine Sorgen zu machen brauchen, So. · · · · · Ich wußte etwas anderes, ich kannte eine andere, Gwen, aber später, wovon kaum noch etwas übrig ist, wovon bald gar nichts mehr übrig sein wird, was ich nicht bin, was nichts zur Sache tut, es ist überhaupt nur noch wenig übrig, zu welcher Sache auch immer, nein, alles bewegt sich auf die Auflösung zu, auf das Chaos, ich wiederhole mich... · · Als es vorbei war, sah ich Petronella wieder, gesprochen habe ich eigentlich nur noch einmal mit ihr, obwohl ich sie oft im College gesehen habe und es mir natürlich, als es mit Gwen aus war, leid tat, daß ich Perpetua, Pearl nicht mehr hatte, jetzt schon, damals wohl eher nicht. · · Es wird langweilig, woran will ich eigentlich denken? · · Das letzte Mal sah ich Psyche in dem Wohnheim, ich ging eines Nachmittags vorbei, um eine Gitarre abzuholen, die ich ihr abkaufen wollte, ich kam sehr billig an sie ran, unten in der Eingangshalle vom Studentenheim, an die Gitarre, meine ich natürlich, wartete ich wie ein Besucher, und ein Besucher war ich ja nun auch, und ich mußte an die Fummelei auf dem Bett denken, ja, und es tat mir leid, daß ich an diesem Nachmittag nicht dort liegen würde, daß sie mich an diesem Nachmittag nicht mehr in ihr steifes Studienapartment einladen würde: sie sagte, sie hätte zu tun, dabei hatte sie jemand anders oben, den Vikar, um ein sehr gutes Beispiel zu nennen, oder vielmehr den Theologiestudenten, ihren Zukünftigen: aber vielleicht stimmt das auch gar nicht, vielleicht hat sie wirklich gelernt, ja, sie hat ein gutes Examen hingelegt, besser als ich, ja, Phillippa, Prunella, sie hatte eine 2,1, ich nur eine 2,2, vielleicht arbeitete sie tatsächlich gerade fleißig, und daß ich die Gitarre abholen wollte, war eine Störung, wahrscheinlich, nachdem ich bezahlt hatte, in druckfrischen Shillingscheinen, das weiß ich noch, aber wie viele es waren, weiß ich nicht mehr: nachdem ich bezahlt hatte, ging ich, wurde gewissermaßen entlassen, ohne die geringste Andeutung, daß sie sich an das Gefummel erinnerte und an die Nähe, als bedeutete das alles gar nichts, als wäre es nie gewesen: und mittlerweile denke ich nur noch regelmäßig bei eingewachsenen Zehennägeln an sie, jedesmal, wenn mir einer einwächst, weil ich nämlich damals auch einen hatte, eine sehr schmerzhafte

Angelegenheit, als wir uns so nah waren, so nah, wie wir uns immerhin waren, fast die ganze Zeit über, ich und Patience, falls sie so hieß, was nicht der Fall ist, und jedesmal, wenn ich heute einen eingewachsenen Zehennagel habe oder vielleicht auch, wenn ich mir die Zehennägel schneide, denke ich… · · Was zum Henker hat das alles mit Joan zu tun? Disziplin, Ordnung, Klarheit, Wahrheit. · · · · · · VIERTENS. Falls die drei obengenannten Analysepunkte einzeln oder auch zusammengenommen nicht hinreichend erklären, warum Joan mich verraten beziehungsweise verlassen hat oder was auch immer (und das tun sie nicht), dann kann der einzige andere Grund nur ein Charakterfehler meinerseits gewesen sein, von dem ich nichts weiß. Und von dem ich auch im Moment noch nichts wissen will, bis ich dazu gezwungen werde, vielleicht durch ähnliche Schlußfolgerungen aus anderen Erinnerungsanalysen, wenn sie nicht zu langweilig sind, die Untersuchungen, später. · · · · · Als ob Gründe überhaupt eine Hilfe wären. · · · · · · Was hatte ich davon, schließlich und endlich? · · Neue Kenntnisse über meine Körperfunktionen. · · Selbstvertrauen durch den Vollzug meines Gesamtvorhabens, und wenn es auch von noch so kurzer Dauer war. · · · · · · Keine Lektion, die ich gut genug beherzigt habe, um späteren Schmerz zu vermeiden.

Wo stehe ich also nun? · · · · · · · · · ·
Nirgends. · · · · · Wo stand ich vorher? · ·
Vielleicht. · · · · · Nirgends. · · · · · · · · ·
Hier.

Hier, die Knie gegen die Kojenwand geklemmt, den Rücken gegen die Heckwand gestemmt, gewälzt und geworfen, fallengelassen und auf Grund gesetzt, geschleudert und gehalten in drei Dimensionen durch die subtile Kinese der nomadischen See. · · · · · · · · · · Die Zeit? Hat die Uhr etwas abbekommen bei dem Getorkel gestern auf der Brücke? Elf zeigt sie, kurz danach, geht noch, könnte stimmen, kann den Chronometer von hier aus nicht sehen, nein: ist Festy in der unteren Koje, hoch, lehnen, ooooooh, Übelkeitswelle, nein, Ruhe, Kopf braucht Ruhe, ausruhen, nicht bewegen. Die nicht angezündete Lampe, Messing, in ihrer kardanischen Aufhängung, präzise wie ein Gewissen. Nach dem Erbrechen muß der Löscheimer gründlich mit klarem Wasser ausgewaschen werden, mindestens zweimal. Könnte Festy rufen? Er hätte es nicht gern, wenn er geweckt würde. Und überhaupt, auch wenn er da ist, was wäre damit schon bewiesen? Wenig: Es könnte irgendwann mitten in seiner Freiwache sein, irgendwann zwischen sechs Uhr früh und zwölf Uhr mittags, und dann hätte er es gar nicht gern, wenn ich ihn weckte. Oder vielleicht ruht er sich auch nur aus, macht ein Nickerchen irgendwann zwischen zwei Hols, was mir auch nichts nützen würde, was lediglich bedeuten würde, daß ich Festy womöglich mitten in der Nacht geweckt hätte oder sonst zu einer sehr ungelegenen Stunde von den achtzehn, in denen er Wache hat, von denen er einige verschläft, hier unten, in seiner Koje, das Vorrecht des Dritten Maats, nehme ich an, aber das machen sowieso die wenigsten Deckies, sie warten zwischen dem Schlachten und dem Hieven in ihrer Messe, spielen manchmal Domino mit den anderen, mit dem Maschinisten zum Beispiel, mit dem, der gerade keine Wache hat. Aber Festy würde es mir sagen, wenn er wach wäre, Festy würde mir die Uhrzeit sagen, denn er spricht bereitwillig mit mir, Festy: er gefiel mir von Anfang an, als wir anfingen zu schlingern, kaum daß wir auf den Fluß hinausgekommen waren und mir zum ersten Mal übel wurde, da war es Festy, der mir einen Eimer holte und ihn neben der Koje unter mir auf den Boden stellte und ihn mit einer Schnur festband und mir sagte, daß man auf einem Schiff alles festbinden mußte, alles band man fest, und ich sagte, ich würde nicht schnell genug von der oberen Koje nach unten kommen, ob ich ihn nicht oben bei mir haben könnte, es würde mir hochkommen, bevor ich es bis zum Eimer schaffte, und Festy sagte, Sie kommen schon schnell genug runter. Und so war es dann auch, ja, ich spie meine harte grüne Birne aus, das einzige, was ich in letzter Zeit gegessen hatte. · · Aber ich will Festy jetzt nicht belästigen, hebe den Kopf, sehe nach, ob von den anderen jemand da ist, der vielleicht liest, der mir die Zeit sagen kann, der mir bestätigt, was mir meine suspekte Uhr anzeigt: der mit Aluminiumfarbe gestrichene Heizkörper, die Kugellampen, nach unten, kein Scouse genau gegenüber, seine Koje zerwühlt: weiter, ja, Johnny, er schläft, mit dem Rücken zu mir, völlig hinüber, aber er hat sowieso keine Uhr. Ich kann den Chronometer am Schott nicht sehen, so weit kann ich mich bei meiner Übelkeit nicht hinauslehnen, der Nachteil an dieser Koje, wieder einmal, um nicht seekrank zu werden, ist es das wert, nein, ich muß mich mit der Annahme begnügen, daß meine Uhr richtig geht, daß es nach elf ist. · · Also: ich sollte aufstehen, ha, beziehungsweise hinuntersteigen, auf den Boden, sie scheint genauso gemein zu stampfen wie eh und je, nicht so sehr wie auf der Nordsee vielleicht, nein, aber immer noch schlimm genug. · · Wir essen um zwölf, bis dahin könnte ich es knapp bis zur Brücke schaffen, auf der Brücke bleiben, dann essen, vielleicht habe ich Hunger, ja, also auf! · · · · · · · Alles dauert doppelt so lange, schon allein das Hoseanziehen, aber immerhin noch leichter, als den Pullover überzustreifen, muß mich mit einer Hand festhalten, während ich versuche, die Hose hochzuziehen, aber wenigstens ist das noch möglich, während es mir phasenweise ganz unmöglich erscheint, mir das Lila über den Kopf zu ziehen, mit der einen Hand an der Kojenwand, so daß ich mir überlegen muß, ob ich nicht im Pullover schlafen soll, so wie ich jetzt schon in Unterhose und Hemd schlafe, die ich nur wechsele, wenn das Schiff ruhig liegt, was nie vorkommt, das Schiff liegt nie ruhig, aber wenn es doch ruhig liegt, verhältnismäßig ruhig, ziehe ich mir frische Wäsche an, oder wenn ich den Gestank nicht mehr aushalten kann, was öfter vorkommt, wechsele alle drei Tage die Unterhose, vielleicht, habe früher öfter die Wäsche gewechselt, jeden Tag, an Land, ach, wo man dabei nicht nachdenken mußte, jetzt muß man bei allem viel mehr nachdenken und alle Kräfte anspannen, immer braucht man eine Hand für das Schiff, für sie, um sich festzuhalten, wenn sie hochsteigt, wenn einem der Boden entgegenkommt und wieder wegkippt und mir die Matten unter den Füßen wegrutschen, ich mit den Armen rudere, Halt suche, mich an die Mahagoniwand der Koje klammere, mich auf Teufel komm raus festhalte, wenn sie hochsteigt, hochsteigt, und der Boden wieder von mir wegkippt, wie die Falltür unterm Galgen, nein, das ist zu extrem, ein anderes Bild finden, egal, was für einen Zweck haben Bilder überhaupt? Denn ein Ding ist schlicht und einfach kein anderes: und dies ist der Boden des Mannschaftsquartiers achtern, genau im Heck, unmittelbar über der Schraube, die Achterkajüte nennen sie sie, die mit dem schiefen Boden, der schräg nach oben geht wegen der Schraube, um der Schraube Platz zu lassen, um der Schraube Freiheit zum strebsamen Schrauben zu geben oder so: Ich weiß eigentlich nicht, warum sie den Boden der Achterkajüte zum Heck hin höher machen mußten, warum sie vom Heck in Richtung Bug auf etwa drei Metern Länge ein Gefälle von dreißig oder fünfundzwanzig Zentimetern haben müssen. Ich kenne die Worte, ich finde normalerweise die richtigen Worte, nur für die Gründe habe ich keinen Sinn. Aber was auch immer der Grund sein mag, der Boden meiner Kajüte ist schräg, schief, abschüssig, geneigt, was für Verwirrung sorgt, zusätzlich zu den tückischen Bewegungen, die schon unangenehm genug sind, zumindest für mich, und für die anderen gewiß auch nicht minder, die vier, die diesen Raum mit mir teilen, die mich ihn mit ihnen teilen lassen, obwohl sie viel aushalten, viele Unannehmlichkeiten, nicht seekrank sind, auch wenn sie sich beklagen und jedes zweite Wort von ihnen ein Fluch ist, und das meine ich wörtlich, eine Reaktion auf die rauhen Lebensbedingungen, wollte man ihre Sprache zu Wörtern auf Papier reduzieren, wäre sie fast unverständlich, würde bei der Transkription große Schwierigkeiten bereiten, sollte jemand sie transkribieren wollen, besser wäre es, nicht *Kräängk!* Hieven, ja, ich gehe zum Hieven nach oben auf die Brücke, das heißt, ich will es versuchen, will versuchen, es bis zur Brücke zu schaffen, für diesen Fang: ich habe gestern den ersten Fang verpaßt, Sie sind der erste Vergnügungsreisende, den ich kenne, der den ersten Fang verpaßt hat, sagte der Maat, und ich sagte, Mir war schlecht, was auch stimmte, so schlecht, daß nichts mehr eine Rolle spielte, nicht einmal der erste Fang auf meiner ersten Fahrt, meiner einzigen Reise, und ich habe Duff nochmal daraufhin angesprochen, daß er mich einen Vergnügungsreisenden genannt hat, obwohl ich hier doch genauso schwer arbeite wie alle anderen, an meiner eigenen Aufgabe, obwohl ich mehr leide als die meisten und nicht zum Vergnügen hier bin, nicht daß ich wüßte, aber nein, sie nennen mich weiter den Vergnügungsreisenden. · · · · Also hinauf, den Niedergang hinauf, die Leiter, klammere mich an den Haltelöchern in den Teakholzwänden fest, durch die Luke, halte mich an der senkrechten Messingstange fest, gut: was ist das an den cremefarbenen Wänden des Durchgangs, das Braune, das auf dem Anstrich verschmiert ist? · · Blut, ja, es ist Blut, es kann doch wohl kein Menschenblut sein, nein, da streifen sie entlang, nach dem Schlachten, dort schmieren ihre blutigen Kittel an den Wänden entlang, ihre Gummikittel, besudelt mit dem Lebensblut der Fische, mit ihren Eingeweiden, ihren Innereien: ich ekele mich nicht davor, obgleich ich die Wände im Durchgang nicht anfassen würde, aber auf jeden Fall habe ich keinen

Abscheu vor dieser willkürlichen Blutdekoration, vor den Eingeweidewandbildern, aber obwohl ich sie nicht anfassen würde, kann ich nicht anders, sie wirft mich, packt mich, schleudert mich, meine Zimperlichkeit ist also ohne Belang. · · Koch und Kombüsenjunge eifrig bei der Arbeit, es muß bald Essen geben, ja, dann ging meine Uhr also doch richtig, ja, gut, weiter, durch den blutigen Gang, zu einer Tür, eine offene Stelle, ich atme kurz durch, die Luft hilft gegen die Seekrankheit, fast so gut wie Schlaf, weitaus besser als Pillen. · · Die See, das Land in der Ferne: zu einer einheitlichen Schicht abgeschliffen durch Gletscherbewegungen, aber zur See hin durchbrochen von Spalten, Klüften, Tälern, Hohlwegen, Einschnitten, Rissen, Schluchten, Gräben, Klammen, Rinnen und Spalten: abgegrenzt durch Schnee in der Höhe, Schnee, der weißer ist als der Streifen darüber, gewiß eine Wolkenschicht, ein Wetterwechsel, der darauf zurückzuführen ist und nicht auf die See, so wie die See heller ist als die dünne graue Schicht, die bis hinauf zum Schnee reicht, die mit dem Himmel verschmilzt, wo kein Schnee liegt, wo die Täler sich öffnen, die Rinnen aufreißen, die Förden zweifellos ins Land schneiden: das Land, das mir kein Gefühl von Sicherheit gibt, während wir parallel dazu schleppen, sei es nun Norwegen oder Rußland, die Finnmark oder die Rybatschij-Halbinsel, das fremde, freundliche Land in der Ferne wirkt weniger real, so klein, verglichen mit dem eintönigen Himmel und der heftigen See: doch es ist mir lieb, daß es da ist. · · Neues Holz, hartes Holz, Hartholz, sieht aus wie Mahagoni, ist es aber bestimmt nicht: Reling, neues Holz, neue Messingteile, auf dem Bootsdeck der Brücke, eine Stufe unterhalb der Brücke, eine starke, robuste Reling, und doch wurde sie auf der letzten Fahrt von einer Welle zertrümmert, von einer mächtigen Welle, daß sie die Reling zertrümmern und die schmiedeeisernen Stützen verbiegen konnte, wie gewalttätig die See sein muß, die einen solchen Schaden verursachen kann. · · Sie hieven, sie hieven, sie hieven! Die Netzwinde stöhnt wie ein zur Fronarbeit gezwungenes, mächtiges Ungeheuer, ist kaum zu bändigen und von hier, von der Brücke aus, nur zwischen Dampfschwallen zu sehen, aber zu hören, unabläßlich zu hören wie das mächtige Knirschen eines Stahlgebisses, die Kurrleine ist auch zu hören, sie knarrt, krümmt sich gequält und beugt sich dem eisernen Willen der Winde. · · Unter mir, am Heckgalgen, warten drei Männer, am Buggalgen warten noch einmal zwei und Festy, der Dritte Maat, alle sechs sehen zu, in aller Ruhe. Das Ächzen der Winde schwillt an und ab, während die Scherbretter, so stelle ich es mir vor, unter der Oberfläche dahinspringen, springen, mächtige, halbtonnenschwere Platten aus Eichenholz und Eisen, die das Netzmaul auseinanderspreizen, die mit ihren beschlagenen Absätzen über den

Meeresboden schlittern: sie brechen plötzlich durch die Oberfläche, das achtern liegende kurz vor dem anderen, und Festy ruft: immer wieder erstaunlich fügsam wird die Winde langsamer, und die Ketten, an denen die Scherbretter hängen, werden von verletzlichen Männerhänden auf die Galgen gewuchtet. Noch ein Schrei, und die Winde schluckt und spuckt Dampf, die gerillte Trommel rutscht und packt dann die Kurrleine, und hoch kommen die Vorläufer, die Dan-Leno-Rollen: dann, mit einer Wucht, die das ganze Schiff erschüttert, fällt das Grundtau schwer an Bord, an Deck, so plötzlich, die mächtigen Eisenkugeln, Bobbins werden sie genannt, mitsamt den dicken Eichenholzscheiben, abgewetzte, schwarze, gummibereifte Räder von sechzig Zentimetern Durchmesser. Ich wundere mich, daß mich das nicht auch weckt, wenn ich in meiner Koje liege, wenn das Grundtau aufs Deck donnert, ich wundere mich, daß es nur das Lösen des Schleppblocks ist, das mich weckt: die Nähe, es liegt auf der Hand, die Nähe muß es sein, der Schleppblock ist mir näher, genau über meinem Kopf, wenn ich schlafe, falls ich schlafe. · · Die Männer zeigen keine Spur von Spannung, von Erwartung, sehen nicht einmal hin, ob der Netzsteert auftaucht, sind so beschäftigt, daß sie kaum aufs Meer hinausschauen, die mächtigen laufenden Trossen und die losen Teile sind alles, was sie kümmert, ihrer eigenen Sicherheit zuliebe, zum Schutz ihrer Hände und Leben vor der gefährlichen Reibung der laufenden Kurrleine und dem tödlichen Gewicht der schwingenden Schäkel. · · · Aber da taucht er auf! Plötzlich ein Himmel von Möwen, ein Gellen, ein Fallen, ein Hinabstürzen auf einen rosaroten Wirbel an der Meeresoberfläche: noch immer nehmen die Deckies keine Notiz. Unter mir holen sie jetzt Hand über Hand das Netz ein, acht stehen gebückt über dem schweren braunen Maschenwerk: und das Kopftau mit den angebundenen Aluminiumkugeln ist schon bald herüber über das niedrige Schanzkleid, Duff stochert mit dem Haken nach etwas, lehnt sich, wie es scheint, so weit über die Seite hinaus, daß er das Gleichgewicht verlieren muß, sie hören auf, das Netz von Hand einzuholen, jemand ruft etwas, und die Winde klappert langsam, nicht angestrengt, ein Tau schickt sie senkrecht nach oben, ein Tau mit einem einzelnen Schwimmer daran, auf den Buggalgen zu. Jetzt sehen sie hin, jetzt sehen sie zu! Die Winde wird plötzlich belastet, wird langsamer, wird wieder schneller, und am Buggalgen erscheint der Steert des Netzes, schmalhalsig wie eine Birne, schwingt an Bord, prallt gegen eine mit Kork geschützte Trosse, tropfend, prall von Fischen, rosig rot, silbern, schwarz, glänzend, olivgrün. Ein Rotbarsch, mit platzenden Augen, mit qualvoll aufgerissenem Ovalmaul, schlüpft durch eine Lücke, nur ein paar Sekunden zu spät, plumpst auf Deck, zappelt noch einmal und liegt still. Festy steigt in den Pferch, unter den bebenden nassen Steert, der mit schleimigen Ochsenhäuten ausgeschlagen ist, grünblau vom Weichen in Kupfervitriol, löst mit einem rituellen Ruck den Knoten, der den Fang zurückhält, und in den Pferchen wimmelt es plötzlich von Leben, quecksilbergleich die Masse von Fisch, zuckend und japsend, glupschend und hilflos gleiten sie übereinander, winden sie sich umeinander herum und untereinander her, Festy bis zu den Knien seiner Wasserstiefel im Fisch, Fisch, Fisch, bindet nun den einen Knoten neu in den entleerten Steert, ruft, und das Netz senkt sich ins Wasser zurück, um sich aufs neue an den Abstieg zum Meeresboden zu machen. · · · · · · · · · Der Skipper teilt meine Begeisterung für den Fang nicht, obwohl er größer ausgefallen ist als die beiden, die ich gestern gesehen habe. Ich begreife ihn allmählich als Berufspessimisten, ich frage mich allmählich, wie groß der Fang sein müßte, um bei ihm Begeisterung auszulösen, um die stete Sorge von ihm zu nehmen, die ihm aus den Augen sieht. Seit wir mit dem Fischen begonnen haben, kennt er nichts anderes mehr. Es wäre zuviel gesagt, wollte man behaupten, er wäre ein anderer Mann als während der Fahrt hinaus, aber auf jeden Fall hat er wenig Zeit für Gespräche oder sonst etwas, nur für die Suche nach Fisch. Aber er kommt zum Essen, heute, als sie mit dem Aussetzen fertig sind, er vertraut auf sein Glück, daß das Ende des Aussetzens mehr oder weniger mit der Essenszeit zusammenfällt, an diesem einen Tag. Trotzdem redet er nicht viel beim Essen. Der Maat, Duff, springt für ihn ein, er redet fast ununterbrochen, im Ostküstendialekt sprudelt es aus ihm heraus, Meinungen, hauptsächlich kluge, über eine ungeheure Vielzahl von Dingen gibt er zum besten, garniert mit zotigen Witzen und schlüpfrigen Reminiszenzen und Seefahreranekdoten und Prügeleien in Kneipen und erfolgreichen Fischzügen. Wir essen eine sämige Suppe, lecker abgeschmeckt, wonach sie schmeckt, kann ich nicht sagen, vielleicht nach Erbsen oder Ochsenschwanz, aber farblich erinnert sie an keines von beiden, und sie schmeckt mir, ich halte meinen Teller fest, den schweren, dicken, weißen Suppenteller, genau wie die anderen, balanciere mit nicht wenig Konzentration das Rollen des Schiffes aus, verschütte nur zweimal etwas, als es unschön schlingert, und versuche gleichzeitig, mir das Interesse anmerken zu lassen, das ich an Duffs Geschichten habe. Der Chief sitzt neben mir, er sagt so wenig wie der Skipper. Vielleicht ist er genauso mit seinen Maschinen beschäftigt wie der Skipper mit dem Fischen. Eine einseitige Konversation, als wir uns über die Dutzende von dünnen Scheiben Rinderbraten hermachen, die Kartoffeln, die Berge gewürfelter Rüben. Duff schüttet sich Suppe darüber aus einem Emaillekrug, ein manschender, schmatzender Esser, wenn er nicht redet, sagt zu mir, Das ist das wahre Leben, und Wäre das nichts für Sie, Drei anständige Mahlzeiten am Tag, die einen nichts kosten, Soviel frische, reine Luft, wie man sich nur wünschen kann, Das Meer, das mächtigste, reinste Element, Keine nörgelnden Weiber in der Nähe.... · · · Sie nennen ihn Duff, sagt der Skipper zu mir, und ich folge seinem Beispiel, nehme mir ebenfalls von dem großen Rosinenpudding, den wir als nächstes bekommen, weil sie diesen Pudding Duff nennen, und jeder Mann von der Ostküste heißt bei ihnen Pudding, weil sie solche Mengen davon essen, an der Ostküste, sie wissen nicht warum, ich auch nicht. Duff ist früher von Lowestoft aus auf Heringsfang gefahren, und für ihn ist der Hering noch heute der beste Fangfisch, aber man kann mehr verdienen beim Tiefseefischen, mit Schellfisch und Kabeljau, sogar mit Rotbarsch, den manche auch Goldbarsch nennen oder Bergilt oder Panzerbarsch oder einfach nur die roten Teufel: und deshalb heißen die Männer aus Lowestoft Pudding: der Maat ist der einzige an Bord: Duff heißt er im weiteren Sinne. · · · Mir schwappt versehentlich etwas Vanillesoße aus dem Emaillekrug, als ich ihn hochnehme, sie schlingert, als ich ihn anhebe, und ich stoße mit dem Rand gegen das Schlingerbord, eine der hölzernen Trennleisten auf dem Tisch, die das Essen am allzu weiten Wegrutschen hindern. Verhältnismäßig viel Soße landet auf meinem Teller, der Schwung ging in die richtige Richtung, zumindest bei kleineren Mißgeschicken habe ich Glück, oder ist es Pech, daß sie mir überhaupt zustoßen? Trotzdem schmeckt mir der Duff mit Vanillesoße, dicker, teigiger Duff, nach außen hin krümelig und durch die Soße gerade genug angefeuchtet, daß er einem nicht im Hals stekkenbleibt, und dann die kleinen Rosinenbomben, die mir gelegentlich süß und fruchtig unverhofft im Mund zerplatzen, eigentlich sogar ziemlich oft, denn mit den Rosinen knausert er nicht, der Koch, genausowenig wie mit... ah, au, autsch! Raus! Raus, darum sitze ich neben der Tür, Beeilung, einhalten, durch die Tür, durch den Kombüsengang, einhalten, ein, au! Weiter, blutverschmiert, die Eingeweide, darüber hinweg, hinaus, kann mich nicht anstellen, au, sie bäumt sich, au, Magen krampft sich, halten, ah, endlich die Heckreling, hinüber, auuuuuuu! Da geht mein Essen hin, färbt ein paar Flüssigzentimeter des riesigen Meeres weiß, ah, aber das Essen hat mir geschmeckt, das mir nun hochkommt, ach, was soll's, auuuuu, noch mehr, das muß alles sein, als nächstes kommt mir der Magen hoch, so fühlt es sich zumindest an, und die Kopfschmerzen kommen auch wieder, schlimmer, die Heckreling kalt unter meinen Händen, jetzt merke ich es, kühle mir den Kopf an dem pockigen roten Stahl, mit Kotze befleckt, ah, die alles reinigende See wird es hinwegwaschen, mein, · · das Blut an meinen Händen, die · · Kotze, · · · · · Hinlegen, · · sollte mich hinlegen. · · Ja, · · erleichtert, daß ich es hier oben nicht aushalte. · · · · · · Ja, · · Tür, Gang, diesmal den Eingeweiden ausweichen. · · Die Treppe hinunter, so eng, steil, Messingkanten, Holz, nach unten. · · Einer der Maschinisten wartet, er will nach oben, er redet nie mit mir, nickt bloß und grinst, vielleicht über mein weißes Gesicht · · meine Seekrankheit, die Maschinisten haben ihre eigene Kabine, die beiden, fast eher ein Wandschrank als eine Kabine, als Schlafplatz für zwei. · · Auf die Jute am Boden achten, aus Sicherheitsgründen, wackelig. · · · · · So überfällt es mich, die Eingeweide zerren mit Macht Richtung Rachen und quälen mich stundenlang, ununterbrochen, wirklich, unterhalb des Brustkorbs, im Kopf pocht es, donnert es. · · · · · · Kaum auszuhalten, so, ein Ruck jetzt und dann Ruhe, auf den Sitz steigen, Hand auf der Kojenwand, ziehen, nicht an der Messingschiene, Vorhangschiene reißt heraus, aah! Ja, es pocht, Kopf, Eingeweide und das Herz, aaah, nein, noch einmal! Ja! Nur sein, Kissen aufschütteln, Matratze fühlt sich an wie mit Heu ausgestopft, aber bequem, oder Stroh, oder Gras. · · Pullover ausziehen als Extrakissen, nein, zu mühsam, aaaah, umdrehen, ausruhen, nachdenken, schlafen, nachdenken, halbschlafen, denken, aufarbeiten, denken, vielleicht schlafen, denken...

Sie haben mir gesagt, Kater müssen eingeschläfert werden, bevor man sie kastriert. Ich ahnte in etwa, was kastrieren bedeutete. Danach hatte ich nächtelang Angst vor dem Einschlafen. Ich blieb so lange wie möglich wach, damit sie mich nicht kastrieren konnten, wenn ich schlief. Peter hieß der Kater, den wir damals hatten. Ich erinnere mich an Peter. Sie haben mir erzählt, sie hätten ihn kurz nach ihrer Hochzeit gekauft. Also war Peter älter als ich. Ich war allein zu Haus, als er starb, der arme Peter. Ich muß damals wohl dreizehn, vierzehn gewesen sein. Der Krieg war aus, das weiß ich. Ich war von der Evakuierung zurück. Peter war abgemagert. Seine Knochen durch die Haut zu fühlen war nicht angenehm. Aber wir alle liebten ihn trotzdem. Peter war ein Kater vom Land. Sein Fell, sein langes, schwarzweißes Fell verfilzte unter dem Bauch. Vielleicht war es unsere Schuld, daß es verfilzt war. Wir hätten ihn öfter bürsten und striegeln sollen. Und je älter er wurde, desto mehr roch er und desto weniger stubenrein war er. Aber ich habe ihn geliebt. Ich war froh, daß gerade ich bei ihm war, als er starb. Ich war eines Nachmittags aus der Schule gekommen. Ich war immer vor ihnen zu Hause. Sie arbeiteten oben in der Stadt. Ich war in der Küche und machte mir etwas zu essen, als Peter plötzlich durchdrehte. Das heißt, er raste durch die Küche, krachte gegen die Möbelbeine und richtete sich übel zu. Zum Schluß lag er keuchend unter dem Gasherd. Es war schwierig, ihn vorsichtig darunter hervorzuholen. Ich legte ihn auf den Teppich. Er keuchte, sein Atem ging schwer und kratzig. Ich schnitt von einem rohen Braten in der Speisekammer ein Stück ab und gab es ihm. Das heißt, ich legte es neben sein Maul, während er nach Luft schnappend dalag. Er fraß es. Ich freute mich und dachte, er würde sich wieder erholen. Er machte die Augen auf und sah mich an, und ich war überzeugt, daß er mir dankbar war. So sah er mich an. Er und ich, wir hatten uns immer liebgehabt. Ich wuchs mit ihm auf, er war schon da, als ich als Baby nach Hause gebracht wurde, er war vor mir da. Plötzlich fielen ihm die armen, alten Augen zu und der Kopf sackte auf den Teppich, es war nicht tief. Ich wollte seinen Herzzschlag fühlen, durch die alten Rippen hindurch. Sein Herz schlug nicht mehr. Der arme alte Peter. Ich war sehr traurig, aber geweint habe ich nicht. Ich hatte das Gefühl, er hätte nur um meinetwillen gefressen, und dafür war ich ihm dankbar. . . . .

Wir hatten damals noch einen Kater. Sie haben ihn mir geschenkt, er gehörte mir. Als ich das erste Mal evakuiert wurde, zusammen mit meiner Mutter, kam ich auf eine Farm auf dem Land. Sie kamen eines Morgens herein, legten das Kätzchen zu mir ins Bett und weckten mich. War das nicht eine liebe Idee für ein Kind? Ich sagte, Gehört er mir? Und sie sagten, Ja. Ich darf ihn behalten? sagte ich und Ja, sagten sie noch einmal, und ich habe mich so gefreut, daß es wahr war. Ich nannte ihn Zwinkie. Vermutlich kam ich deshalb darauf, weil er ständig geblinzelt hat. Das könnte ich nachprüfen. Meine Mutter wüßte es bestimmt. Wenn ich zurückkomme. · · ·

· · Später wurde Zwinkie mir fremd. Er blieb in London, als ich offiziell ohne meine Mutter evakuiert wurde. Als ich nach dem Krieg heimkam, erkannte er mich eigentlich nicht wieder. Ich wollte ihm beweisen, daß ich sein Herrchen war. Das gefiel ihm nicht. Ich glaube, er muß mich gehaßt haben. Er gehorchte mir nicht. Das machte mich wütend. Ich zerrte zuviel an ihm herum. Das ließ er sich nicht gefallen. Katzen haben Grenzen. Ziemlich bald, nachdem Peter gestorben war, begrub Zwinkie sich unter einen Bretterstapel, er verletzte sich dabei so schwer, daß er eingeschläfert werden mußte. Das war an einem Samstagmorgen, und am Nachmittag spielte ich Fußball im Verein. Sie haben mich angeschnauzt, weil ich so schlecht gespielt habe. Ich mußte immer an Zwinkie denken. Er starb voller Haß auf mich, bevor ich die Chance hatte, etwas wiedergutzumachen. Sie schnauzten mich an. Hinterher in der Umkleidekabine hätte ich fast geweint. Ich konnte ihnen nicht sagen, daß Zwinkie eingeschläfert worden war. · · · · ·

Ob sie wohl mit Chloroform eingeschläfert werden? Vielleicht gibt es für Tiere etwas Billigeres. Fleckweg. Wir haben früher in der Schule Fleckweg auf dem Tafellappen geschnüffelt bis zum Umkippen. Im Klo war das, in der Mittagspause.

Andere Kinder haben sich auf dem Klo in Ruhe eine Zigarette genehmigt. Doug, Freeman und ich haben uns k.o. geschnüffelt. Nicht alle auf einmal, einer nach dem anderen, zwei mußten den einen mit Wasser aus der Toilettenschüssel wieder aufwecken. Einmal ist Doug in der ersten Stunde nach der Mittagspause eingenickt, und ich mußte ihn die ganze Zeit kneifen, sonst hätte Gus was gemerkt. · · Geraucht habe ich nie. Ich will auch nicht behaupten, daß ich es mir zur Gewohnheit gemacht hätte, mit Fleckweg wegzutreten, das nicht, aber irgendwie fiel es in dieselbe Kategorie wie Rauchen, nur war es aufregender. Alle anderen Kinder in der Schule haben geraucht, um größer auszusehen, das sage ich heute, mein schwacher Erwachsenenwitz, wenn ich von Fremden gefragt werde, warum ich nie damit angefangen habe, aber ich war eben schon groß. Für einen Witz nahezu kläglich, aber dafür mein ureigener Einfall, was nicht nichts ist. Ich wüßte zu gern, was die Hersteller von Fleckweg dazu gesagt hätten. Oder meinetwegen auch die von Picobello, schließlich soll von den Handelsnamen von Tetrachlorkohlenstoffen keiner bevorzugt werden. Erinnere mich, es zum ersten Mal gerochen zu haben, als ich unten am Fluß Teer auf die Hose bekam. Mit der Gezeitenströmung trieb immer Treibholz an. Schon von frühester Kindheit an habe ich am liebsten dort gespielt. Vor dem Krieg. In meinen Augen gehörte der Fluß mir. Es spielten kaum andere Kinder da.

Aber ich habe mich immer sehr schmutzig gemacht, nicht nur mit Teer. Alle möglichen Sachen wurden angespült. Mein Onkel hat mir einmal ein Korkschiffchen aus dem Treibgut gefischt. Es war eine Korkplatte mit einem Stöckchen in der Mitte, und auf dem Stöckchen steckte noch eine Korkplatte, die dünner war, so daß man sie zum Segel biegen konnte. Eigentlich sah es eher wie ein Floß als wie ein Schiff aus, wenn ich es mir recht überlege. Wie hat er sich gequält, es aus dem dreckigen Fluß zu fischen. Er hat sich aufgeregt, als ich es wieder in den Fluß gesetzt habe. Ich wollte eben sehen, wie es schwimmt, na und? Was hat man denn schließlich von einem Schiffchen oder Floß, wenn es nicht auf dem Wasser schwimmt? Ich habe nicht verstanden, warum er sich darüber so aufregen mußte. Mein Onkel war ein großer und, wie ich fand, gutaussehender Mann. Er hatte ein wunderschönes Lächeln und sagte Sachen, über die ich lachen mußte. Er trieb viel Sport und war oft in Autounfälle verwickelt. Rudern konnte er am besten, das weiß ich noch. Gleich am Ende unserer Straße in Hammersmith war der Fluß, und da gab es viele Rudervereine. Der eine Ruderverein hielt sich im Übungsbecken einen Aal. Wir haben uns jedes Jahr die Ruderregatta angesehen. Ich war immer für Oxford. Sie haben mir gesagt, ich wäre für Oxford, also war ich für Oxford. Später haben sie mir erklärt, sie hätten mir, als ich noch im Kinderwagen lag, unten am Fluß zwei Schleifen hingehalten und ich hätte die dunkelblaue genommen, die Farben Oxfords. Ich selbst kann mich daran nicht mehr erinnern. Aber sie haben mir gesagt, ich wäre für Oxford, und ich habe mich damit abgefunden. Es kommt mir nicht wichtig vor. Das war meine erste Erfahrung mit der essentiellen Willkür von Universitätsdingen. · · Mein Onkel und meine Mutter und mein Vater erzählten mir auch, daß wir eines Tages auf einem Spaziergang am Fluß an dem Haus vorbeigekommmen sind, das Heinrich VIII. für Nell Gwynne gekauft hat. Meine Mutter wollte wissen wozu. Und mein Onkel antwortete, für Techtelmechtel und dergleichen. Sie sagen mir, ich hätte daraufhin gesagt, ich hätte sie dort zusammen gesehen, Nell Gwynne und den achten Heinrich. Darüber haben sie sich damals köstlich amüsiert. Zumindest war die allgemeine Belustigung so groß, daß sie mir in späteren Jahren davon erzählen mußten. Ich selbst kann mich an diese geistreiche Bemerkung nicht mehr erinnern. So vieles aus der Kindheit muß man einfach glauben, gebrochen durch andere muß man es sehen. Vor allem, was die frühe Kindheit angeht. · · · · · · Es gab da ein Mädchen… es gibt immer ein Mädchen. Es gab da ein kleines Mädchen, und das hieß… ja, Dulcie. Sie hat unten an dem dreckigen Fluß mit mir gespielt, manchmal. Ihre Mutter erlaubte es ihr nicht allzuoft, wie ich mich entsinne. Dulcie hat auch bei uns im Garten gespielt, manchmal.

Dann haben wir Vater und Mutter gespielt. Wir haben uns am Ende des Gartens ein Haus gebaut, hinter einem Fliederstrauch. Natürlich war es kein richtiges Haus. Wir haben die Zimmer mit Steinen und Ästen auf der Erde abgesteckt. Den Grundriß eines Hauses. Anfangs war Vater und Mutter noch ein interessantes Spiel. Wir haben viel Zeit damit zugebracht, einander dabei zuzusehen, wie wir zur Toilette gingen. Das war sehr interessant. Ich glaube, Dulcies Mutter muß sich gedacht haben, daß wir irgend etwas Häßliches trieben, eines Tages kam sie nämlich vorbei, sah uns und nahm ihre Tochter sofort mit nach Hause. Danach hat sie uns immer beim Spielen beobachtet, und es dauerte nicht lange, da kam Dulcie überhaupt nicht mehr. Ganz allein konnte ich wohl kaum Vater spielen, oder? Da verlor ich das Interesse an dem Spiel. Dulcie ging auf dieselbe Volksschule wie ich. Wir traten zusammen in einem Klassenstück auf. Die Jungen mußten dreieckige Tücher um den Hals tragen. Wir stellten uns vor dem Lehrerpult auf, um die Tücher abzuholen, am Tag vor der Aufführung. Als noch zwei oder drei Jungen vor mir waren, konnte ich mir ausrechnen, daß ich ein lila Tuch bekommen würde. Lila war eine Farbe, die ich nicht ausstehen konnte. Er hat mich gezwungen, es zu tragen. Ich habe geweint. Aber als wir uns am nächsten Tag vor der eigentlichen Aufführung aufstellten, gab er mir ein gelbes Tuch. Ich war sehr erleichtert. Gelb mochte ich gern. Ich rannte mit meinem gelben Tuch quer über den Schulhof zu den Toiletten und spielte mit ein paar anderen Jungen Wer-strullt-am-höchsten. Meine Mutti und meine Oma kamen über den Schulhof und sahen mich hineinlaufen. Sie machten die Klotür auf und sahen uns. Ich weiß nicht mehr, wer gewonnen hatte. Dulcie mußte auch etwas Gelbes tragen. Wir paßten zusammen. Jetzt mag ich lila, ich habe einen lila Pullover. Man ändert sich. Ich weiß nicht mehr, worum es in dem Stück ging. Jegliche Erinnerung daran ist mir entfallen. Dulcie konnte ich gut leiden. Vielleicht war sie meine erste Liebe. Ich bezweifle es. Den Lehrer konnte ich nicht leiden. Er sagte meinen Eltern, sie sollten mir keine Spiegeleier mit Speck zum Frühstück geben, ich wäre zu dick. Er sagte ihnen, sie sollten mir statt dessen Obst und Haferflocken geben. Ich glaube, er muß ein früher Sozialreformer gewesen sein. Meine Eltern gaben mir eine Weile Obst und Haferflocken zum Frühstück. Zu der Zeit mochte ich das Frühstück nicht. Manchmal habe ich noch nicht einmal alles aufgegessen. Später haben sie sich eingeredet, so etwas wäre kein Essen für ein Kind, und ich stieg wieder auf Spiegeleier mit Speck um. Da mochte ich das Frühstück wieder. Der Lehrer gab manchen Kindern jeden Tag Lebertran und Malz. Ich mochte Lebertran und Malz, aber ich war nicht mager genug und ging leer aus. Dulcie war auch nicht dünn. Dulcies Mama war aber dünn, und sie hatte einen Quadratpo, und das eine Auge war anders als das andere ... wie bei mir, wie bei mir, danach ... die grüne Nutte, mit Terry, nein, der war überhaupt nicht dabei, aber er war es, der mich darauf aufmerksam gemacht hat, daß mir seit dem Reinfall, als ich bei der grünen Nutte nicht konnte, das linke Augenlid schlaff herunterhing, und manchmal hat es mir damals tagelang in dem Lid gezuckt, eine plötzliche Muskelverspannung, nicht zu unterdrücken, ein unerklärliches Zucken. Aber vielleicht haben sie gar nichts miteinander zu tun, das Zucken und die grüne Nutte, vielleicht war es nur ein Zufall, daß es Terry ausgerechnet zu der Zeit aufgefallen ist, vielleicht hatte er bis dahin nicht darauf geachtet, aber eigentlich ist er ein sehr aufmerksamer Mensch, aufmerksamer als die meisten anderen, würde ich denken, und das Zucken fing tatsächlich nur ein paar Stunden danach · · schlafen · · diese Dinge können · · · · · schlafen.

Die täuschen, die da sagen, das Meer sei wild:
Die täuschen sich, die glauben, das Meer
sei sanft:
Das Meer ist keines und beides: ist neutral:
Menschen begeben sich in Gefahr auf
seinem Spiegel:

Schreiben Wildheit und Sanftheit ihm zu:
Aber das Meer ist nur, machtvoll, ist.

Sie tragen Handschuhe und Gummikittel, hohe Stiefel, Hüftstiefel, Wasserstiefel, manche sogar fast wie Gummilatzhosen, falls das der Name dafür ist. An dem Messer ist nichts Außergewöhnliches, eine einzelne, klappbare Klinge, spitz, geschliffen auf einem Stein in der Mannschaftsmesse. Sie packen sich einen der Fische, die vor ihnen im Pferch liegen, packen ihn mit einer Hand bei den Kiemen auf der einen Seite, die Finger fest in die feinen, blutgefüllten Membranen gepreßt, um nicht abzurutschen, und schneiden von dieser natürlichen Öffnung aus kurz seitwärts bis zur Mitte der Kehle. Ohne die Klinge aus dem Fleisch zu ziehen, fahren sie damit durch den Bauch nach unten, zügig und glatt bis zum After, und dann durchtrennen sie mit einem kurzen Schnitt den Darmkanal. Eine Hälfte der Bauchdecke klappt schlaff auf, die bunten Därme baumeln von der Luftröhre herab. Das Messer wird in der Hand, die es hält, abgelenkt, wenn die Finger nach der langen, khakifarben schleimigen Leber greifen, die herausgerissen und sogleich zu vielen anderen in einen Korb geworfen wird, einen kegelförmigen Weidenkorb, in dem die Fischlebern unaufhörlich zuckend aneinanderstoßen, bei jeder Bewegung des Schiffes. Noch zwei kurze Schnitte: einer quer über die Luftröhre, so dicht wie möglich am Kopf, und die bunten Därme fallen heraus: der zweite macht die Symmetrie perfekt, fährt zurück zu den Kiemen, und die andere Hälfte der Bauchdecke klappt schlaff auf. Immer noch mit demselben Griff werfen sie ihn im hohen Bogen genau in den Wäscher, der aussieht wie eine große, geöffnete Sardinenbüchse mit einem Drahtgitter am anderen Ende. Dafür, daß manche Fische sehr groß sind, werfen sie bemerkenswert gleichmäßig. · · · · · Ich sehe mir das Schlachten von der Brücke aus an. Das Wasser im Wäscher schwappt sowohl wegen der Bewegung des Schiffes als auch wegen des Meerwasserstrahls, der hineinspritzt, hin und her. Bei jedem Schwappen schlägt Wasser heraus, und an dem einen Ende bewegen sich die nun ausgenommenen und gewaschenen Fische langsam auf ein schräges Walzenband zu, über das sie immer schneller hinunterklatschen, um unten durch die runde Luke im Fischbunker zu verschwinden. Die mit dem Kopf zuerst aus dem Wäscher kommen, haben es leicht, die ihre Schwänze vorzeigen, bleiben damit oft zwischen den Walzen stecken. Analogien bieten sich von selbst an. Die Rotbarsche, die Panzerbarsche, die aus irgendeinem Grund nicht ausgenommen werden müssen, haben es von allen am leichtesten, dick und fett rutschen sie das Band hinunter, drehen sich noch einmal an der gebogenen Kante der Luke und fallen. Gelegentlich gibt es einen Stau, zu viele Schwänze haben sich verklemmt, dann kommt einer der schlachtenden Männer herüber und macht die Rutsche wieder frei und hebt dabei vielleicht auch noch die wenigen Fische auf, die nicht gezielt genug geworfen wurden. · · · · · · · · · Vielleicht habe beziehungsweise hatte ich Mitleid mit den Fischen, wie ich es für jedes Lebenswesen, dessen Tod nahe ist, empfinden würde, vor allem, wenn der Tod ein qualvoller ist oder es für einen Menschen wäre, nach einer vielleicht nicht gerade kurzen Leidenszeit: aber wenn sie erst ausgenommen und gewaschen sind, wenn sie das Band hinunterrutschen, werden sie absurd, die Fische, wirken sie nicht mehr bemitleidenswert, eigentlich eher albern, ohne ihre Eingeweide, mit ihren Bauchlappen, die jetzt schlaff und unnütz herunterhängen, schon jetzt sieht man sie nur noch als Nahrungsmittel, nicht mehr als Fische. · · Ach, manche von ihnen zappeln noch, ja, es steckt doch noch Leben in ihnen, eine Art Leben, könnte man sagen, das Gehirn ist wohl noch intakt, das zentrale Nervensystem ebenfalls: irgend etwas arbeitet noch in ihnen, trotz der enormen Erschütterungen, denen sie ausgesetzt waren. Aber was für eine Art Leben ist das, in einem Hektoliter herumzuschwappen, hinausgeschwemmt zu werden, den Rücken noch zweimal zu krümmen, eine traurige Travestie der alten Gewohnheit? Die Vermenschlichung der Natur. · · · · · Sie spritzen die angesammelten Eingeweide, die Überreste, Seesterne,

Ginnies, Klieschen, den Beifang von Deck. Alles verschwindet im ekligen Schwall durch die Speigatten, die weit geöffneten Türen, und dann kommen die Möwen wie weiße Harpyien über uns, die uns wie weiß geflügelte Erinnyen verfolgt haben, kreischen zu Hunderten im Sinken und Fallen, Stoßen und Stürzen, hinein in das eingeweidehelle Meer, krächzend kämpfen sie um die Innereienflut, flattern und wassern und stoßen sich in Wasser und Luft ab, um mit einem Darmteil, das ihnen vom Schnabel hängt, hochzusteigen, räubern und hökern und beäugen die Beute der anderen, lauern auf eine Gelegenheit, sich daran zu bereichern. Die Vermenschlichung der Natur. Die Möwen sind wild, wachsam, keine zahmen Themsebesucher: sie landen nicht auf Deck, um sich an den herumliegenden Eingeweiden gütlich zu tun, schon gar nicht würden sie dem Deckie die Leber aus der Hand reißen, die er sich gerade aus den schleimig lebenden Innereien fischt, um sie wegen ihrer besonderen Vorzüge beiseite zu legen, nein: aber vielleicht sind sie wagemutiger, wenn das Futter knapper ist. · · · · · Auf eine Möwe, die auf dem Wasser einen sterbenden Rotbarsch durch die Analöffnung attackiert, werde ich vom Skipper aufmerksam gemacht: er erklärt mir, daß sich der Vogel lediglich für die Leber interessiert, an die er so am einfachsten herankommt, wenn ihm nicht bereits ein Deckie das Ausnehmen abgenommen hat. · · · · · Heute geht es

mir besser, und der Skipper muß das bemerkt und mich eines Gespräches für würdig befunden haben. Nur jetzt hat er die Zeit, sich die Zeit dafür zu nehmen, zwischen den Hols. Trotzdem ist er noch immer enorm angespannt. Er hockt auf einem speziellen Sitz, der mit einer Stange in einer Säule befestigt ist und erst montiert wurde, als wir mit dem Fischen begonnen haben. Von hier aus überblickt er das Deck, die Pferche und die Winde: mit den Knien stößt er an das Gehäuse der Fischlupe, und alle paar Minuten wirft er einen Blick auf die Kathodenstrahlröhre des Gerätes. Die Fischlupe zeigt durch ein grünes Linienmuster in gleichmäßigen Abständen an, welche Fische es in einer bestimmten Wassertiefe gibt. Mit ruhiger Hand zeigt mir der Skipper, wie man die angezeigte Wassertiefe mit Hilfe eines Rändelrades verstellen kann, und dann stellt er es wieder auf zehn Meter über dem Meeresboden ein. Er erklärt, daß das Instrument von begrenztem Nutzen ist, da es nur anzeigt, daß sich zu einem bestimmten Zeitpunkt Fische genau unter dem Schiff befinden: wohingegen das Schleppnetz vielleicht achthundert Meter hinter uns treibt. Trotzdem kontrolliert der Skipper die piepsende Fischlupe: schließlich ist sie das einzige Hilfsmittel, das ihm sagt, was vor sich geht.
· · · · · · · · · Es gibt eine Menge Messing auf der Brücke. Jeden Tag auf See wurde es poliert, aber seit wir mit dem Fischen angefangen haben, hat sich keiner mehr darum gekümmert.

Das Rad hat eine Nabe aus Messing, ein Messingband, das auf beiden Seiten den äußeren Rand einfaßt, und einen Messinghaken, mit dem man es feststellen kann: die Messingabdeckungen der Heizkörper sind mit einem einfachen Lochmuster versehen. Die Sprachrohre, die unter anderem aufs Deck und in den Maschinenraum führen, sind aus Messing: sie werden nicht benutzt, es sei denn, Telegraf und Telefon fielen aus. Der Telegraf ist eine Gliederpuppe aus Messing, zwei Exemplare gibt es, auf jeder Seite der Brücke eines, die festgekeilten Instruktionen schmucklos und unmißverständlich. Jedes zweite Fenster der Brücke hat Arretierhebel aus Messing, die das zentimeterdicke Glas fest an Ort und Stelle halten, und sogar das runde Allwetterfenster hat in der Mitte eine Mutter aus Messing.

· · Aber das Radargerät, die Fischlupe und die automatische Steuerung halten sich mit der gelben Legierung zurück, sie sind in verschiedenen amtlichen Grautönen gestrichen. Die automatische Steuerung klickt die Abweichung vom vorgegebenen Kurs vor sich hin, vier Strich hin, sechs zurück, noch einmal drei, vier, sieben zurück, unaufhörlich. Das Radar leuchtet orange in seiner Haube, dunkel in seiner Mönchskapuze, zieht Entfernungskreise, für mich schwer zu deuten. Hinter dem Skipper, der an der Fischlupe sitzt, ist ein Apparat angeschlossen, der eine lange Papierzunge herausstreckt, auf die ein ausschlagender Tintenschreiber die Fischschwärme und den Meeresboden aufgezeichnet hat: erstere als wolkige Flecken, letzteren als feste Masse. Daneben befindet sich das SAL-Log, der Geschwindigkeitsmesser, leuchtendes Rosa, dessen Zeiger nun ungefähr bei dreieinhalb Knoten stehenbleibt, während wir das Netz schleppen; wohingegen er sich auf der ganzen Überfahrt immer zwischen zwölf und dreizehn bewegt hat. Und darunter das Langwellenradio, mit dessen Hilfe der Skipper andere Schiffe anruft, die demselben Eigner gehören, um Fangmengen und Positionen zu besprechen, dessen Hörer und geringeltes Plastikkabel in dieser Umgebung seltsam fehl am Platz wirken. Genauso wie auch das Kartenhaus im Vergleich zur Brücke wie ein anderer Raum wirkt: es geht davon ab, ein Drittel so breit, etwas tiefer, kommt einem vor wie ein Studierzimmer. Ein großer flacher Deckel auf einer Kartentruhe aus Mahagoni, Messingbeschläge, ein Schrank, ein Reserveradargerät kauert zugedeckt in einer Ecke, an der Wand neben dem Chronometer ein zweites SAL-Log. Messing und Mahagoni überall, dunkelgrüne Kissen auf der Bank, auf der ich die ersten Stunden schlief, bevor die Mannschaft an Bord kam. Nebenan, ebenfalls von der Brücke abgehend, befindet sich der Funkraum, ungefähr genauso groß wie das Kartenhaus: doch er wirkt kleiner, weil er mit Geräten vollgestopft ist, an der einen Längsseite ist ein Schreibtisch für den Funker hineingequetscht worden. Der Funker

auf diesem Trawler heißt Molloy. · · · · · ·
· · Vor jedem Fenster gibt es eine Messingstange, doch man kann nur an den Stellen die Arme aufstützen, wo man nicht durch Steuerrad, Radargerät und Fischlupe behindert wird. Diese Stehplätze befinden sich an den Seiten der Brücke. Ich kann von zwei Stellen aus das Deck unten vor mir zu drei Vierteln überblicken, je eine links und rechts, oder ich kann von zwei anderen aus genau nach backbord und steuerbord sehen. Ich habe es mir bereits angewöhnt, stundenlang an dem einen oder anderen dieser Fenster zu stehen, jeweils an demjenigen, wo ich der Wache nicht im Weg bin; es kommt mir wie der einfachste Zeitvertreib vor, und die frische Luft lindert die Seekrankheit beträchtlich: das heißt, sie macht sie mir erträglicher. Wenn man nach vorne sieht, egal von welcher Stelle aus, kann man nicht nur die Arme aufstützen, sondern sich auch mit dem Gesäß an den Telegrafen lehnen, so daß die Füße soweit wie möglich entlastet sind, man aber trotzdem nominell noch aufrecht steht. Anfangs habe ich schmerzhafte Knüffe abbekommen, wenn an der Messingkurbel des Telegrafen auf der anderen Seite der Brücke gedreht wurde. Tatsächlich machen sich einige Männer der Wache mittlerweile einen Spaß daraus, den Vergnügungsreisenden überraschend in den Arsch zu knuffen. Aber allmählich landen sie nicht mehr so viele Treffer, da ich allmählich ein Gefühl dafür bekomme, wann an

dem Telegrafen eventuell gekurbelt wird. · · · · · · · · · Heute war ein guter Tag: mir war nicht so schlecht wie sonst, das Wetter war besser als auf der gesamten Fahrt bisher, vielleicht bin ich dem Verständnis meiner selbst einen Schritt näher gekommen: ich werde heute nacht gut schlafen oder schlafen und denken oder beides: an den Krieg, ja, und an die Evakuierung: wenn irgendein Ereignis oder irgendein Abschnitt meines Lebens ausschlaggebend war für meine Isolation, und das ist nicht zu stark ausgedrückt, dann muß es das gewesen sein. · · · · · · · · Den ersten richtigen Sonnenuntergang auf der ganzen Reise, den haben wir heute auch, große, leuchtende Bänder streifen den Himmel wie lange Banner auf einem Ritterturnier, das Licht verwandelt das Messing auf der Brücke durch Alchimie in weindunkles Gold: der kurze nördliche Herbsttag endet früh: die Küste, von Norwegen oder Rußland, wirkt nur wie eine förmliche Unterbrechung des Wolkenmusters an Backbord. Unten auf Deck fällt das stetige Licht auf keinerlei Betriebsamkeit, sondern auf das schwappende Wasser im Wäscher, auf die Seesterne und die weißbäuchigen Klieschen, die sich unnatürlich in der Bilge bewegen. In einem Pferch hängt ein Fischdarm wie ein Büschel Haare vom Eisengitter. · · Das grüne Piepsen der Fischlupe nimmt nun den Skipper ganz gefangen, der über diesem talismanischen und doch wissenschaftlichen Hilfsmittel sitzt, das

nun heller leuchtet als die Sonne. · · · · · ·
Ja, es war ein guter Tag. Ich werde heute nacht schlafen. Es ist vier Uhr. Ich werde bis zum Abendessen um sechs lesen und dann schlafen. Und denken.

Dies muß sorgfältig der Reihe nach erzählt werden, soweit ich es denken kann. · · Ich war sechs Jahre alt, als der Krieg ausbrach. Das erste, was mir dabei einfällt, ist ein Proviantbeutel aus hellem, khakifarbenem Stoff mit dünnem, braunem Lederbesatz. Am deutlichsten erinnere ich mich bei diesem Proviantbeutel daran, daß er außen eine Tasche hatte, auf der von mir abgekehrten Seite, und daß diese Tasche für eine einzelne Büchse Lyons' Obstkuchen gerade groß genug war und daß diese Tasche bei dieser Gelegenheit tatsächlich einen Lyons' Obstkuchen enthielt. Die genaue Art des Kuchenbelags ist mir entfallen. Ich vermute, es war Apfel. Der Zweck dieses Beutels war es, Kleidung und andere Utensilien für eine Reise aufzunehmen, und der Obstkuchen sollte mich auf dieser Reise bei Kräften halten. Sie sollte ohne meine Eltern unternommen werden und wurde von der Schule organisiert, die ich damals besuchte. Ich erinnere mich, daß ich einmal mit meinem Proviantbeutel zur Schule ging und mich mit vielen anderen Kindern in der King Street, Hammersmith, in

Zweierreihen aufstellte, in der Nähe vom Royal war das: vielleicht vor dem Rathaus. Aber wir gingen nicht auf Reisen. Ja, ich weiß nicht einmal, mit welchem Transportmittel sie uns eigentlich befördern wollten. An dem Abend schlief ich zu Hause und durfte meinen Kuchen essen, was mich ein wenig darüber hinwegtrösten sollte, daß er mich auf der geplanten Reise nicht bei Kräften gehalten hatte. Dieser Fehlstart war, wie ich später erkannte, nur einer von vielen blinden Alarmen in den Jahren 1938–1939. Zu diesem bestimmten kam es vielleicht zur Zeit des Münchener Abkommens. Das ließe sich leicht nachprüfen: aber nicht hier, und für meine Zwecke kommt es mir nicht so wichtig vor, als daß man sich darüber den Kopf zerbrechen müßte. · · · · · Als der Krieg dann doch ausbrach, wurde ich allerdings nicht in ein offizielles Evakuierungsprogramm aufgenommen. Die Mutter meines Vaters wohnte in Westminster, in einem kleinen Arbeiterhäuschen nicht weit von der Horseferry Road, und da gab es ein Lokal, das sie und meine Eltern häufig besuchten. Ich glaube sogar, daß meine Großmutter als Putzfrau und meine Mutter als Bedienung dort gearbeitet haben, verschiedentlich und zu unterschiedlichen Zeiten. Der Wirt dieses Lokals machte meiner Mutter den Vorschlag, auf seinen Sohn aufzupassen, der damals ungefähr vier war, und zwar auf einem Bauernhof in Surrey, wo er Freunde hatte, die bereit waren, uns drei aufzunehmen. Will sagen, den Jungen, Timmie, meine Mutter und mich. Dort wären wir außer Gefahr. Warum mein Vater und meine Großeltern in Gefahr bleiben sollten, entzieht sich meiner Kenntnis. Sicher mußte mein Vater arbeiten, und sein Arbeitsplatz – er war im Lager einer Buchhandlung beschäftigt – befand sich in London. · · Dieser Bauernhof lag gleich hinter dem Dorf Chobham, eigentlich war er eher eine kleine Klitsche als ein richtiger Bauernhof, ungefähr sechs Morgen Land, ein eingeschossiges Backsteinwohnhaus mit Anbauten aus Eternitplatten und Latten, eine Scheune, verschiedene Schuppen, zwei alte Autobuskarosserien, von denen eine bewohnt war und die andere als Werkstatt benutzt wurde: diese Gebäude waren um einen Hof herum gruppiert, und dann gab es noch eine andere Scheune, etwa vierhundert Meter entfernt, zu der man über einen Feldweg gelangte. · · In dem Wohnhaus lebte es sich, wie ich mich erinnere, recht angenehm. An der Westseite gab es eine lange, verglaste Veranda, und das Plumpsklo hatte eine Senkgrube, die der alte Mann jeden Morgen in aller Frühe leerte, wobei er mich manchmal aufweckte. Er und seine Frau, beide über sechzig, betrieben den Bauernhof mit Hilfe ihres Sohnes, der gut zwanzig Jahre jünger war. Mit seiner eher unwilligen Hilfe allerdings, denn Jack war Requisiteur bei einer Filmgesellschaft und verbrachte viel Zeit in London. Er kam an den Wochenenden zu Besuch, oft brachte er einen Freund mit, einen Autohändler, Mister sowieso, dessen Namen entweder die verrückte Em'ly oder ich wie Mitter aussprachen, und so wurde er für mich und für andere, die mit mir über ihn redeten, zu Mitter oder auch Mitt. · · Der Innenhof war ein guter Tummelplatz für ein heranwachsendes Kind, so will es mir heute wohl scheinen. Das Wohnhaus stand im Süden, die Scheune im Westen, und dazwischen befand sich die Einfahrt, die mit einem rechtwinkligen Schlenker von der etwa vierhundert Meter entfernten Landstraße kam. Mitt hatte mehrere Wagen in der Scheune abgestellt, im Erdgeschoß, und der Speicher war voll von Filmrequisiten und Gerümpel. Nach Norden hin schlossen den Hof ein paar Holzhütten ab, in denen kleine landwirtschaftliche Geräte und staubige Regale standen, auf denen Flaschen und Päckchen mit Glaubersalz und Wurmkuren bunt durcheinandergewürfelt herumlagen. Daneben führte in der Ecke ein Feldweg zu der weiter entfernten Scheune, und an der Ostseite standen ein Pferdewagen, dessen Deichseln nach oben ausgerichtet waren wie zwei hölzerne Geschützrohre, noch einige andere Hütten und ein Bus, bei dem die Räder, der Motor und mehrere Fenster fehlten. Hier wohnte die verrückte Em'ly, die ich nicht sehen durfte: aber gelegentlich hörte ich sie reden. Ich beobachtete, wie man ihr das Essen auf einem Emailleteller anrichtete, und sah manchmal, wie man es ihr hineinreichte. Sie brabbelte kaum verständliches Zeug vor sich hin: sie verschluckte bei der Aussprache verschiedene Laute. Ich glaube, sie muß geistig behindert gewesen sein. · · Parallel zur Rückseite ihres Busses stand noch ein anderer Bus, voll mit bäuerlichem Nippes: am besten erinnere ich mich an die Maulwurfsfallen, an die anderen Fallen und daran, daß Mitt mich einmal darin eingesperrt hat: für ihn ein Jux, aber für mich zum Heulen. Wieder dahinter befand sich der Luftschutzkeller, Stufen führten hinunter in eine schwarze Grube, die nach Erde roch, mit Lattensitzen und einer allzu öffentlichen Toilette. · · Die weiter entfernte Scheune war ein seltsamer Ort: weiß kotende Hühner pickten im grauen Kies zwischen vier Postkutschen, Pferdewagen, herum, die vielleicht irgendwann einmal für einen Film gedacht gewesen waren, jetzt aber langsam vor sich hin moderten, die gestrichenen Paneele gesprungen, die Polster muffig von der herausquellenden Stroh- oder Heufüllung, die Griffe und Haken aus Messing blaugrau angelaufen: die fein verspeichten Räder, die fein eingefaßten Paneele, die fein gebogenen Deichseln. · · · · · · · · · Immer wenn ich Chaucers *Erzählung des Müllers* gelesen habe, ließ ich sie alle in diesem Hof auftreten, den alten, gehörnten Zimmermann, seine Frau und den Schreiber, hoch oben in dieser Scheune zwischen den staubigen Requisiten, wo sie auf die zweite Sintflut warteten: und das Fenster, an dem der hinterlistige Absolon seinen Kuß auf so urkomische Weise erwidert bekam, ist für mich immer ein Fenster dieses Wohnhauses gewesen.

. . . . Die Schweineställe befanden sich hinter den Schuppen links von dem Feldweg, der zu der weiter entfernten Scheune führte. Vor den großen Schweinen hatten wir Angst, Timmie und ich, vor allem vor einem riesigen Eber mit schwabbeligem Speck, dessen kleinste Bewegung in unsere Richtung uns von der niedrigen Backsteinmauer vertrieb, über die wir uns gebeugt hatten. Eines Samstagmorgens haben sie diesen Eber getötet. Als der Schlachter kam, mußten wir Kinder uns alle im Wohnzimmer versammeln und aus Leibeskräften singen, während eine Frau Klavier spielte und mit dem Fuß das Fortepedal bearbeitete. Entweder wußte ich es schon, oder ich habe es kurz danach herausgefunden, daß dies nämlich nur dazu diente, vom Todesquieken des Ebers nicht einen einzigen Ton zu uns dringen zu lassen. Ich habe keinen Ton gehört: ich kann mich sehr deutlich daran erinnern, daß eines der Lieder, die gespielt und laut gesungen wurden, *There'll Always be an England* war. Ich sah den Eber als Fleisch an. Damals war Fleisch natürlich rationiert, und den Teil, den sie nicht abliefern mußten, haben sie gepökelt und ein paar Kilometer entfernt in dem großen Kamin eines Kottens, der ihnen gehörte, zum Räuchern aufgehängt. Jack ging ihnen bei der Verarbeitung eher schlecht und unwillig zur Hand, und als wir den Speck schließlich essen konnten, war er, das weiß ich noch, fast ungenießbar salzig. Bei dem Kotten hielt ich mich ganz besonders gern auf. Er stand an einem kleinen Bach, in dem ich Blutegel fing, die sich an den Steinen festgesaugt hatten, und an der Außenwand gab es einen alten Eisschrank, worin ich sie von einem Besuch zum nächsten aufbewahrte. An den Innenwänden des Kottens hingen viele Steinschloßpistolen, alte Entenflinten, Schrotflinten, Karabiner, vielleicht auch eine Arkebuse und ähnliches. Eines Nachts brachen ein paar Jungen aus einem Waisenhaus in der Nähe in dem Kotten ein, als niemand da war, und stahlen viele dieser Waffen. Die Polizei konnte sie anhand der Fußspuren, der weggeworfenen Waffen und Patronenhülsen mühelos bis zu ihrem Heim verfolgen. · · · · · · · · · · Es ist sehr schwierig, sich an die richtige Reihenfolge der Ereignisse in Chobham zurückzuerinnern, aber manche kann ich natürlich mit Hilfe äußerer Ereignisse datieren, um nicht zu sagen historisch einordnen. So zum Beispiel meine Erinnerungen an die Luftkämpfe: winzige schwarze Formen, die gelegentlich silbrig aufblitzten – aber was soll an ihnen wohl silbern gewesen sein? Silberfarben lackiert waren sie jedenfalls nicht – manchmal gefolgt von einem Kondensstreifen, wenn sie höherstiegen, und ein- oder zweimal stießen sie schwarzen Qualm aus, wenn sie getroffen waren und ins Trudeln gerieten:

diese Erinnerungen müssen zum Sommer 1940 gehören, zur Luftschlacht um England. Eine Heinkel 111 stürzte in ein Feld, keine fünfhundert Meter von uns, und wir gingen sie uns anschauen, ganz schwarz war sie und hatte eine durchsichtige Stupsnase. Die Polizei ließ uns keine Andenken sammeln, aber ein Ladenbesitzer im Dorf hat ein Maschinengewehr daraus in seinem Schaufenster aufgebaut, zusammen mit einer Sammelbüchse. Eine Hurricane kam sogar noch näher herunter, auf einem unbebauten Gelände zwischen dem Bauernhof und einigen Häusern. Nachdem sie die Überreste, die Trümmer, abgeholt hatten, fand ich ein kleines, flaches Aluminiumstück in der Erde, mit einer Schraube und einer Mutter. Ich habe mich sehr über dieses Andenken gefreut. Ich habe es noch irgendwo. Ich weiß nicht mehr, ob es der Pilot dieser Maschine war, der ausgestiegen ist, aber in dem Sommer wurde eines Nachmittags ein Fallschirm gesichtet, und die Leute vom Hof liefen zu der Stelle, wo er landen mußte. Meine Mutter nahm mich bei der Hand, und wir verließen den Hof am oberen Ende und überquerten den Bach im nächsten Feld. Ich fing an, am Arm meiner Mutter herumzuzerren, aus Angst, ich hatte plötzlich schreckliche Angst, daß der Mann sie töten würde. Ja, daran erinnere ich mich deutlich: ich hatte Angst um sie, um mich selbst überhaupt nicht. Wir kamen hinter einer Hecke in ein Wäldchen, und ein paar hundert Meter weiter sahen wir den Mann, den Fallschirm hatte er unter dem Arm, und er ging schnell mit einem halben Dutzend anderer Männer weg, in seiner hellbraunen Fliegermontur, mit Lederhelm und Stiefeln. Die Männer schienen ihn nicht zu schikanieren, und obwohl ich deshalb immer der Meinung gewesen bin, daß er ein britischer Pilot war, kann ich mir ansonsten auch nicht erklären, wie ich zu diesem Schluß kam: vielleicht lag es nur daran, daß er keine Gefahr für meine Mutter mehr darzustellen schien. Ich finde es einigermaßen seltsam, daß ich mich vergleichweise wenig erinnern kann, wie meine Mutter damals war. Mit Sicherheit war sie Timmie und mir eine gute Mutter, und vielleicht ist es ein Anzeichen für diese Güte, daß mir kaum etwas Herausragendes über sie einfallen will. Sie arbeitete auf dem Bauernhof, wenn sie nicht für uns sorgte, aber sie war, glaube ich, keine offizielle Erntehelferin. Einmal mindestens gab es eine offizielle Erntehelferin, ein klobiges Mädchen in Hosen. Daran, daß mein Vater uns besucht hätte, kann ich mich kaum erinnern, obwohl er doch oft gekommen sein muß, womöglich sogar jedes Wochenende. Auch erinnere ich mich nicht daran, gedacht zu haben, daß er in Gefahr gewesen sein mußte in dem London, das oft im Osten als heller Feuerschein am Himmel erschien. Wir verbrachten einige Nächte, einige furchtbare Nächte, im Luftschutzkeller: da gab es Ameisennester und Nachtlichter: für mich gehören diese beiden Dinge immer noch zusammen. Ich habe darauf gewartet, daß vom Dorf aus endlich die Entwarnung kam, damit wir wieder in unsere eigenen Betten konnten. Es kam mir gar nicht in den Sinn, daß die ganze Evakuierung im Grunde zwecklos war, wenn wir uns trotzdem noch verkriechen mußten, sogar hier unten im tiefsten Surrey. · · · · · · · · · · In Chobham habe ich gelernt: aber nicht offiziell, denn zu der St.-Lawrence-Schule fällt mir nur noch ein, daß ich versucht habe, eine Bande aufzuziehen, so ähnlich wie die, die wir an der Londoner Schule hatten: ohne Erfolg, die Dorfkinder hatten einfach kein Interesse daran. Aber auf andere Weise. Ich lernte sehr gut lesen: vielleicht hat mir diese Schule also doch etwas genützt. Und ich kann mich noch an den Nachmittag erinnern, als ich mich nach einer überstandenen Krankheit wieder ganz gesund fühlte, aber zu meiner Enttäuschung trotzdem nicht aufstehen durfte und so meine erste Geschichte gelesen habe. Sie stand in einem dieser Heftchen, die sowohl Comic strips mit Sprechblasen als auch ausformulierte Geschichten mit einer Titelillustration enthalten, und ich las sie aus Langeweile, man könnte fast sagen aus Verzweiflung, nachdem ich aus den Bildergeschichten alles Lohnende herausgeholt hatte. Es war eine Agentengeschichte über einen heldenhaften Jungen, der mit Hilfe eines benzingetriebenen und ferngesteuerten Modellflugzeugs Nachrichten über den Ärmelkanal schickte: eine höchst unwahrscheinliche Geschichte, das weiß ich heute, aber an dem Nachmittag las ich sie mehrere Male hintereinander mit großem Vergnügen, so sehr habe ich mich gefreut, daß ich jetzt Geschichten lesen konnte. Ich habe radfahren gelernt: Mitt hat mich auf den Sattel gesetzt und mich kräftig angeschoben, und schon ging es den grasigen Weg hinunter, der zu der weiter entfernten Scheune führte. Jedesmal bin ich umgekippt, manchmal habe ich mir weh getan. Aber einmal konnte ich plötzlich das Gleichgewicht halten und radfahren. · · Aus Bausätzen habe ich Modellflugzeuge gebastelt, schwerfällige Mühlen, und ich kannte die Formen der meisten Typen, die damals flogen, sowohl von den britischen als auch von den deutschen. Ich wußte in gewisser Weise einiges über den Krieg: nichts über den Faschismus oder die politischen Ideen – nicht anders als viele Erwachsene habe ich mich später doch sehr über die Ansichten gewundert, die ich unbewußt vertrat – aber ich konnte doch einen Großteil der Erwachsenengespräche verstehen, und jemand schenkte mir eine Karte vom Ruhrgebiet mit markierten Bombardierungszielen, und ich steckte kleine Fähnchen mit Bomben hinein: willkürlich. · · Ich lernte, daß Alkohol betrunken macht. In der Scheune auf der anderen Seite vom Hof stand ein kleines Faß, vielleicht ein Butterfäßchen, mit Portwein, das der alte Mann da aufbewahrte, um sein alterndes

Blut einzudicken oder aus sonst einem ähnlich euphemistischen Grund, den sie sich für Kinder ausdenken. Unter dem undichten Spundloch stand ein Emaillekrug, und Timmie und ich haben den Wein getrunken, der sich darin gesammelt hat. Eines Morgens haben wir dafür gesorgt, daß etwas mehr auslief als sonst, und beim Mittagessen schwankte Timmie kichernd hin und her, bis er schließlich vom Stuhl kippte. Meine Mutter wollte sofort von mir, der ich einen roten Kopf hatte und mich selbst kaum geradehalten konnte, wissen, was wir nun wieder angestellt hätten, und ich habe es ihr kichernd erzählt. Wir wurden sofort ins Bett geschickt, wo wir beide tief und fest bis weit in den nächsten Tag hinein schliefen. Ich glaube nicht, daß ich Kopfschmerzen hatte, aber für Portwein habe ich seitdem nichts mehr übrig gehabt. Meine Eltern hielten sich, was das Trinken anging, für aufgeklärte Leute, denke ich. Als Kind durfte ich immer an allem, was sie gerade tranken, nippen, da sie der Meinung waren, wenn sie es mir vorenthielten, würde später ein Trunkenbold aus mir werden. Die Abneigung gegen Portwein könnte mir aber zum Teil auch schon vor dieser Chobhamer Kostprobe eingeflößt worden sein, da sie mich einmal, als ich krank war und der Arzt mir gegen irgendeine Krankheit keine Medizin verschreiben wollte, trösten wollten und mir in einer Flasche Wasser, Zucker und Portwein zusammenmischten, um meine Genesung zu fördern, was sie wahrscheinlich für psychologisch hielten. · · Ich lernte damals und dort anscheinend auch fluchen, wofür ich ebenfalls bestraft wurde. Das war, als mein Vater einmal auf dem Bauernhof zu Besuch war und sowohl er als auch meine Mutter hörten, wie ich Scheiße! sagte, während ich den kleinen Garten umgrub, den ich mir anlegen durfte. Ich glaube, das Wort galt einem Spaten, über den ich mich aus irgendeinem berechtigten Grund geärgert hatte, warum genau, weiß ich nicht mehr. Eine Woche wurde mir der Shilling Taschengeld gestrichen. Räumlich verbinde ich mit dieser Flucherei ein Zimmer in der Nähe, in dem ich Röteln hatte: irgendwie haben diese beiden Orte etwas miteinander zu tun. An die Röteln, die sogenannte deutsche Krankheit, die für mich um so schlimmer waren, als sie zumindest dem Namen nach dem Feind zuzuschreiben waren, kann ich mich überhaupt nicht mehr erinnern, an keine Schmerzen, nicht einmal an Beschwerden, ich weiß nur noch, daß ich sie hatte. Aber in dem Zimmer hing ein Bild von einer Frau, die lächelnd den nackten Hintern über die Reling eines Dampfers hielt, und darunter standen die Worte Kleinvieh macht auch Mist. Ich konnte nicht verstehen, was daran komisch sein sollte, und klüger wurde ich dadurch auch nicht: ich wußte längst, wie Mädchen pinkeln. · · · · · · · · Von den Jungen auf dem Nachbarhof lernte ich etwas über das Landleben. Sie nahmen mich mit zum Angeln an den

Bach, der sich tief in ihr Land hineinschnitt und hinter unserem herfloß. Ich kann mich nur noch daran erinnern, Groppen gefangen zu haben: bei manchen Leuten hießen sie auch Kaulköpfe. Als Angelzeug diente uns eine umgebogene Stecknadel an einem Baumwollfaden, der an einer Erbsenstange aus Bambus hing: die klassische Anglerausrüstung für Jungen. Sie hatten Luftgewehre, die beiden vom Nachbarhof, allerdings keine Munition. Aber wenigstens knallten sie, auch ohne Munition. Auf ihrem Hof gab es lange Reihen von Gewächshäusern, und manchmal kamen Klärschlammwagen vorbei, mit biegsamen Rüsseln und einer Pumpe unter der Achsel, und besprengten das Land mit stinkendem Modder, der dann untergepflügt wurde. Außerdem wühlten sie sich in die Erde wie Troglodyten, diese beiden, bis sie eine schöne Höhle als Hauptquartier ausgehoben hatten, verschalt mit Brettern aus Hühnerställen, in einem Fall sogar mit einer Lichtquelle, einer Treibhausscheibe.

· · · · · · · · · Ein Mädchen namens Sarah, ungefähr so alt wie ich damals, hat mir etwas über Sex beigebracht. Will sagen, wir lernten voneinander. Ich habe eigentlich nicht viel dazugelernt, das meiste hatte ich schon bei Dulcie gesehen. Wir haben uns voreinander entblößt, Sarah und ich, hinter dem Luftschutzkeller. Es war der Unterschied, der mich, auch damals noch, interessierte. Ich glaube, wir haben es zwei-, dreimal gemacht, ich weiß nicht, warum nicht öfter, vielleicht weil meine Mutter uns einmal gestört hat, als sie zu den Mülltonnen wollte, die in der Nähe standen, obwohl sie von uns kaum mehr gesehen haben kann als unsere Köpfe. Sarah hat sich nie anfassen lassen. Ich weiß nicht mehr, ob sie mich angefaßt hat. Vermutlich nicht. Sarah war die Tochter der anderen beiden London-Flüchtlinge, die als Gäste von Jack oder den alten Leuten, von wem auch immer, auf dem Hof wohnten. Sie konnten meine Mutter und die beiden Kinder, für die sie sorgte, Timmie und mich, nicht leiden, und heute erkenne ich, daß es etwas mit der Klassenfrage zu tun hatte. Die Tageszeitung, die diese Leute, Sarahs Eltern, lasen, hatte eine Kolumne, die »London Tag für Tag« hieß, und heute weiß ich, daß das Blatt der erzkonservative *Daily Telegraph* war. Daß sie uns ablehnten, daß sie uns kaum duldeten, darin ging Jack mit Sicherheit mit ihnen konform: meine Mutter war faktisch oder praktisch ein Dienstmädchen. Laß mich das noch einmal durchdenken, ganz deutlich: kein von ihm entlohntes Dienstmädchen, kein von ihm nicht entlohntes Dienstmädchen, aber doch nicht mehr als eine Angehörige der Dienstbotenklasse, für ihn. Zumindest bestehen mein Gedächtnis und mein Instinkt beharrlich darauf, daß das die Wahrheit ist: für ihn war meine Mutter wie ein Dienstmädchen zu behandeln. Vielleicht irre ich mich. Das alte Paar hat uns ertragen, wie es alles ertragen hat: unsere Anwesenheit war für sie nur eines von vielen Ärgernissen, die ihnen das Leben schwer machten: anscheinend hatten sie immer ein schweres Leben gehabt. Mitt war eine Ausnahme: ich glaube kaum, daß er von Geburt her wirklich zur gehobenen Mittelschicht gehörte, bei Bauernfamilien ist das schwer zu sagen, aber vom Wohlstand her gesehen gehörte er auf jeden Fall dazu: heute weiß ich, daß er ein tüchtiger Autoschlosser war, der sich seinen finanziellen Erfolg mit Fleiß erarbeitet hat. Damals kannte ich ihn als einen freundlichen Mann, der seine Späße mit Timmie und mir allerdings manchmal zu weit trieb: mich hat er im Bus eingesperrt, wie schon erwähnt, und uns zwei gutgläubige Burschen hat er mit einem Paket Salz auf die Kaninchenjagd geschickt, wir sollten den Beweis für seine Behauptung antreten, daß man welche fangen kann, wenn man ihnen Salz auf den Schwanz streut. Aber Jack und Sarahs Eltern: deren Hohn fürchteten wir, deren Geringschätzung, deren Mißachtung uns gegenüber, die viel schlimmer waren als Mitts Ruppigkeit. Irgendwie wirkte Jack zu gebildet für einen Bauern: und was er auch unternahm in seinem sporadischen Bemühen, etwas zu den Kriegsanstrengungen beizutragen, war dilettantisch und erfolglos. Ein Kornspeicher wurde von Ratten heimgesucht, das Getreide von Mehltau befallen, in Rüben- und Kartoffelmieten drang der Frost ein, die Säue fraßen ihre Würfe, Hühner legten weniger Eier als im landesweiten

Durchschnitt, Kohlrabi und Mais waren nicht gerade heiß begehrt: im oberen Hühnerstall allerdings gediehen die Artischocken, sie wurden groß und wurzelig, so daß Jack, der Feinschmekker, an den Herbstabenden so manches feine Mahl genießen konnte. · · · · · · · · · Andere Erinnerungen bleiben im Filter hängen. Ich werde sie nur denken, da nichts außer acht gelassen werden darf, aber ich werde sie nicht mit mir erörtern. Ich denke, das Wichtigste habe ich. · · · · · · · · · · Jack holte tote und sterbende Küken aus dem glühbirnenwarmen Brutkasten und verbrannte sie im Küchenherd · · creme- und orangefarbene Frettchen wurden in Kaninchenbaue gesetzt, dann die Schreie · · ging anderthalb Kilometer auf der Landstraße ins Dorf, am Wegrand nichts als Kerbel, Petersbart und wilde Heckenrosen, die Jahreszeiten jetzt für mich zu einer einzigen zusammengeschmolzen, mit Timmie, die Gasmaskenbehälter baumelten uns an der Hüfte · · der Achter im Hinterrad meines Fahrrads, als Jack rückwärts mit dem Auto darüber fuhr (Man hat mir eingeredet, ich wäre selbst schuld, weil ich es dort hingelegt hatte: aber ich erkenne heute, daß dies mir gegenüber ungerecht war, die Schuld für seine Unachtsamkeit hat er auf ein siebenjähriges Kind abgewälzt) · · spielte in einem von Mitts Wagen, der in der Scheune abgestellt war, entdeckte, daß eine rote Lampe anging, wenn man einen Schlüssel herumdrehte · · fuhr einen denkwürdigen Nachmittag lang einen Raupenschlepper, eggte die sonnenbraune Erde, bis sie umgewälzt-braun und feucht war · · sah bei einer Luftschutzübung, wie man mit einer Brandbombe verfährt, man erstickt sie mit einem Sandsack, eine Information, die ich gerne einmal genutzt hätte, wozu sich aber nie die Gelegenheit bot · · sah, wie die alte Dame auf einem Stuhl stand und die versteckten Schätze aus dem Dach hervorholte, rationierte Lebensmittel, vor dem Krieg oder zumindest vor der Lebensmittelknappheit eingekauft, Tee und Zucker, Aprikosenmarmelade mit Steinen · · die Dorfkinder, die uns mit Steinen bewarfen und die wir mit Steinen bewarfen · · die Ziegelei, weite Landschaft aus glatten Ziegelerdebergen und staubigen Kränen, Brücken, Leitern und viereckigen Stapeln fertiger Ziegel, wo wir aus irgendeinem Grund am liebsten in unseren Sonntagskleidern herumtobten und -kletterten, bis wir weggejagt wurden · · kletterten auf den niedrigen Mauern und Dächern der Schweineställe herum, hin und her gerissen zwischen Aufgeregung und Angst, krähten schließlich auf dem First wie ein Hahn · · ließen auf dem Feld von einem umgekippten Metalltrog aus Modellflugzeuge steigen, Flugzeuge, die jemand aus Jacks Studio gebastelt hatte, die er uns geschenkt hat, sein einziger Akt der Freundlichkeit, wie ich mich erinnere: bis auf den einen vielleicht – uns überhaupt aufzunehmen.

Das alles hat mir vielleicht in einem Punkt bei meinen Bemühungen geholfen, die Gründe für meine Isolation zu verstehen: mir ist jetzt der Zeitpunkt klar geworden, an dem mir Klassengegensätze bewußt wurden, Unterschiede zwischen Menschen, die mit Alter oder Größe nichts zu tun hatten, an dem mir faktisch der Klassenkampf bewußt wurde, der kein veraltetes Konzept ist, wie die Angehörigen der Oberschicht, die nicht völlig verblödet sind, alle anderen glauben machen wollen. Der Klassenkampf wird in England noch mit der gleichen Verbissenheit, mit der gleichen zerstörerischen Wirkung auf den menschlichen Geist ausgefochten wie von jeher: von Geburt an stand ich auf meiner Seite, ich kann und will nicht desertieren: ich wurde ein gemeiner Soldat, bewußt, aber nicht freiwillig, mit etwa sieben Jahren.

Ich habe mir hier diese beiden Bilder von mir sehr genau angesehen: beides sind Schulfotos von der Sorte, wo man die Kinder im Klassenverband nach draußen bringt, um sie dann in Fünfergruppen vor einem neutralen Hintergrund posieren zu lassen. Das erste wurde an der Schule in Chobham gemacht und zeigt einen aufgeweckten, pausbäckigen, ziemlich blonden Jungen, dem die Wißbegierde aus den Augen blitzt. Auf dem anderen, zwei Jahre jüngeren

Foto ist derselbe Junge kaum wiederzuerkennen: ängstlich, schmaler, die Augen sehen jetzt so aus, als hätten sie die meisten Enttäuschungen bereits mit angesehen und sich auf die noch ausstehenden gefaßt gemacht, die Haare sind dunkler, gekämmt und mit Haarcreme nach hinten geklebt, gescheitelt, der Mund ist hart, verkniffen: alles in allem das Gesicht eines Menschen, der sich nun der schlimmsten Seiten der *conditio humana* nur allzu bewußt ist. · · · ·
· · · · Dieses zweite Foto wurde an der Volksschule in Brotton aufgenommen, einem Dorf in der Nähe von High Wycombe in Buckinghamshire, etwa fünfzig Kilometer von London entfernt. Ich weiß nicht, warum wir Chobham verlassen haben, aber es war mit Sicherheit nach dem Ende der Luftangriffe auf London, als kaum noch etwas zu befürchten war. Auch an das Datum kann ich mich ungefähr erinnern: Juni oder Juli, mit Sicherheit im Sommer, 1941. Es kommt mir heute so vor, als ob es womöglich einen emotionalen oder politischen Grund dafür gegeben hat, daß wir den Bauernhof verlassen haben: vielleicht konnten sie uns nicht länger ertragen. Das kommt mir ziemlich wahrscheinlich vor, da ich meine Mutter über unseren fast zweijährigen Aufenthalt dort seither nie ein freundliches Wort habe verlieren hören. In London blieb ich nicht sehr lange: das einzige, woran ich mich erinnern kann, ist das Fuhrwerk eines Kohlenhändlers vor dem Haus in Hammersmith und (ein Streich

des Gedächtnisses) eine Tafel, auf der in Kreide der Preis geschrieben stand 3/6d. der Ztr., und (das muß ich in der Schule gelernt haben) ich wußte, das bedeutete drei Shilling sechs Pence der Zentner. Mein Aufenthalt muß demnach sehr kurz gewesen sein, da ich mich sonst an gar nichts erinnere: wahrscheinlich blieb ich nur so lange, wie die Behörden für meine nun nicht mehr private, sondern offizielle Evakuierung brauchten. Aus meiner Gegend, einem Sektor oder Teilsektor von Westlondon, wurden die Kinder in den Ort High Wycombe evakuiert. Die Ausgangssituation ist mir nicht ganz klar. Ich wurde bei Mrs. Davies untergebracht, einer etwa fünfundvierzigjährigen Witwe, die am westlichen Stadtrand in einem Reihenhäuschen wohnte, das hinten an die Eisenbahngleise angrenzte. Meine Schulkameraden – nein, die Schule, die ich eigentlich besuchen sollte, an der ich angemeldet worden, für die ich aber noch nicht ganz alt genug gewesen war, als der Krieg ausbrach, diese Schule war mehr oder weniger geschlossen in das Dorf Brotton evakuiert worden, das im Südwesten von High Wycombe liegt. So gehörte ich also zu dieser Schule, da ich nun alt genug war, sie akzeptierten mich als einen der ihren, aber ich kannte keinen der Jungen und keinen der Lehrer. Irgendein Verwaltungsfehler muß sich wohl eingeschlichen haben, denke ich mir, doch, daß ich so weit entfernt von meiner Schule untergebracht wurde. Einmal –

es muß in den ersten Wochen nach meiner Ankunft gewesen sein – wurde ich in die Vorstadt umquartiert, in eine Doppelhaushälfte der übelsten Sorte, wie ich heute weiß, aber dafür um einiges näher bei der Schule: ich wollte nicht. Ich habe Krach geschlagen und durfte schon bald wieder bei Mrs. Davies wohnen, mußte allerdings weiterhin die Schule in Brotton besuchen. Es muß ein beachtlicher Krach gewesen sein: ich weiß noch, daß ich beispielsweise die anderen Kinder in dieser Doppelhaushälfte meine Comic-Hefte nicht lesen ließ, und dabei spielte wohl *Film Fun* eine nicht unbedeutende Rolle. Hinsichtlich dieses Umzugs beziehungsweise meiner Umzugsverweigerung hat mich, dessen bin ich mir heute gewiß, mein Instinkt nicht getrogen: will sagen, instinktiv zog ich das Leben, das ich in den alten, wenn nicht gar vorsintflutlichen Behausungen des Eisenbahnzeitalters erahnte, dem Leben in einem jämmerlichen Ziegelkarton vor: möglich und vielleicht plausibler wäre allerdings auch, daß ich einfach nicht noch einmal verpflanzt werden wollte. Jedenfalls durfte ich die Ausnahme ihrer wie auch immer gearteten Regel sein, ich wohnte in der Gordon Road und fuhr jeden Schultag zwanzig Minuten mit dem Bus stadtein- und auswärts nach Brotton, zu meiner Schule in Brotton. · · · · · Die evakuierte Londoner Schule war, wie ich mich erinnere, in einer Blechhütte untergebracht, die, glaube ich, ursprünglich einer freikirchlichen Gemeinde als

Versammlungsort gedient hatte, den Presbyterianern vielleicht, ja, Presbyterianer ist das Wort, das mir in Verbindung mit diesem Gebäude in den Sinn kommt, einem Wellblechschuppen mit einem Glockentürmchen samt Glocke oben auf dem Dach, auf dem First, als Krönung. · · · · · Hier wurden wir von einem alten Lehrer unterrichtet, der aber, wie ich noch weiß, mit Leib und Seele bei der Sache war. Ich kann mich an zwei Begebenheiten erinnern, nur an zwei. Einmal hat er *Beowulf* mit uns gelesen, in der Übersetzung natürlich oder, was wahrscheinlicher wäre, in einer Nacherzählung, die schuljungenhaft grausige Stelle, wo Grendel der Arm ausgerissen wird. Die andere betrifft meinen ersten Witz, vielmehr meinen ersten beachteten Witz. Ein Junge namens Frank kam in unseren Schuppen, ein älterer Junge, einige Klassen über uns, und ich sagte zu ihm, Frank, mach uns nicht krank. In der Pause hat er mich verprügelt. Aber ich hatte meinen ersten Witz erzählt. Wenigstens war es der erste Witz, an den ich mich noch erinnern kann. Ein bißchen kläglich vielleicht, aber auf jeden Fall mein eigener, der sich natürlich und organisch aus der Situation ergab. · · · · · · · · · Hier hängt aber auch gar nichts zusammen. Gibt es keinen anderen Weg? · · · · · · · · · Kein anderer Weg: die anderen Wege sind alle schon ausprobiert worden. · · Kein anderer Weg. · · · · · · · · · · Wir waren in diesem Presbyterianerblechschuppen untergebracht, weil die Brottoner Dorfschule unseretwegen aus allen Nähten platzte. Ich habe kaum Erinnerungen an diesen Schuppen. Ich kann nur vermuten, daß wir, nachdem ich derart verspätet zu der Schule gestoßen war, nicht mehr lange dort blieben. Mit Bestimmtheit weiß ich, daß die Schule wieder repatriiert oder disevakuiert wurde, oder wie das Wort heißt, und das muß wohl Ende 1941 gewesen sein. Man nahm vermutlich an, daß die Gefahr in London vorüber war. Dabei will ich es mit meinen Vermutungen belassen. Es gibt Wege, diese Sachen nachzuprüfen: aber hier kann ich es nicht machen, und es wäre sowieso viel zu aufwendig. Es soll ja kein Dokumentarbericht werden. Daten sind selten wichtig. Die Frage, die ich nun stellen muß, könnte von Belang sein, ist wahrscheinlich wichtig: warum bin ich nicht mit meiner Schule nach London zurückgekehrt? · · · · · Schlimmstenfalls hatte meine Mutter die Nase voll von mir und wollte mich noch nicht so schnell wiedersehen, nachdem sie mich gerade erst weggeschickt hatte. Doch wahrscheinlicher ist es, daß sie sich einfach über die Lage nicht im klaren war, daß sie vielleicht dachte... Mit Sicherheit möchte ich ihr nicht unbedingt bösen Willen unterstellen. Ich bin überzeugt, daß sie glaubte, es wäre das Beste für mich, wenn ich unten in High Wycombe bliebe, beziehungsweise, wenn sie mir nicht erlaubte, nach London zurückzukommen: eines von beiden. Vielleicht wäre das die netteste Vermutung: daß sie nicht wußte, daß ich zurückkommen konnte und zurückkommen wollte. Was für Erklärungen kann es sonst geben? · · Ich muß scharf nachdenken. · · · · · Aber auf jeden Fall kann sie doch wohl bestimmt nicht den logischen Schluß begriffen haben? Will sagen, einem achtjährigen Jungen auf seine Frage *Warum kann ich nicht bei meiner Mutter sein und muß bei fremden Leuten wohnen?* zu antworten, daß es nur zu seinem besten ist, nur zu seinem Schutz vor der Gefahr: nicht zu erkennen, daß dies auf grauenvolle Weise impliziert, daß die Mutter genau der Gefahr ausgesetzt ist, vor der er geschützt ist: und daß er unter dem Gedanken, seine Mutter könnte getötet werden und er allein zurückbleiben, mehr litt als unter der Möglichkeit, selbst verletzt oder getötet zu werden. · · · · · · · · · Mein Vater war mittlerweile beim Militär, und meine Mutter mußte arbeiten gehen, um sich über Wasser zu halten: das könnte noch ein Grund dafür sein, ja, daß sie keine beziehungsweise nicht genug Zeit gehabt hätte, sich um mich zu kümmern: obwohl es mir seltsam vorkommt, daß sie sich einbilden konnte, eine Pflegemutter könnte so gut für mich sorgen wie sie.

Mrs. Davies war eine etwa fünfundvierzigjährige Witwe. Ihr Mann war entweder im Ersten Weltkrieg gefallen oder irgendwann später an seinen

Kriegsverletzungen gestorben. Sie hatten keine Kinder, aber Mrs. Davies hatte schon vor dem Krieg mehrere Jungen aus dem Kinderheim aufgenommen und großgezogen. Nur Jungen, für Mädchen hatte sie offenbar nichts übrig. Zwei davon waren inzwischen so alt, daß sie einberufen wurden, während sie noch bei ihr wohnten, sie kämpften nun in der Army beziehungsweise in der Navy. Sie war eine mollige kleine Frau, die oft lächelte und eine Brille mit dicken Gläsern trug: das Lächeln konnte trügerisch sein, da es sich auch dann noch auf ihrem Gesicht hielt, wenn sie wütend war, was eigentlich an ihrer Mundform lag, wenn ich es mir recht überlege. Sie hatte, soweit ich weiß, keinen Beruf, jedenfalls ging sie nicht arbeiten: sie muß wohl irgendeine Rente bezogen haben, und ich weiß, daß sie auch für die Unterbringung von Evakuierten wie uns etwas bekam. Dafür hatte sie mit uns aber auch alle Hände voll zu tun. Ich glaube, sie hat das Haus gemietet, in dem wir alle wohnten, obwohl es mich nicht wundern würde, wenn ich erführe, daß es ihr gehörte. Es war eines von vielleicht dreißig einstöckigen Reihenhäuschen, die hinten an die Eisenbahngleise angrenzten, in der Nähe des High Wycomber Bahnhofs, und es lebte sich nicht unbequem darin: zwei Zimmer oben, zwei Zimmer unten und hinten ein Anbau, halb so breit wie das Haus, mit der Küche unten und einem weiteren kleinen Schlafzimmer darüber. Neben der Haustür, die von der Straße aus gleich ins Wohnzimmer beziehungsweise in die gute Stube führte, gab es zwischen zwei Häusern immer eine Gasse, einen Durchgang oder Tunnel, durch den man in einen kleinen Hof hinter der anderen Haushälfte gelangte und dann zu einem Fleckchen Erde, wo man etwas anpflanzen oder einen kleinen Schuppen aufstellen konnte, um nur zwei der offensichtlichsten Möglichkeiten zu nennen. Ein Zaun aus ausrangierten braunen Schwellen grenzte dieses Fleckchen vom Bahndamm ab. Vom Wohnzimmer aus sah es so aus, als führen die Züge oben über den Zaun: von den Schlafzimmern im oberen Stock aus gab es eine derart erfreuliche optische Täuschung nicht, da die Gleise in ihren wahren Größenverhältnissen sichtbar waren. Auf dieser Strecke fuhren die GWR-Züge zum Londoner Bahnhof Paddington und die LNER-Züge zum Londoner Bahnhof Marylebone: beide Eisenbahngesellschaften setzten auf dieser Nahverkehrsstrecke Tenderlokomotiven unterschiedlicher Bauart ein, aber manche fuhren auch so schnell durch, daß wir die Namen nicht erkennen konnten. Dann gab es noch große, amerikanische Lokomotiven, die lange Waggonladungen mit Kriegsgütern zogen: sehr fremdartig aussehende Maschinen mit hoher Leistung, die, wie ich später erfuhr, im Rahmen der Leih-Pacht-Vereinbarung geliefert wurden. Am Bahnhof, etwa zweihundert Meter vom Haus entfernt, standen praktische Mäuerchen, wo man sitzen und Zugnummern aufschreiben konnte, und es war auch nicht sonderlich schwer, Zutritt zum Bahnhofsgebäude zu bekommen: wenigstens für kurze Zeit, bis uns ein Eisenbahner wegjagte. · · · · · Wir waren zu mehreren in den dreieinhalb Jahren, die ich bei Mrs. Davies wohnte, alles Londoner Jungs. Ich blieb am längsten, sah die anderen kommen und gehen. Alan und Harry waren schon da, als ich kam, George traf etwas später ein: er war zwei Jahre jünger, wir drei anderen waren mehr oder weniger gleichaltrig. Sie gingen nicht in die Brottoner Schule wie ich, sondern in eine andere, die näher lag. Nicht nur darin unterschied ich mich von ihnen, ich trug auch eine Uniform, eine Schuluniform. Auch nachdem die ganze Londoner Schule wieder zurückgefahren war, trug ich immer noch meine Uniform. Alan und die anderen wollten mich glauben machen, daß ich etwas Besseres darstellte als sie, nur weil in meiner Schule Uniform getragen wurde. Ich wollte nicht besser sein als sie, aber da sie mich in diese Position hineindrängten, fand ich mich schließlich damit ab, aus Groll oder Wut oder so. Vielleicht rührt meine Arroganz daher: eine lohnende Überlegung: später vielleicht. · · · · · Wir wohnten in der Nähe des Endes der Gordon Road, das am weitesten vom Bahnhof entfernt war. Gleich neben unserem Haus gab es einen kleinen Laden für Lebensmittel und Süßigkeiten – eigentlich war es nur ein umgebautes Wohnhaus, dessen

Wohnzimmer als Ladenlokal genutzt wurde – und von dieser Stelle aus ging die Straße bergab und bog gleichzeitig nach rechts. Die Häuser hörten auf, ein Schrebergartengelände, dann die Böschung mit dem struppigen Grasstreifen, der schmaler und immer schmaler wurde, bis er, genau wie die Straße übrigens, im rechten Winkel abknickte und unter den beiden Eisenbahnbrücken hindurchging (getrennte Linien, von verschiedenen Gesellschaften erbaut, eine Folge des wahnwitzigen Konkurrenzdenkens im neunzehnten Jahrhundert): die Straße mündete hundert Meter weiter in die London Road, am Kricketplatz. Ich erinnere mich gut an den Weg die Straße hinunter: ich kann immer noch den Kinderwagenladen hinter der Brücke sehen und einige Sachen in den Fenstern der Häuser gegenüber: eine Porzellanvase, ein helles Modellflugzeug aus Metall auf einem Ständer. Wenn man an der London Road nach rechts abbog, kam man zu einer Wirtschaft mit einem Simondsschild, aus dem kleine Pfeile herausguckten: sie gefielen mir ungemein, diese kleinen Pfeile, und erst lange nach dem Krieg habe ich erkannt, daß es eigentlich Federbügel für Neonröhren waren. Ich stelle sie mir immer noch am liebsten als Pfeile vor. Nach diesem Simonds-Wirtshaus gab es ein paar Läden und auf der anderen Straßenseite eine kleine Tankstelle mit einem Benzinschlauch an einem Arm, der beim Tanken auf die Straße hinausschwang. Gleich danach fing das für mich interessantere Wegstück an. Für ein Kind tauchte der Fluß Wye sehr plötzlich linkerhand hinter einem Geländer auf, floß rückwärts durch ein Gitter und verschwand durch einen Bogen unter dem Laden, an dem er gerade vorbeigekommen war. Er strömte schnell und dunkel dahin, dieser Fluß, weiß Gott, wohin er von dort aus weiterfloß: in einiger Entfernung gab es eine Mühle und eine Werkstatt. Es dauerte nur einen Augenblick, bis man sich an sein, des Flusses, Fließen gewöhnt hatte, aber es war ein unheimlicher Augenblick, für ein Kind. Ein Stück weiter führte eine Fußgängerbrücke über den Wye in den Rye, ein rechteckiges Stück Wiese, das als öffentlicher Park genutzt wurde, eine Grünanlage mit einem Kinderspielplatz und einem Planschbecken. Die Grasfläche, etwa siebenhundertfünfzig auf fünfzehnhundert Meter, kam mir riesig vor. Sie war damals mit Hölzern bepflanzt, will sagen, mit toten Baumstämmen und anderen stehenden Stangen, die in den Boden eingelassen waren und in regelmäßigen Abständen aus der Erde schauten wie weltliche Totempfähle, die auf den Holzschnitzer und Maler warteten: sie waren dazu da, damit der Rye · · *Krääng k!* · · Ah, sie hieven wieder, holen mich wieder zu mir zurück, in diese enge Koje, zur Ventilationsöffnung, durch die mir frische Luft über das Gesicht streicht, zur Vorhangstange, die vielleicht gar nicht aus Messing ist, sondern nur vermessingt, ich weiß es nicht, ich kann es kaum unterscheiden, egal, denken, wieder zurück: wo war ich stehengeblieben? · · Die Stecken im Rye, sie waren dazu da... dazu gedacht, feindliche Flugzeuge an der Landung zu hindern, ja, das war es, für den Fall, daß es welche versucht hätten. Parallel zum Wye, aber auf der anderen Seite vom Rye, gab es einen künstlichen Wasserweg: eigentlich kein richtiger Kanal, eher breiter, aber genau dieselbe Art von Lehmschlagkonstruktion. Schräg gegenüber von der Ecke, wo die Fußgängerbrücke in der London Road war, wurde dieser Wasserweg auf dem Gelände der Abtei, Wycombe Abbey, gespeist. Heute weiß ich, daß es eine noble Mädchenschule ist, damals aber wußte ich, daß es irgendeine militärische Einrichtung war, in die man vom Keep Hill nur schwer hineingelangen konnte, obwohl es aufregend war, wenn man es erst geschafft hatte: nach dem Krieg hörte ich zu meinem Erstaunen, daß es das R.A.F.-Bomberkommando war. Ich weiß eigentlich nicht, wieso mich das interessieren sollte. Es ist nicht wirklich von Interesse für mich, heute, dieses Zeug. Also: an dem Ende, wo dieser Wasserweg dem geheimnisumwitterten Abteigrundstück entsprang, stand ein Bootshaus, wo man Ruderboote, Kähne und andere, nicht so leicht zu benennende Wasserfahrzeuge, nein, auch Kanus, mieten konnte. Wir haben uns dort oft Boote ausgeliehen, wenn wir das Geld dafür hatten. Einmal habe ich beim Bootshaus ein Zweishillingstück gefunden. Es lag so weit von allem und jedem entfernt, daß ich mich nicht schuldig fühlen mußte, weil ich es nirgendwo als Fundsache abliefern wollte. Auf jeden Fall entschädigte es mich für den Verlust eines anderen, das mir in den Gully fiel, aber das kam später, als ich auf den Bus wartete. Aber in der Erinnerung kommt es mir noch immer als eines meiner schönsten Erlebnisse in High Wycombe vor: daß ich diesen Zwickel gefunden habe. Geldmangel war ein anderes Ärgernis, eine Einschränkung meiner einfachen Bedürfnisse: vielleicht rührt daher mein geringes Verlangen nach Geld, meine Unfähigkeit, mit Geld umzugehen. Vielleicht. Aber: diese Wasserstraße, dieser Kanal oder was auch immer: ich glaube, er hatte einen ganz speziellen Spitznamen am Ort, ein Wort und ein Artikel, wie Der Graben oder Die Grube zum Beispiel, ich könnte es nachprüfen, zu Hause, aber wozu? In diesem Kanal wuchsen viele dicke, grüne Wasserpflanzen, er floß sehr langsam, war in der Mitte etwa einen Meter zwanzig tief und an den Ufern sechzig Zentimeter seicht. Ein Ufer fiel auf der anderen Seite zum Rye hin ab: ich glaube jetzt, daß der Kanal durch eine Böschung gebildet worden sein muß: offensichtlich: und auf der anderen Seite standen Bäume, Buchen hauptsächlich, ein kleines Wäldchen zwischen dem Kanal und einer anderen Begrenzung der Abtei. In diesem Wäldchen lagen das ganze oder das halbe Jahr die Bucheckern schuhsohlenhoch, und einmal, als wir dort spazierengingen, plumpste ein paar Meter vor uns ein Eichhörnchen auf die Erde, hüpfte einmal, berührte kaum wieder den Boden und sprang auch schon zum nächsten Stamm. Wir waren sehr überrascht: wir hätten es gepackt, wenn wir gekonnt hätten, aber es ging viel zu schnell. Es hat uns den ganzen Tag verdorben, daß wir ein Eichhörnchen hätten fangen können und es nicht gefangen haben: natürlich hätten wir es eigentlich sowieso nicht fangen können, aber das machte es nur noch schlimmer. Es standen auch Bäume auf der Rye-Seite des Zierkanals, aber nur etwa auf einem Drittel der Länge, an dem Ende, das dem Bootshaus gegenüber lag. Die Böschung war hier aus irgendeinem Grund von einer anderen Beschaffenheit: sie war aus Kalk, und den Grund konnte man mit einem Stock kaolinweiß aufwirbeln, und dann flitzten winzige Fische durch die Wolken in tieferes Wasser. Wildenten gab es auf dem Wasser auch, nach denen wir mit Steinen warfen, wozu der kleine George laut und loyal den Kommentar abgab, daß sie dem König gehörten und wir gehängt würden, wenn man uns erwischte. Ich kann mich nicht erinnern, jemals einen Vogel getroffen zu haben. Die meiste Zeit haben wir die eine oder andere Schurkerei ausgeheckt, oft haben wir sogar versucht, irgendeine Schurkerei zustande zu bringen, für etwas so Harmloses klingt das zu melodramatisch, und fast immer waren wir einfach nicht imstande dazu, erlitten wir Schiffbruch mit unseren Versuchen. Aber dieser Kanal! · · An der Seite, die dem Bootshaus gegenüber lag, in einer Entfernung von vielleicht zweitausend Metern, endete der Zierwasserweg in einem Zierwasserfall, einem Fall von vielleicht zehn Metern, mehr nicht, aber mächtig und imposant für uns. Selbst heute noch ruft das Wort Wasserfall in mir diese Stelle wach, und noch viele Schuljahre später diente mir eine auf angemessene Größe gebrachte Version davon dazu, mir von den Niagara-, Victoria- und all den anderen Fällen ein Bild zu machen, die sonst nur Namen waren. Es war dunkel dort, es wuchsen dort – Buchen waren es nicht, und wir konnten hinaufklettern, ohne dabei sehr naß zu werden, da die Wasserkraft nur die eines Rohres von vielleicht fünfundvierzig Zentimetern Durchmessern war. Dieses Rohr kam oben vom Kanal und war in einen quer darüber verlaufenden Fußweg aus Beton eingelassen, der den Kanal von dem Wasserfall trennte. Am Fuß des Wasserfalles war ein tiefer Teich, in dem es erstaunlicherweise Panzerkrebse gab – oder habe ich das geträumt? – wir nannten sie jedenfalls Panzerkrebse oder Stachelhummer, aber das klingt mir eher noch exotischer. Ich kann mich deutlich an sie erinnern, langustenartige Tiere von rötlich rostbrauner Farbe, und ich glaube, wir haben sie zuerst nur zufällig gefangen, als wir abgestorbene, untergegangene Äste aus dem Wasser zogen, und später dann absichtlich, indem wir selbst Äste hineinhängten, an denen sie sich festklammerten. Das hört sich nicht sehr wahrscheinlich an, aber es ist eine klare Erinnerung, ja, eine klare Erinnerung. Ich glaube, wir haben sie zu Tode gesteinigt, wenn wir sie gefangen hatten, oder wieder hineingeworfen. Zu Mrs. Davies haben wir sie auf keinen Fall mitgenommen, sie hätte sie im Haus nicht geduldet. Das hört sich alles höchst unwahrscheinlich an: vielleicht habe ich es geträumt: vielleicht hat es jemand anders geträumt. · · · · · Weiß Gott, wohin das Wasser nach dem Panzerkrebsteich floß – Augenblick, ja, es floß oder zumindest ein Teil davon floß am Fuß vom Keep Hill entlang, ein schmales Bächlein, sehr klar über dem sandigen, kleinkiesigen Bett, mit sehr hellen, grünen Pflanzen, und ich (ich kann mich nicht erinnern, dabei einmal jemand bei mir gehabt zu haben) ich habe mich daneben ausgestreckt, mein Gesicht gebadet, Wasser getrunken und mir den leise bewegten Bachgrund angesehen. Diese Stelle kam mir in den Sinn, diese Stelle und der Wasserfall, als ich das erste Mal etwas über Geologie lernte, Jahre später, nachdem ich die Schule verlassen hatte, die fortwährenden Erosionsbemühungen des Wassers: die großen Felsblöcke (obwohl ich heute sehe, daß sie künstlich zur Dekoration aufgestellt waren) am Wasserfall, die winzigen Kiesel und verschieden großen Sandkörner in dem zweihundert Meter entfernten Bach. Und die Wiese, auf der die Brücke stand, die fiel mir in einem völlig anderen Zusammenhang auch wieder ein: als ich einmal etwas über Hexen las, ließ ich die Ausführung eines starken weiblichen Zauberritus (dreimal nackt um ein Haus tanzen, während der Menstruation, bei Vollmond) auf dieser Wiese spielen, wenngleich ich mich dort weder an ein Haus erinnern kann noch weiß, was die Zauberei eigentlich bewirken sollte. · · · · · · · · An der Bootshausseite ging in einer Kurve eine Straße weg, wieder die Kurve des Abteigeländes, ungefähr fünfzig Meter oder so ging sie am Wye entlang bis zu einer Fahrbrücke in der Nähe der Hauptstraße bei den städtischen Gebäuden. An dieser Stelle standen hinter der Abteimauer oder vielmehr hinter dem Abteizaun Gewächshäuser und einige große Kastanienbäume. Letztere lockten uns so manches Mal über den Bretterzaun mit dem Stacheldraht, und einmal wurden wir erwischt und nach einer strengen Verwarnung im Handumdrehen zum Haupttor hinausgeworfen. Manch anderes Mal hatten wir mehr Erfolg und konnten reichlich milchgekrönte Kastanien ernten. Einmal hörten wir im Herbst, daß Kastanien kriegswichtig sein sollten, genau wie Hagebutten: die Sammelstelle dafür befand sich in der High Street, in der Nähe des überdachten Marktplatzes, der Zunfthalle, oder was es sonst gewesen sein mag. Wir fanden so viele reife, rote Hagebutten, daß wir ein Marmeladenglas halb, und so viele Kastanien, daß wir einen alten Kinderwagen ganz voll bekamen. Sie gaben uns drei Pence für die Hagebutten und sagten, sie bräuchten keine Kastanien, hätten Kastanien überhaupt noch nie gebraucht. Sie waren sogar eine Spur unhöflich zu uns, wenn ich mich recht erinnere. In einem Anfall gerechter (glaube ich) Wut über die Behörden schoben wir den Kinderwagen zutiefst enttäuscht um die Ecke auf den menschenleeren Markt, kippten ihn hurtig auf dem Kopfsteinpflaster aus, eine höchst befriedigende unsoziale Geste, und rannten, rannten, rannten, den Kinderwagen hinter uns her schleppend, hoch durch die Stadt, auf und davon, und blieben erst wieder stehen, als wir sicher waren, daß wir nicht verfolgt wurden. Ich spüre noch immer etwas von dieser Enttäuschung: da redeten sie einem ein, man müßte seinen Teil zu den Kriegsanstrengungen beitragen, und als wir auch mitmachen wollten, wurden unsere Anstrengungen verschmäht. Heute finde ich, sie hätten die Kastanien wenigstens annehmen und uns sagen können, daß keine weiteren mehr gebraucht wurden, und dann hätten sie sie selbst wegwerfen können, nachdem wir gegangen waren: aber ... die Schweine. · · · · · · · · · Der Spielplatz auf dem Rye – Schaukeln, Karussel, Rutsche, Klettergerüst – wurde von einem alten Mann in Schuß gehalten, Onkel Tom wurde er von allen Kindern gerufen, ein drolliger alter Seebär, mit dem Gesicht und dem Bart des Matrosen von der Players-Schachtel, aber mit einer

Schlägerkappe auf dem Kopf. Einmal ist er in Rente gegangen, aber im Lokalblatt schrieben sie, die Kinder hätten so lange Krach geschlagen, bis er wieder eingestellt werden mußte. Ich habe wegen Onkel Tom nie Krach geschlagen, obgleich ich mich gefreut habe, als er wieder da war. Er hat die Rutsche immer mit Kerzenwachs eingerieben, damit sie schneller wurde. · · ·

· · · · · Genau an der Stelle, wo die Straße, die vom Bootshaus kam, abzweigte, stand irgendein öffentliches Gebäude – ja, eine Klinik, jetzt weiß ich es wieder, ich mußte mir dort einmal, mehr als einmal, die Zähne untersuchen lassen. Genau davor stand ein Häuschen, wie eine Bushaltestelle, mit einem Dach und einem skelettartigen Gerüst. Ich glaube nicht, daß ich je wußte, wozu es diente. Einmal wollte ich, daß die anderen Jungen in diesem Häuschen ein Theaterstück aufführten, für die Öffentlichkeit. Heute klingt das wie eine lachhafte und unpraktische Idee, und ich glaube auch nicht, daß sehr viel daraus geworden ist. Aber es war eine Idee: ich kann mich heute noch erinnern, wie romantisch und aufregend ich die Idee fand. Das Stück sollte, glaube ich, eine Dramatisierung von *Der Wind in den Weiden* sein, abwegig, jämmerlich, das sehe ich heute. · · Etwas weiter auf dieser Seite stand hinter einer Ziegelmauer eine Mühle, und der Fluß floß unter der Mühle hindurch, was sonst, und trieb irgendwelche Maschinen an. Die Mauer war vielleicht einen Meter zwanzig hoch, eine leichte Kletterübung für uns: einen Fuß in die gefalteten Hände von Alan oder Harry, die den Rücken gegen die Mauer drückten, den letzten Mann hochgezogen, und schon standen wir oben. Das erste Mal haben wir das gemacht, weil wir sehen wollten, was der Fluß machte, nachdem er hinter der Klinik her geflossen war und bevor er bei einer Brücke an der London Road wieder zum Vorschein kam: er floß genau da an der Mauer entlang, wo wir hinaufgeklettert waren, und flutschte dann schwarz unter die Mühle. Interessanter fanden wir allerdings, daß in dem Garten der Mühle viele Obstbäume und Sträucher wuchsen: schwarze und rote Johannisbeeren, Äpfel, Birnen mindestens. Aber an der Stelle, wo der Fluß von der Mauer wegfloß, fingen speerspitze Eisenzacken an mit einem ganz gemeinen Vorsprung, der stachelig in den Garten ragte. Ich nehme an, es muß ein Julitag gewesen sein, als wir beschlossen, uns von den Früchten zu nehmen, die schwarzen Johannisbeeren waren nämlich reif. Wir kletterten auf die Mauer und schwangen uns über den Vorsprung, der das Gewicht eines einzelnen durchaus tragen konnte, auf dem man aber sehr vorsichtig sein mußte, wenn man sich die Hosen und vor allem die Weichteile nicht aufreißen wollte. Hatte man ihn erst einmal umklettert, war es einfach, vorsichtig an den Stacheleisen entlang oben über die Mauer zu laufen und sich auf einen Landkeil fallen zu lassen, dann brauchten wir nur noch auf einer schmalen Holzbrücke über den Fluß zu kommen, und das Obst gehörte uns. Ich weiß nicht, wer sie zuerst gesehen hat, aber ich glaube, ich habe sie zuletzt gesehen, die alte Frau, die aus dem Haus gelaufen kam. Auf jeden Fall war ich als letzter über der Brücke und als letzter oben auf der Mauer, und ich hatte den stacheligen Vorsprung schon fast erreicht, als sie mich von unten mit beiden Händen am Fuß packte und festhielt, so daß ich nicht mehr von der Stelle kam. Harry und Alan waren schon hinüber, und ich sah sie sehr schnell wegrennen, Richtung Klinik, ohne sich auch nur ein einziges Mal umzusehen. Ich fühlte mich erbärmlich, wünschte, es wäre nie passiert, versuchte, die Hände der alten Frau abzuschütteln. Vielleicht war sie gar nicht so alt: jeder über dreißig kommt einem Kind alt vor, dieses Klischee stimmt, wie so viele andere auch. Es dauerte nicht lange, da befolgte ich ihre wiederholten Aufforderungen herunterzusteigen. Was blieb mir anderes übrig? Für Pattsituationen hatte ich noch nie viel übrig: mir war es immer lieber, es kam zu einer Entscheidung, auch wenn sie zu meinen Ungunsten ausfiel. Was hätte ich heute gemacht? Vielleicht gedroht, ihr mit dem Fuß, den sie nicht festhielt, ins Gesicht zu treten, aber ich möchte stark bezweifeln, daß ich das wirklich machen würde, selbst heute. Damals war ich ein richtiger Feigling, oder zumindest haßte und fürchtete ich jede Form von Gewalt. Was blieb mir anderes übrig?

Sie packte mich am Arm und schleppte mich in eine große Bauernhausküche mit einem gekachelten Fußboden und einem Kamin in der Ecke, ziemlich leer, die Küche, wenn ich es mir recht überlege, und sie fragte mich, auf welche Schule ich ging. Ich wollte es ihr nicht sagen. Sie sagte, wahrscheinlich ginge ich in die Scale-Lane-Schule, was nicht stimmte, zu der Zeit nicht. Ich habe überhaupt nichts gesagt. Dann riß sie mir plötzlich triumphierend ein Notizbuch aus der obersten Tasche meiner billigen Jacke und fand alles heraus, was sie wissen wollte. Es war so ein Schülerkalender, in den man alle möglichen persönlichen Angaben eintragen konnte, unter anderem den Namen meiner Schule und, ich glaube, den meines Rektors. Die schrieb sie sich ab und gab mir das Notizbuch zurück, dabei grinste sie und sagte, mein Rektor würde in nächster Zeit von ihr hören: dann brachte sie mich zu der Tür, die auf die London Road hinausging, wobei sie die ganze Zeit mit beiden Händen meinen Arm gepackt hielt, mit demselben festen Griff, mit dem sie mich vom Garten ins Haus geschleift hatte. Seitdem habe ich in keinem Notizbuch mehr persönliche Angaben eingetragen, ja, ich habe später eine richtige Abneigung gegen Taschenkalender entwickelt und trage fast nie einen bei mir. · · Das war an einem Samstagnachmittag, das weiß ich ziemlich sicher, demnach hatte ich fast das ganze Wochenende Zeit, mir Sorgen zu machen, was mir wohl blühen würde, wenn der Brief der alten Kuh bei Mr. Cunliffe eintrudelte. Wenn sie ihn vor der Sonntagsleerung schrieb, käme er Montag morgen an, und ich könnte mich noch am gleichen Tag auf einiges gefaßt machen. Sie schien mir in der richtigen Stimmung, sich gleich hinzusetzen und zu schreiben. Aber der Montag verging, ohne daß sich etwas rührte, der Dienstag und auch der Mittwoch. Die quälenden Gewissensbisse, Schuldgefühle und die Angst vor Strafe, unter denen ich seit Tagen litt, ließen nach, und ich bildete mir ein, daß eine fast unvorstellbare Gnädigkeit die alte Frau überkommen haben mußte. Doch dann, am Ende der Unterrichtszeit am Donnerstag, als wir neben unseren Pulten standen und darauf warteten, entlassen zu werden, sagte mir die Lehrerin, ich sollte zum Rektor kommen, bevor ich mich auf den Heimweg machte, und deutete an, ich sollte sofort gehen, vor allen anderen. Ich ging hinaus, verlegen, beschämt. Also ... diese Lehrerin ... ich war in der obersten Klasse der Volksschule ... ihren Namen weiß ich nicht mehr ... also muß ich zehn gewesen sein, wenn ich in der obersten Klasse war: · · ich habe etwas übersprungen, dieses Stück gehört nicht hierher. Egal. · · Ich mußte mich vor dem Rektor hinsetzen, er stopfte seine Pfeife, und dann sagte er, ohne hochzusehen, Du ißt also gerne Obst, hm? Jetzt war es also soweit. Ich war erleichtert, in der Nacht würde ich ruhig schlafen können, die Strafe hätte ich dann hinter mir. Warum mußt du stehlen? fuhr er fort. Ich schwieg. Wenn du Lust auf Obst hast, brauchst du es nicht zu stehlen: ich gebe dir welches: du kannst jederzeit in meinen Garten kommen und dir etwas nehmen, sagte er, immer noch ohne hochzublicken. Ich kann mich nicht erinnern, ihm geantwortet oder überhaupt etwas gesagt zu haben. Ich muß doch etwas gesagt haben? Wahrscheinlich habe ich auch geweint während dieses Gespräches, höchstwahrscheinlich sogar, denn ich hatte dicht ans Wasser gebaut, damals. Er hat mich nicht körperlich gezüchtigt: die Scham über die Bestrafung, die er mir statt dessen gab, die Erniedrigung, das Gefühl, das er mir gab, ein Almosenempfänger zu sein, ein unterprivilegierter Dieb, dem man Verständnis entgegenbringen mußte, bin ich bis heute noch nicht losgeworden. · · · · · · · · · Dieselbe Lehrerin, die zu dieser Strafe auch ihr Scherflein beitrug, erniedrigte mich auch noch ein andermal, in einem anderen Fall, bei anderer Gelegenheit, aber auch das ist mir in schmerzhafter Erinnerung geblieben. Ich hatte in einer Stunde meine Bibel verloren: sie war einfach aus meinem Pult verschwunden: offensichtlich mußte sie mir jemand weggenommen haben: also machte ich es ebenso, nahm auch jemandem die Bibel weg, aber ich wurde dabei erwischt. Sie – anscheinend war es ein Mädchen – sie hat mich bei der Lehrerin verpetzt, die sofort zu meinem Pult marschiert kam, mir das Buch wegnahm und es

dem Mädchen zurückgab und dann in Blockbuchstaben drei Worte an die Tafel schrieb: DIEB und LÜGNER und BETRÜGER. Sie drehte sich um, sah mich an und sagte Häßliche Wörter, nicht wahr? Und sie wiederholte es, Häßliche Wörter. Mehr nicht. Diesmal kam zu meiner Verlegenheit, Erniedrigung auch noch das Gefühl hinzu, ungerecht behandelt worden zu sein: Ich hatte weder gelogen noch betrogen, und Diebstahl war es nur dem Namen nach, da die Schulbücher allen Kindern gemeinsam gehörten und keine persönlichen Habseligkeiten waren wie Füllhalter oder Etuis. Sie hatte kein Recht dazu: aber sie hatte die Macht, ah, die Macht! · · · · · · · · ·
Alles übrige von der Brottoner Schule. Ich kann genausogut gleich alles übrige hinter mich bringen, was mir zu der Brottoner Schule noch einfällt. · · · · · · · · · Dieselbe Lehrerin ... was sonst? Ein Stück, ja, mit Piraten oder einer anderen Sorte Schurken und Soldaten, einer anderen Spezies. Ich spielte den Piratenkapitän, vielleicht wollte sie mich absichtlich auf diese Rolle festlegen, mein Text stand in ihrer eckigen Schrift auf einem linierten Blatt Papier mit ein paar Stichworten in andersfarbiger Tinte: aber ich war ein paar Tage krank, und als ich wieder in die Schule kam, hatte sie meine Rolle einem anderen Jungen gegeben, einem Jungen, den ich heute noch vor mir sehe, in einem weißen Hemd, mit roter Schärpe und schwarzer Augenklappe, eine abgeschälte Weidenrute als Schwert in der Hand.

Vielleicht wollte sie mich dadurch noch mehr verletzen: mich zuerst den Schurken spielen zu lassen und mir dann, nachdem ich mich mit dieser Rolle einigermaßen abgefunden hatte, da sie mir immerhin irgendeine Identität verlieh, einen sicheren Halt, sogar das noch zu rauben. Ich wurde Soldat, einer aus einem ganzen Trupp, der erst gegen Ende auftrat, eine sehr kleine Rolle. An eine Aufführung kann ich mich nicht erinnern, an die Kostümproben allerdings schon: der dicke Burston war so fett, daß er in keine Soldatenuniform paßte, und ich machte den Vorschlag, die Lehrerin – Miss Hearne, gerade ist mir ihr Name wieder eingefallen, Miss Hearne – ich machte den Vorschlag, die Lehrerin könnte ihm ihre Jacke geben, eine kurze, rote Jacke ohne Kragen, und unerwarteterweise stimmte sie zu, sie schien mich für den Vorschlag sogar zu loben. Es gibt ein Foto von den Mitspielern in diesem Stück, irgendwo zu Hause habe ich es, wir stehen alle auf der Schultreppe. Ich weiß nicht mehr, wie ich darauf aussehe, aber vielleicht kommt daher das Bild von dem Jungen mit dem Weidenrutenschwert. · · · · · Miss Hearne hatte die oberste Klasse. Ich hatte Milchdienst ... ja ... Bruchrechnen: ich habe eine wichtige Bruchrechenstunde verpaßt, weil ich Milchdienst hatte, weil ich mir übermäßig viel Zeit damit ließ, die Kästen in den einzelnen Klassenzimmern abzuliefern, absichtlich, zusammen mit einem anderen Jungen, und es dauerte

Jahre, bis ich die Bruchrechnung nachgeholt hatte, dabei war ich so erleichtert, sie an jenem Morgen nicht lernen zu müssen, so erleichtert, aber ist das von Bedeutung? Eine bedeutsame Vergünstigung, ja, einer der Punkte, wo Entscheidungen fallen, wo das Leben in eine Richtung gelenkt wird, ja: denn es mangelte mir nicht an Köpfchen, es mangelte mir nicht an Lernfähigkeit: aber an dem Punkt wurde diese Fähigkeit von der Mathematik weg- und zu nichts Bestimmtem umgelenkt, zog sich in sich selbst zurück, nehme ich an. Ich glaube, einmal abgesehen von der Begabung, hätte ich für Mathematik interessiert werden können, für die wissenschaftliche Seite: war das willige Material, das zu diesem oder jenem hätte geformt werden können von einem hinreichend guten Lehrer: mein Verstand hätte dazu gebracht werden können, sich an allem möglichen zu versuchen. Im allgemeinen versuchte er sich an rein gar nichts: höchstens vielleicht an sich selbst, was immer das auch bedeuten mag. · · · · · · · · · Die Liebe lernte ich in Miss Hearnes Klasse kennen, glaube ich. Und damit meine ich Liebe, nicht Genitalienguckereien wie mit Dulcie und Sarah, so hießen sie doch wohl? An den Namen dieses Mädchens kann ich mich nicht mehr erinnern, Namen kann ich mir überhaupt schlecht merken, so. Es fing mit Blicken an, wie solche Dinge eben anfangen, verliebte Blicke quer durch das Klassenzimmer, Blicke, die mich glauben machten, sie empfände die gleiche oder eine ähnliche Liebe, eine Art Liebe, eine Art Brennen im Geiste, das keinen Platz für andere Gedanken mehr ließ. Es muß am Sankt-Georgs-Tag gewesen sein, am Empire Day also, 1942 oder 1943, nehme ich an, wahrscheinlich das letztere Jahr, weil wir uns nämlich in der Klasse eine internationale Radiosendung anhörten, und selbst heute noch bringe ich *Waltzing Mathilda* mit dem Gesicht dieses Mädchens in Verbindung, hübsch auf eine spitze, schmale Weise, und mit der Liebe, die ich zwischen uns spürte. Ich ging den alles entscheidenden Schritt weiter, unglückseligerweise: ich offenbarte ihr diese Liebe in einem Brief und gab ihn ihr in der Pause. Damit war die Liebe zerstört, was mich überraschte, enttäuschte und verletzte: ich sah sie nämlich mit ihren Freundinnen über den Brief kichern, und später kicherten sie alle zusammen über mich. Dann hörten es die anderen Jungen von den Mädchen. Das war ein Verrat an meinem edlen, tiefen Gefühl, welches infolgedessen erstarb. Dieser Verlust machte mir nicht soviel aus, wie es mir peinlich war, weiter mit ihr in einer Klasse sitzen zu müssen: eine Verlegenheit, die sich seither so viele Male wiederholt hat, ach so viele Male seither, in Klassenzimmern und Büros, in allen möglichen Räumen und verschiedenen Transportmitteln und, ach, so viele Male! · · ·

· · · · · Burston, der dicke Burston, mit ihm habe ich mich auf dem Schulhof geprügelt, warum, weiß ich nicht mehr. Die ganze Mittagspause sind wir auf dem Schulhof umeinander herumgeschlichen, keiner von uns konnte einen Treffer landen, der weh tat, beide hatten wir nicht so sehr Angst vor dem anderen als vielmehr vor der Gewalt, vor Schmerz, Blut und Tränen. Nach einer ganzen Weile tat ich schließlich so, als ob Burston mich mit einem Tiefschlag erwischt hätte, brach einigermaßen überzeugend in Tränen aus, jammerte herum, ich hätte durch einen unfairen Treffer verloren. Wenigstens war er damit zu Ende, der Kampf, wenigstens konnten wir beide behaupten, nicht verloren, ja sogar gewonnen zu haben, ein schlauer Entschluß, finde ich heute. Wie schon gesagt, für Pattsituationen hatte ich noch nie viel übrig: ich wollte eine Entscheidung: so oder so. Zwang, wenn nötig, eine Entscheidung zu meinen Ungunsten herbei: wie oft habe ich das bei Mädchen gemacht, in Liebesbeziehungen? Viel zu oft. · · · · · Auf dem Schulhof schnitt sich in einer anderen Mittagspause ein Junge den Arm auf, das fleischige Stück in der Mitte zwischen Ellenbogen und Schulter, an dem spitzen Zaun zwischen Schule und Straße. Es war eine pyramidenförmige Wunde, genauso tief, wie die beiden Schnitte lang waren, sie blutete heftig. Ich habe eigentlich nicht gesehen, wie es passiert ist, aber ich stand nahe genug dabei, um mir denken zu können, was geschehen war. Ich meldete mich, als Mr. Cunliffe nach Augenzeugen fragte, und erzählte ihm, der Junge wäre auf den Zaun geklettert und nach hinten gekippt, und er hätte sich geschnitten, bevor er sich mit der anderen Hand hätte festhalten können. Es schien mir offensichtlich, daß es sich so abgespielt haben mußte, obwohl ich es nicht wirklich gesehen hatte: vielleicht hatte ich es doch verdient, LÜGNER genannt zu werden. · · · · · Im Schulhof stand ein großer Schuppen, in dem wir uns bei Regen unterstellen konnten, und auf der einen Schmalseite waren etwa ein Dutzend oder so galvanisierte Wassertanks mit Holzdeckeln aufgereiht. Diese enthielten einen Notvorrat an Trinkwasser, entweder für uns oder für das Dorf oder für beide, für den Fall, daß die Wasserleitungen durch Bomben beschädigt wurden. Innen waren sie grün und schleimig, und ich spürte bewußt die Angst vor dem Tag, an dem ich womöglich daraus würde trinken müssen. Ich gehörte zu den Schülern, deren Aufgabe es war, diese Tanks jeden Freitagnachmittag zu leeren und sie mittels eines langen, schwarzen Schlauchs vom Wasserhahn im Hauptgebäude aus wieder aufzufüllen. Ich hatte mehrere solcher Handlangerdienste zu erfüllen, das sehe ich heute: seit ich selbst Lehrer war, erkenne ich, daß man sie mir entweder deshalb aufbürdete, weil man der Meinung war, der Unterrichtsausfall würde mir weniger schaden als allen anderen in der Klasse, oder aber aus Gehässigkeit, aus dem Wunsch, mir nicht einmal mehr ins Gesicht sehen zu müssen. Das war ebenfalls in Miss Hearnes Klasse, der obersten Volksschulklasse. Mir kommt noch eine andere Sache über sie in den Sinn. Wir lasen, das heißt, zwei Jungen, die ich kannte, lasen im Lokalblatt, daß der Bürgermeister oder jemand anders die Großküche besucht hatte, wo unsere Schulspeisung gekocht wurde, daß er in einen Sack Schulgemüse gegriffen und gefühlt hatte, daß es breiig war, ja, breiig hieß es da, ich glaube, das war das erste Mal, daß ich breiig in meinen Wortschatz aufnahm. Einer der Jungen an meinem Tisch hatte einen Zeitungsausschnitt über diesen Vorfall neben seinen Teller liegen, während wir über unserem Schulgemüse saßen, und Miss Hearne kam und knüllte den Zeitungsausschnitt zusammen und sagte, sie erwarte, daß wir die Teller ganz leer äßen, das gelte vor allem für das Gemüse. Wir haben alles aufgegessen, aber es war mutig von dem Jungen, der sich das getraut hat. Miss Hearne war eine Kuh, wie sie im Buche steht, wenn ich es mir heute überlege. Aber wir hatten Krieg: vielleicht war ihre Ungeduld mit uns irgendwie gerechtfertigt. Aber das Essen war sehr mies, das weiß ich noch. · · · · · Das Schulhauptgebäude lag wie eine Insel inmitten des Schulhofmeeres. Auf der Seite, die der Straße am nächsten lag, stand ein Fahnenmast, den wir als Mal benutzten, wenn wir mit einem Tennisball und einem alten Schlagholz mit einem sehr federnden Griff, der sich schon in seine Bestandteile auflöste, Kricket spielten. Ich kann mich heute erinnern, wie es sich anfühlte, wenn man den Ball mit dem Schlagholz traf: kein Schlagholz war danach je wieder gut genug, sie waren alle zu starr, hatten zuwenig latente Kraft, eigene Kraft. Ich erinnere mich noch an die Konstruktion des Fahnenmastes: zwei Seitenteile, die am oberen Ende mit einer Schraube, die durch den zwischen ihnen stehenden Mast hindurchging, verbunden waren: ich erkannte, daß man die Schraube in der horizontalen Lage hineingesteckt haben und dann das eine Ende nach oben und das andere Ende nach unten gekippt haben mußte, um dann auch unten eine Schraube hindurchzustecken. Vielleicht lag es daran, daß mir solche Dinge auffielen, daß ich nicht gut im Kricketspielen war, mich nicht konzentrieren konnte. Beim ersten gezielten Ball war ich meistens aus, nachdem ich vorher entweder den Ball gefangen oder, was äußerst selten vorkam, jemanden mit meinem höchst unorthodoxen Wurfstil ausgeworfen hatte. Ich konnte dem Ball einfach keinen Drall geben: vielleicht könnte das mit einem Tennisball auf Asphalt keiner: könnte Zulf fragen, er müßte es wissen: wenn ich zurück bin. Egal. Wir spielten auch Fußball mit einem Tennisball auf dem Schulhof, am anderen Ende. Im Fußballspielen war ich besser, wenn auch beileibe nicht überragend und damals nicht so gut, wie ich es später noch wurde. · · Genau am oberen Ende standen die Bunker, die Luftschutzbunker. Ich kann mich nicht entsinnen, öfter als einmal darin gewesen zu sein, und das bei einer Luftschutzübung. Sie waren dunkel, kalt, dumpfig, und wieder hoffte ich, wie mit den Wassertanks, daß ich sie im Ernstfall nie würde benutzen müssen. Nicht weit entfernt davon befand sich der Trinkwasserbrunnen, wo mich einmal, als ich mir nach einem heißen Pausengehetze zur Abkühlung Wasser ins Gesicht spritzte, ein Mädchen erstaunt fragte, ob das alles Schweiß wäre in meinem Gesicht, und ich log und sagte Ja. Aus irgendeinem Grund, den ich mir überhaupt nicht erklären kann, ist diese Erinnerung eng verbunden mit einem verchromten Fahrraddynamo von Bosch. · · · · · Hinter den Bunkern führte ein Weg mit Holunderbüschen rechts und links zu einem Stück Grund. Dieses Land, vielleicht ein Schrebergarten, gehörte dem Rektor, bestellt wurde es, obwohl das Wort etwas viel Anspruchsvolleres suggeriert, von uns Kindern. Es war unser Schulgarten. Wir bauten Kohl, Rosenkohl, Salat, Pastinaken und anderes Gemüse für den Mann an. Zwangsarbeiter waren wir und bekamen für unsere Mühen nie auch nur ein grünes Blättchen zu kosten. Daß ich dabei etwas gelernt hätte, daran kann ich mich auch nicht erinnern: ich haßte die Gartenarbeit. Wenn wir wenigstens unser eigenes breiiges Gemüse hätten anbauen dürfen. · · Nicht immer ... wir bekamen das Mittagessen nicht immer in dieser Schule, manchmal gingen wir nämlich zu einer höheren Schule, einer großen Jungenschule, nicht weit entfernt, und bekamen unser Essen dort. Es war auch nicht besser, glaube ich, wahrscheinlich wurde das Volksschulessen da gekocht und dann die achthundert Meter die Straße hinauf transportiert. Aber dafür gab es dort hinterher mehr zu tun auf einer großen Wiese mit ein paar vereinzelten Bäumen und einem Schwimmbecken an dem einen Ende. Nicht, daß ich dort oft schwimmen gegangen wäre. Einmal, glaube ich, da hat uns ein Mann mehr schlecht als recht das Schwimmen beibringen wollen: ich habe nichts von ihm gelernt. Das war noch eine Sache, die dazu beigetragen hat, daß wir durch den Krieg viel versäumt haben: in Friedenszeiten hätte sich mit einiger Sicherheit jemand finden lassen, der genug Interesse und Fachwissen gehabt hätte, einem schwierigen Fall wie mir das Schwimmen beizubringen. Dasselbe gilt auch für all die anderen Lehrer, die nicht da waren, die im Krieg waren. Wenigstens wäre die Wahrscheinlichkeit, daß sich jemand hätte finden lassen, größer gewesen. Vielleicht mache ich mir aber auch nur etwas vor: vielleicht bin ich der, der ich sowieso geworden wäre. · · Die großen Jungen von dieser höheren Schule unternahmen Expeditionen zu einer etwa anderthalb Kilometer entfernten Straßenbrücke, wo sie auf einen Zug warteten, den Mittagsexpreß oder so, dessen Namen und Nummer sie aufschreiben wollten: ihr Eifer imponierte mir: genau wie das Niveau ihres Fußballspiels. · · Auf dem Rückweg zu unserer Schule kamen wir an einer Bäckerei vorbei, wo es Sahneteilchen gab, die natürlich nicht mit Sahne gefüllt gewesen sein können, aber trotzdem köstlich waren. Diese Bäkkerei ist in meiner Erinnerung auf seltsame Weise sowohl mit dem Bahnhof Wimbledon verbunden als auch mit einer Ankündigung damals in der Zeitung, daß das Brot in Zukunft Roggenmehl enthalten würde. Das erscheint mir nicht sehr logisch, um es einmal vorsichtig auszudrücken. Kein Geist ist logisch, Logik ist keine Qualität des Geistes. In einer Süß- und Schreibwarenhandlung erfand jemand die Mode, flache Schachteln mit sechs (mehr nicht?) Anadintabletten zu kaufen, sie in einem Fläschchen von Aspiringröße in Wasser aufzulösen und die rosa Flüssigkeit wie Limonade oder ein anderes Kindergetränk zu trinken. Zu Schaden kam durch diese Mode niemand, soweit ich weiß: das erscheint mir als sehr glückhaft und höchst unwahrscheinlich. Neben der höheren Schule stand ein Schuppen, ein Arbeitercafé, eine Imbißbude, wo ich mehr als einmal – oder doch nur einmal? – an der Seitentür stand, aus der warme Gerüche von den Paraffinherden herauswehten, und mir eine Stulle kaufte. Dabei handelte es sich um eine etwa drei Zentimeter dicke Scheibe Weißbrot, die verhältnismäßig dick mit Margarine bestrichen war. Das war nach der Schule: ich hatte Hunger: es erschien mir als die natürlichste Sache der Welt, mir dort etwas zu essen zu holen: ich hatte Hunger! Den Penny, den sie kostete, die Stulle, hatte ich übrig: sie hat mir geschmeckt, ich weiß noch, daß sie mir geschmeckt hat. Am nächsten Morgen, während der Schulversammlung, äußerte sich der Rektor, ohne meinen Namen zu nennen, abfällig über ein bestimmtes Kind, das seine Schule blamiert hatte, da es hungrig gewesen war und seinen Hunger in einer solch gewöhnlichen Imbißbude gestillt hatte. Es dauerte eine Weile, bis ich merkte, daß er mich meinte, eine erniedrigende Erkenntnis. Noch eine Erniedrigung. Mir war so, als wüßten alle, daß ich es war. Wahrscheinlich wußten sie es auch. So etwas spricht sich herum. Ich hatte doch nur Hunger. Ich sehe es heute nicht mehr als Schande, verachte die Spießer dafür, daß sie daran Anstoß nahmen. Wieder einmal der Klassenkampf. Sie machten mich zu ihrem Feind. Davon bin ich überzeugt. Sie werden sich an mich erinnern müssen: erinnnert haben. · · · · · · Meine Kleidung, auch sie war ein Quell der Schande oder vielmehr der Angst vor Schande, ich hatte Angst davor, mich für meine Kleidung schämen zu müssen, von den anderen wegen meiner Kleidung nicht für voll genommen zu werden: ich war ein linkischer Junge, schwerfällig, ich schoß in die Höhe, meine Sachen waren nie teuer, oft spottbillig, bei mir hatten sie einiges auszuhalten. Ich habe noch nie genug Sachen besessen, um mich oft umziehen zu können, um der Kleidung die Ruhepause zu gönnen, die sie sonderbarerweise von Zeit zu Zeit brauchen soll. Ich trug alles restlos auf, zu Lumpen, zu Fetzen, im Nu. Meine Mutter hatte nicht viel Geld, mein Vater nur den Gefreitensold vom Feldzeugkorps. Kleider waren rationiert, man bekam sie nur auf Marken. Ich erinnere mich, daß meine Eltern mir einmal für dreizehn Marken zwei Jacken gekauft haben: sie meinten, sie hätten ein Schnäppchen gemacht, normalerweise kostete eine Jacke dreizehn Marken, und diese kamen auf sechseinhalb das Stück, halb soviel wie sonst. Das lag daran, daß sie aus Sackleinen waren, deshalb kosteten sie sechseinhalb, grau waren sie, locker gewebt, wie die Säcke, die ich in Chobham gesehen hatte. Sogar als sie noch neu waren, sahen sie schäbig aus. Mehr als ein Kind gab einen mir peinlichen Kommentar über das schlabberige Gewebe ab, über die Grobfädigkeit meiner Sackleinenjacke. Eine trug ich in die Schule, die andere schonte ich für besondere Gelegenheiten, ha! Meine Schuhe hielten nie lange, meine Schuhe habe ich stark strapaziert, ich lief sie durch, lief sie durch. Die Kappen waren immer durch eine Querbeule verunstaltet, etwa einen halben Zentimeter vor der Spitze, und der so entstandene Wulst zerschrammte mit der Zeit und wurde weiß oder lederfarben, und dann bildete sich ein Loch. Vorher allerdings wetzten sich Löcher wie eine Konturenkarte durch die Sohlen. Mein Körper verursachte diese

Dinge: qualvoll. · · · · · · · · · · · Ich war immer knapp bei Kasse, selbstredend. Aber an sich ist es nicht das fehlende Geld, woran ich mich erinnere: eher an all die fehlenden Sachen, die man mit Geld kaufen konnte: banal. Ich bekam Taschengeld von meiner Mutter, eine halbe Krone die Woche oder sogar sage und schreibe fünf Shilling, vielleicht, ich weiß es nicht mehr, also kann es mir nicht sehr wichtig gewesen sein, das Geld, an sich, als solches. Es waren all die anderen Dinge, die mir fehlten, die mir entgangen waren, die mir, wie ich fand, zustanden, vielleicht. Einmal war ich an der Schule in Brotton zusammen mit anderen in der Aula für eine Tombola verantwortlich, an einem Tag der offenen Tür, auf einem Schulfest, und ich steckte mir eine halbe Krone von den Einnahmen in die rechte Hosentasche. Ich war mir sicher, daß mich niemand beobachtet hatte: es herrschte ein dichtes Gedränge um mich herum: alle waren aufgeregt: ich konnte mir nicht vorstellen, wie man das Geld nachzählen wollte: aber trotzdem legte ich es nach etwa einer halben Stunde wieder zurück. Aus Angst, erwischt zu werden, nicht aus moralischen Erwägungen oder von Gewissensbissen getrieben. · · Die Aula ist mit einer anderen Erinnerung verbunden: einer Schweigeminute für die Toten des Ersten Weltkrieges am 11. 11.: wir sollten an die Toten denken, und ich dachte daran, wie Soldaten getötet wurden: will sagen, aus reiner Bosheit dachte ich an das

Töten, nicht an die Toten, nein, das wollten sie mich glauben, denken machen, aber nicht mit mir, nein. · · · · · Stern und ein anderer Junge namens Mervyn kommen mir in den Sinn, die einzigen Namen außer dem von Burston, an die ich mich noch erinnern kann. · · Noch ein – letztes – Mal die Aula. Wie der Rektor dort an meinem letzten Tag die Abgänger verabschiedet und ihnen viel Erfolg an der höheren Schule im Ort gewünscht hat: allen außer mir, so erklärte er, dem er versprochen hatte, zur Scale-Lane-Schule überwechseln zu dürfen. Wir hatten alle die Eleven-plus-Prüfung abgelegt, die Aufnahmeprüfung, die damals allerdings wohl noch gar nicht so hieß, und Eric und ich mußten eine besondere Prüfung machen, nicht dieselbe wie die anderen. Heute verstehe ich, daß es die Londoner Eleven-plus-Prüfung gewesen sein muß, nicht die von Buckinghamshire, denn Eric, noch ein Name, an den ich mich jetzt erinnere, der auch ein Übriggebliebener war, der einzige andere außer mir, übrig geblieben von der Londoner Evakuierung, Eric machte sie zur selben Zeit wie ich und kam durch beziehungsweise wurde genommen. Ich kam nicht durch, wurde nicht genommen. Ich weiß noch, wie wir die Prüfungsfragen im Büro, im Zimmer des Rektors beantwortet haben, zu zweit beziehungsweise zu dritt. Hinterher sah sich Mr. Cunliffe meine Arbeit an, behielt mich noch da und sagte Konntest du nicht einmal diese Aufgabe lösen? Er schien über-

rascht, als ich den Kopf schüttelte. · · · · · ·
· · Wäre das alles über die Brottoner Schule? Das wäre alles über die Brottoner Schule. Mehr fällt mir nicht ein. Ich finde sie sowieso langweilig, die Brottoner Schule, heute. Ich bin froh, daß ich sie hinter mir habe. · · · · · · · · · Die Scale-Lane-Schule lag viel näher bei Mrs. Davies' Haus als die Brottoner Schule, und wenn ich mir überlege, was der Rektor an jenem letzten Tag gesagt hat, glaube ich, daß ich wohl darum gebeten haben muß, dahin überwechseln zu dürfen. Aber ich sollte versuchen, Ordnung zu halten, chronologische Ordnung, was ist also in den Ferien passiert, bevor ich in die Scale Lane überwechselte? · · · · · Ich habe versucht, von Mrs. Davies' Wohnzimmer aus einen Briefmarkenverein zu organisieren. Ich hatte da dieses Buch, ich glaube, es hieß der XLCR-Briefmarkenfreund, eher ein grünes Heftchen als ein Buch, ja, worin stand, wie man einen Briefmarkenverein auf die Beine stellte und organisierte. Ich habe eine Briefmarkenschatzsuche veranstaltet, überall in Mrs. Davies' guter Stube habe ich Briefmarken versteckt, unter den Sesselbeinen, zwischen den Klaviertasten und an ähnlichen Stellen. Es war kein Erfolg: die anderen fanden sie zu schnell. Und ich mußte die Briefmarken stellen. Trotzdem habe ich mich gefreut, daß Alan eine Achtpennymarke gefunden hat, die ihm zu einem Satz noch fehlte. Ich weiß nicht mehr, was wir auf Anregung des XLCR-Briefmar-

kenfreundes hin sonst noch gespielt haben, aber es muß noch andere Spiele gegeben haben, meine Organisiererei war damit nicht zu Ende. Aber es gab nur eine Mitgliederversammlung des Briefmarkenvereins Gordon Road. · · · · · Mrs. Davies hatte eine Außentoilette, man mußte durch die Hintertür, ein paar Schritte durch den Hof, zwischen den Kohlen hindurch, an der Wäschemangel mit den hölzernen Walzen vorbei und dann scharf nach links. Einmal stand eine Wasserpfütze darin, und ich habe sie Jim gezeigt, der damals auf Fronturlaub war, und er sagte, das hätte einer gemacht, der nicht gut zielen konnte. Aber ich hatte ein schlechtes Gewissen deswegen, und zwar nicht etwa, weil ich schlecht gezielt hatte: mir war so, als hätte ich die Brille zu heftig runterknallen lassen und die Schüssel kaputtgemacht: am Rand kam ziemlich viel Wasser heraus, wenn man abzog, und deshalb wurde der Boden naß. Ich behauptete, nichts davon zu wissen, was der Wahrheit entsprach, da ich es ja nicht bewußt getan hatte, die Toilette kaputtgemacht, und Mrs. Davies bezahlte einigermaßen gutmütig und ohne Vorwürfe über ein Pfund für eine neue Schüssel. Aber ich war mehrere Tage beunruhigt, sehr ängstlich: es schien mir damals eine große Sache zu sein: es ist ziemlich lächerlich, aber irgendwie verkörpern sich für mich heute meine Ängste darin. · · Jim war, glaube ich, noch kurz zu Hause, als ich nach High Wycombe kam, obwohl er bald darauf zur Navy mußte. Er war klein und blond, einer von den Jungen aus dem Kinderheim, ernsthaft und nicht sehr zugänglich uns Evakuierten gegenüber. Er arbeitete in der Möbelbranche: in High Wycombe herrscht die holzverarbeitende Industrie vor. Jim war es, der uns Schlitten baute, aus Teilen von Buchenholzstühlen: mehr oder weniger aus dem Rücken eines Stuhls, die gebogenen Seitenteile bildeten die Kufen, mit Streben dazwischen. Die Kufen wurden mit Kerzenwachs eingerieben, und dann konnte der Schlitten bei trockenem Wetter auf grasigen Hängen verwendet werden. Es hat schon Spaß gemacht, damit zu fahren, aber es war sehr anstrengend, sie auf den Keep Hill zu schleppen, wo es ein paar anständige Hänge gab. Um zum Keep Hill zu gelangen, mußten wir durch den Rye, am Wasserfall vorbei und ein kurzes Stück bergauf, bis der Weg an einem Steinbruch endete. Wenigstens sagten wir immer Steinbruch dazu, obwohl es vielleicht gar keine ausgehobene Grube, sondern nur ein natürlicher Steilabbruch war. Man konnte auch einen anderen Weg nehmen, die London Road entlang und dann durch eine Gasse mit einem geschlossenen Walls Eiscreme-Lager an der Ecke und einem Häuschen, an dem ein großes ANTIQUITÄTEN-Schild hing (was ich im stillen immer falsch aussprach), in einer Kurve in der Gasse, die zu dem Weg zum Steinbruch führte. An den Schlitten hingen Seile, mit denen man lenken sollte, aber dazu taugten sie überhaupt nicht. Neben dem Weg lagen die Hänge, sie hatten ein Gefälle von vielleicht einem Meter achtzig auf fünfzehn Meter. Ich verbinde immer das Lied *Old MacDonald had a Farm* mit diesen Hängen: warum? Der Steinbruch war viel zu steil und oben viel zu schroff, als daß wir mit den Schlitten hätten hinunterfahren können. Aber wir kletterten gern hinauf, und einmal rannten wir den Abhang hinunter: das war ein berauschendes Gefühl: ungefähr nach einem Drittel der Strecke fiel ich hin und rollte Hals über Hintern weiter, und dabei ging mir ein kleiner Spiegel in der Brusttasche kaputt. Grimmig fand ich mich damit ab, daß mir nun sieben Jahre Pech bevorstanden, und wann immer ich während dieser Zeit Pech hatte und auch später noch, dachte ich daran, wie mir der Spiegel kaputtgegangen war. Etwas später schenkte mir mein Vater einen Stahlspiegel, entweder verchromt oder aus Edelstahl, den ich nicht kaputtmachen konnte, von der Army. Wozu brauchte ich einen Spiegel? · · In dem Steinbruch wuchsen, so will es mir scheinen, zu einer bestimmten Jahreszeit kleine blaue Blumen: aber vielleicht stimmt das auch gar nicht, vielleicht war es ein blauer Schmetterling, der Bläuling oder so, ich könnte es nachprüfen, zu Hause, jetzt kann ich praktisch überhaupt nichts nachprüfen, ah. · · · · Blaue Blumen oder blaue Schmetterlinge also, eine hauchzarte Färbung *Krääng k!* · · Sie hieven wieder, schon wieder, unterbrechen meine Gedanken, nein, ich darf mich beim Zurückholen nicht zurückholen lassen. · · · · · Ich kann mich sehr gut an die grasige Kuppe oberhalb des Steinbruchs erinnern: an die Kletterbäume dort: ich bin mir sicher, daß ich, wenn ich heute dorthin zurückginge, heute, mehr als, ja, zwanzig Jahre später, immer noch auf diese Bäume klettern könnte, will sagen, ich könnte mich genau erinnern, wie es geht: sie wären zwar gewachsen, aber das bin ich schließlich auch, verhältnismäßig sogar mehr, ich käme leicht an die Stellen heran, die ich früher nur mit Mühe erreichen konnte. Und wir wollten dort Vogelnester ausheben, fanden aber nicht viele, und die anderen Jungen erzählten uns, sie hätten sich an einem Lagerfeuer Amsel- und Drosseleier in einem Kakaodosendeckel gebraten, es war nur ein Happen, sagten sie: der Gedanke stieß mich ab, sie hätten schließlich faul sein oder halb ausgebrütete Küken enthalten können. Grausam kam es mir nicht vor, das Nesterausheben, es kam mir in keiner Hinsicht grausam vor, nein. Da lagen die Bucheckern vieler Jahre so hoch, daß sie mir bis über die Schuhe gingen, in die Schuhe gerieten, unbequem war das, an der Stelle, wo sie uns das, wie ich mich erinnere, erzählt haben, obwohl wir dabei auf Bäumen, unseren Bäumen, saßen, damals, ja, Alan und Harry und ich, von uns hatte jeder seinen eigenen Baum, und George blieb immer unten, manchmal weinte er, manchmal erzählte er uns durchsichtige Lügen darüber, was er unternommen hatte, als er noch bei seinem Vater gewesen war, als Ausgleich dafür, daß er nicht im Baum saß: er konnte nicht klettern, er hatte zuviel Angst vor dem Klettern, aber er war ja auch noch jung. · · Einmal fuhr ein Yankee in einem Jeep den sanfter ansteigenden Hang neben dem Steinbruch herauf, im rechten Winkel zum Steilabbruch, hielt an, und wir waren gespannt, ob er wohl das steile Stück hinunterfahren würde: wir wußten, daß diese Jeeps angeblich überall durchkamen. Aber er fuhr nicht hinunter: er sah, daß wir ihn beobachteten, von unseren Bäumen aus, es war Abend, und er setzte in einem weiten Bogen zurück und raste über den sanfteren Hang hinunter auf den Weg und weiter zur Straße. Es gab jede Menge Yankees in High Wycombe, vor allem in den letzten Kriegsjahren, in Uniformen aus einem glatterem Stoff als dem der englischen Streitkräfte und mit bunten Abzeichen auf den Schultern: ich nehme an, sie hatten etwas mit der Abtei zu tun, mit dem Stützpunkt und so weiter. Wenn sie nicht da einquartiert waren, auf dem Abteigelände, dann weiß ich nicht, wo sie in High Wycombe wohnten. In der Stadt bettelten wir Kinder sie um Kaugummi an, Haste mal ein Gummi, Ami, lautete unser nicht ganz rein gereimter Spruch. Wenn wir fünfzigmal fragten, bekamen wir vielleicht einmal Kaugummi, in flachen Päckchen, mit leckerem Geschmack, wesentlich aufregender als die englischen Sorten, die eine andere Form hatten und mit Puderzucker bestäubt waren. Wir wußten, daß sie mit den englischen Mädchen gingen, und wir wußten, daß es deswegen mit den englischen Männern oft Ärger gab. Einmal stritt sich, von mir aus gesehen auf der anderen Straßenseite, ein Yankee mit seinem Mädchen, in der London Road, neben dem Eingang zum Rye bei der Tankstelle: ein ziemlich pummeliger kleiner Mann, und sie drehte sich um und ließ ihn stehen, und er schrie hinter ihr her, Siehst du, was du angerichtet hast, du hast mir das Herz gebrochen! Die Frau ging einfach immer weiter. Und er hat mir leid getan, aber ich habe mich auch gefragt, warum er nicht hinter ihr hergelaufen ist, und wußte keine Antwort. · · Wir konnten in das Yankee-Camp kommen, in die Abtei, und zwar vom Keep Hill aus. Es war eine schwierige Kletterei, über einen hohen Zaun mit Stacheldraht, aber wir behalfen uns mit Ästen, sowohl mit abgestorbenen als auch mit denen an nahen, fast über den Zaun wachsenden Bäumen, und hangelten uns hinüber. Waren wir erst drin, war es toll: wie ich heute weiß, handelte es sich um eine Anpflanzung junger Fichten: damals hießen sie für uns nur Weihnachtsbäume. Mindestens einmal nahmen wir uns etwas zu essen dorthin mit, suchten uns einen Lagerplatz und machten ein Feuerchen. Aber nach einer Weile erschwerten sie uns das Hineinklettern sehr, und einmal patroullierte sogar ein Wachmann das höher gelegene Gelände ab, am Maschendraht, wo das Abteigrundstück an den Keep Hill stieß. Auf der erlaubten Seite dieses Zauns fanden wir mehr als einmal gebrauchte Damenbinden und Kondome im Gebüsch, die als Verzierung in den stacheligen Weißdornbüschen hingen. Wir nannten sie Fotzenfetzen und Soßensäcke, und ich glaube kaum, daß wir viel Ahnung hatten, wozu sie gut sein sollten: aber wir wußten, sie hatten etwas mit Sex zu tun, und wir hielten sie für das Werk der Yankees. Ich glaube nicht, daß uns die Liebe zu der Zeit berührt hat: ich bin mir nicht sicher. Aber wir hatten einen Plan, über den wir andauernd redeten: Mädchen zu fangen und zu fesseln und dann mit ihnen zu machen, was wir wollten: was wir allerdings genau mit ihnen hätten machen wollen, daran kann ich mich nur schwer erinnern. Mit Sicherheit wollten wir sie wohl begucken, ja, ihre Geschlechtsteile erforschen, verbotenes Gelände erkunden. An einem Tag haben wir sogar Stricke mit zum Keep Hill genommen, aber wir konnten uns nicht überwinden, uns auf irgendwelche Mädchen zu stürzen, obwohl wir einige in unserem Alter sahen, die genauso aussahen, wie es uns vorschwebte. Letzen Endes war es einfach viel zu peinlich: heute kaum weniger. · · · · · · Was für Orte noch? · · · · · · · · · · Die Höhlen in West Wycombe und die Kirche mit der Kugel auf der Spitze. Wir veranstalteten regelrechte Expeditionen dahin, meistens am Sonntag, und kletterten die Treppe hoch bis zur Turmbrüstung. Ein Vierseitdach, das Blei zerschrammt, beschmiert, bekritzelt, trug die Kugel, die viel größer war, als sie von unten aussah. Eine schwindelerregend steile Treppe mit Ketten zum Festhalten führte in die Kugel hinein. Eine beängstigende Kletterpartie: ich kann mich nur an zwei Aufstiege erinnern. Im Inneren der mit Messing verkleideten Kugel gab es vier Bullaugen, ach, durch die man natürlich keine wesentlich bessere Aussicht hatte als von der Brüstung aus. Holzkonstruktion. Platz genug für vielleicht zwölf Jünger auf Bänken ringsum, ein Tisch in der Mitte – oder doch kein Tisch? Erbaut im achtzehnten Jahrhundert, für einen Dashwood, einen Earl oder so, angeblich Schauplatz von Orgien. Zumindest spielten sie Karten da oben in der Kugel. Die Höhlen unter dem Hügel waren aus dem Kalkstein geschlagen worden, um einen Belag für die Straße zu gewinnen, die in genauer Kollimation nach High Wycombe hineinläuft. Das alles wußte ich, glaube ich, damals schon, die ganze nutzlose Heimatkunde, aber ich könnte es auch erst später aufgeschnappt haben. Eine bedeutende Sehenswürdigkeit auf dem Weg nach Oxford, wie die Autoatlanten sagen. Ja. Da oben stand auch und steht vermutlich noch immer ein nachgebautes Mausoleum, erbaut von derselben Bande, ziemlich halbherzig, damals fast baufällig, der Putz an manchen Stellen abgeplatzt, so daß die billigen Ziegel darunter zum Vorschein kamen. Die Höhlen haben mir gefallen, das weiß ich, mit einer brennenden Kerze ging man hinein, die man bei einem Mann am Eingang kaufte: schleimige, schmutzige Kalksteinwände, schlüpfrig unter den Füßen, eine Kammer beziehungsweise ein Saal am Ende, von dem Nischen abgingen, in die angeblich die Mitglieder des Höllenfeuerclubs, als Mönche verkleidet, ihre als Nonnen verkleideten Frauen mitnahmen, um dort finsteren Vorhaben zu frönen, für die selbst einem unerfahrenen Jungen wie mir der Platz kaum auszureichen schien. Wußte ich diese Dinge damals schon? Oder erst später? Denn ich bin noch öfter da gewesen, ja, öfter, nach dem Krieg. · · Das ist langweilig, ist nicht im mindesten von Belang. · · Wir Jungen sind den Hügel immer hinaufgerannt, hinaufgehetzt, auf der steinigen, steilen Seite, durch struppiges Gras, gestolpert sind wir, wo der Kalkstein senkrecht abgebrochen war, bis nach oben, gekeucht haben wir wie alte Männer ... · · Aber es ist ein Zwang: die Erinnerung kennt kein Halten, ist nur teilweise unter Kontrolle, blubbert immer weiter, wenn sie erst eingeschaltet ist. · · Booker war noch ein Ort: in Booker gab es einen Flugplatz, von dem aus die Tiger Moths ihre Kreise über der Brottoner Schule zogen, mehrmals am Tag, mehrmals. Sie waren gelb, die Tiger Moths, Übungsflugzeuge, und wir Kinder nahmen sie nie ganz ernst, schließlich hatten wir schon Spitfires und Blenheims gesehen, Hurricanes und Beaufighters. Aber an Booker kann ich mich besser erinnern, weil ich einmal dort in der Nähe zu einem Fußballspiel wollte, in meinen Fußballstiefeln lief ich kilometerweit am Platz vorbei, weil ich die Wegbeschreibung falsch verstanden hatte: kilometerweit, so schien es mir, wanderte ich aufs Land hinaus, bis mir ein älterer Mann auf die Sprünge half, ein freundlicher Mann, das weiß ich noch: ich kam genau in der Halbzeitpause an, wurde in der zweiten Halbzeit als Mittelstürmer eingesetzt, spielte schlecht, ich konnte damals nicht gut spielen, ich muß ungefähr elf gewesen sein oder so, später war ich besser, als ich achtzehn war, spielte ich für die Air-Trainings-Corps-Mannschaft, die den Spitfirepokal gewann, vor allen anderen englischen ATCS. Doch an die Wanderung bei Booker erinnere ich mich mit Bitterkeit: wenigstens ein Stück des Weges habe ich geweint, aus Wut und Enttäuschung, gegen Ende zu, bevor ich den freundlichen Mann traf, das weiß ich noch. · ·

Ich war verrückt auf Flugzeuge damals und auch schon früher, ich konnte mich an keine Zeit erinnern, wo Flugzeuge nicht einen Großteil meiner Aufmerksamkeit beansprucht hätten. Alle Fliegerfilme, die liefen, wollte ich unbedingt sehen, auch wenn es eher Abendfilme für Erwachsene als Samstagmorgenfilme für Kinder waren. Irgendwie haben wir versucht – Alan oder Harry kam nämlich auch mit – Mrs. Davies' geradezu unheimliches System, immer zu wissen, wo wir gerade waren, ohne dabeizusein, auszutricksen und ins Kino zu gehen: auch wenn wir vielleicht früher wieder raus mußten, bevor der Film zu Ende war womöglich. Einer dieser Fliegerfilme, die ich gesehen habe, hieß *Nachtziel*, schuldbewußt habe ich Mrs. Davies hinterher angelogen und mich dann rasch vor ihrer schlechten Laune ins Bett geflüchtet, denn sie wußte ja, daß wir logen, nur nicht, worum es ging. Ein Mann mit Pilotenhelm ist alles, woran ich mich bei diesem Film erinnern kann, kein Gesicht, nur an einen Kopf in einem ledernen Pilotenhelm. Vielleicht saßen an dem Abend amerikanische Flieger im Publikum, die im Luftkampf gestorben sind am nächsten – · · ach, das ist reine Phantasie, riecht nach fiktionaler Spekulation. · · Ein anderer Film, den ich allerdings nicht gesehen habe, war *Das Phantom der Oper*, der für Kinder nicht freigegeben war, weshalb ich ihn mir seitdem immer ansehen wollte, obwohl ich nichts darüber weiß, nur den Titel kenne: aber irgendwie ist nichts daraus geworden. Beide liefen im Odeon, aber gab es damals überhaupt Odeons? Der Name? Ein odeonartiges Kino war es auf jeden Fall: es gab nur drei, die anderen beiden hießen Rex und Palace. Wir sind nicht oft ins Rex gegangen und ins Palace sogar noch seltener. Unsere Samstagmorgenfilme liefen in dem Odeonartigen, Cowboy- und Krimireihen und Kitsch für Kinder und einer, an den ich mich wegen der mitreißenden Titelmusik erinnere,

Die Leinen los, amerikanisch muß er wohl gewesen sein, und Streifen, die patriotisch und englisch gewesen sein müssen und manchmal langweilig. In einem langweiligen Film schwatzten die Kinder und alberten herum, und dann konnte man andauernd Kinderköpfe vor der Leinwand auftauchen sehen, wenn mal wieder einer zum Klo mußte oder vom Klo kam, war der Film aber gut, blieb es mucksmäuschenstill und niemand rührte sich. Ich habe die Wochenschau über Bergen-Belsen im Palace gesehen, warum, weiß ich auch nicht, es muß gegen Ende des Krieges gewesen sein oder sogar unmittelbar nach Kriegsende: ich erinnere mich an die Warnungen am Palace vor dem Inhalt der Wochenschau, an die überzeugte Erklärung, daß sie gezeigt werden müsse. Ich weiß nicht mehr, was ich davon gehalten habe. Ich weiß aber, was ich davon hätte halten sollen. Ich war erst zwölf: mit zwölf konnte ich mir über solche Sachen noch kein rechtes Urteil bilden. An das Palace kann ich mich auch deshalb erinnern, weil Mrs. Davies mich einmal dahin mitgenommen hat, nicht daran, daß sie mich mitgenommen hat, sondern daran, daß sie mir von ihrer eigenen Süßigkeitenration ein halbes Mars abgab, an sich die einzige Nettigkeit, an die ich mich bei ihr erinnern kann, obwohl ich heute als Erwachsener sehe, was für eine ausgesprochen nette Frau sie gewesen sein muß, daß sie überhaupt Evakuierte bei sich aufnahm, für ein Butterbrot. Obgleich sie das vielleicht brauchte, wegen ihrer eigenen Kinderlosigkeit: aber auch wenn ich ein Motiv gefunden habe, einen Grund, was ändert das? · · Sie hat immer rhythmisch mit den Fingern geklopft, Mrs. Davies konnte Trommelwirbel klopfen, sogar im Kino hat sie das gemacht. Sie hat es mir ein bißchen beigebracht, sehr langsam hat sie meine dicken Finger bewegt: mir gefiel es im Kino besser, wie sich der Samtflor des Sitzes fest gegen meine Fingerkuppen schmiegte. · · · · · Neben dem Odeonartigen gab es eine Temperenzler-Billardhalle, wo – warum, kann ich mir nicht vorstellen – Kinder wie wir hinein und zuschauen durften, und mindestens einmal habe ich mir da ein trockenes Käsebrot gekauft, und es ist mir, als hätte ich mir zu der Zeit von meinem Taschengeld viel zu essen gekauft, wann das immer gewesen sein mag, irgendwann zwischen 1943 und 1945. Als Ersatz – aber wie schon gesagt, was für einen Zweck haben schon blöde Gründe? · · Und daneben der Lebensmittelladen, wo wir uns Graupen für unsere Pusterohre kauften, woraufhin uns die Lehrer rügten wegen der Verschwendung, wegen der Sauerei, wegen unseres mangelhaften Patriotismus: aber es hat nie bessere Pusterohrmunition gegeben als Graupen. Und schließlich schmeckten sie gekocht ja sowieso nicht. · · · · · · · · Alles, alles? · · Alles? Nein, aber weiter jetzt zur Scale Lane, genug von der frühen Vergangenheit, soweit wie möglich in der chronologischen Reihenfolge liegt die Wirkung, falls es überhaupt wirkt. Allmählich kommt mir der Verdacht, daß ich mir noch wünschen werde, nie mit dieser Untersuchung angefangen zu haben: andauernd überrasche ich mich selbst mit meiner Bosheit, meiner Beschränktheit. · · Aber weiter jetzt. · · · · · · · · · Zum einen konnte ich, statt mit dem Bus nach Brotton fahren zu müssen, zu Fuß zu dieser neuen Schule gehen, dieser höheren Schule in der Scale Lane, ziemlich neue Gebäude, oberhalb von High Wycombe auf einem Hügel gelegen, im Osten, Nordost zu Ost, vielleicht: ein langer Weg, das schon, aber ein interessanter, einer, den ich wirklich gern ging, solange ich ihn ging. Ich ging von der Gordon Road bergab, über den dreieckigen Flecken, wo drei Straßen zu einer wurden, am Friseur vorbei, einen Asphaltweg mit einem Eisengeländer hoch, sehr steil, manchmal, so manches Mal froh, mich am Geländer nach oben ziehen zu können, obwohl ich manchmal auch hinaufrannte und bis nach oben kam, ohne mich ein einziges Mal festhalten zu müssen. Oben, am Ende des Weges, hinter ein paar Häusern, lagen offene Felder und Hecken, und man konnte das Dach der Schule gerade noch hinter der Hügelkuppe ausmachen. Um dorthin zu gelangen, ging ich nach links, an einer Hecke entlang – Weißdorn, ich erinnere mich, weiße Blüten im Frühling, später dann rote Beeren, die wir Käsebrote nannten, obwohl sie für mich nie auch nur entfernt danach geschmeckt haben, und Holunder, solche Sträucher eben: die in einen Hain oder Haag übergingen, ich kann sie nie auseinanderhalten, aus hohen, spindeldürren Bäumen, stummeligen Büschen, Unterholz, vielleicht zweihundert Meter lang, vielleicht fünfzehn Meter breit. Ich erinnere mich, wie ich die Wörter Haag und Hain entdeckt habe und mit Freude erkannte, daß der Wald auf meinem Schulweg eines von beiden war: welches genau, hat mich nie gekümmert, mir gefielen beide Wörter, und der Wald gefiel mir auch. Wenn ich durch diesen Hain wanderte, konnte ich mich in allerlei Situationen, in allerlei seltsame Phantastereien und Hirngespinste hineinversetzen. · · Nach dem Haag oder Hain bog ich nach rechts in einen anderen Weg ein, aus gelblichem Lehm, den Hügel hinauf, an den Feldern entlang bis zum Schulgelände, zu einem Nebeneingang. · · Das war der kurze Weg zur Schule: es gab auch einen längeren, die Straßen entlang und den Totteridge – hieß er so? – Hill hinauf, den ich bei schlechtem Wetter nahm. Allerdings mußte es dann schon wirklich schlecht sein. Ich kann mich nur an ein einziges Mal erinnern, daß ich diesen Weg genommen hätte, es waren mehrere Zentimeter Schnee gefallen, und auf dem Weg den Totteridge Hill hinauf machte ich mit anderen Kindern eine Schneeballschlacht: und plötzlich wurde mir schlecht, wurde mir ganz anders, mein Herz hämmerte, und ich mußte mich auf den Bürgersteig setzen, mit dem Rücken gegen einen jungen Baum in einem Drahtgitter: sonst wäre ich umgekippt, ohnmächtig geworden. Viele Kinder kamen vorbei und beachteten mich nicht, wie es Jungen nun einmal tun, aus Verlegenheit oder Eigennutz oder was auch immer: aber ein Junge, ein Aufsichtsschüler vielleicht, erkundigte sich, warum ich im Schnee saß, half mir hoch, brachte mich zur Schule. Ich weiß nicht mehr, ob ich an dem Tag nach Hause geschickt wurde oder nicht, wegen dieser Krankheit, dieser Schwäche, oder wie man es nennen will. Aber an einem anderen Tag wurde ich wegen einer Ohnmacht nach Hause geschickt: ich spürte, wie mich das gleiche Gefühl wieder überkam, als ich vor der Morgenandacht in der Aula stand, und ich wollte es unserem Lehrer sagen, der an der Seite stand, an der Wand. Bevor ich ihn erreichte, wurde mir schwarz vor den Augen. Die anderen haben mir hinterher erzählt, daß Mr. Proffitt mich aufgefangen hat, als ich umkippte. Ich war im Lehrerzimmer, als ich wieder zu mir kam, und ging eine Stunde später oder so nach Hause. Mrs. Davies war überrascht, mich zu sehen. Schon sehr bald ging es mir besser, und ich lief in die Stadt, um mir Feuerwerkskörper zu kaufen. Damit kann die zweite Ohnmacht datiert werden, denn die Feuerwerkskörper, die im November 1939 nicht abgebrannt wurden, waren zu den Siegesfeiern im Mai 1945 wieder erhältlich. · · · · · · · · Der Grund dafür, daß ich, wie ich mich erinnere, an dieser Schule glücklich war, war der, daß ich mich schon sehr bald in einer Rolle wiederfand, die ich akzeptieren und mit der ich mich sogar anfreunden konnte. Ich stellte fest, daß mir das Lernen Spaß machte und daß ich erstaunlicherweise auch sehr gut war. Ich glaube, ich hatte damals noch nicht gemerkt, daß ich einer Gymnasialausbildung nicht für würdig befunden worden war und eigentlich nicht mehr so zu kämpfen hatte wie vorher. Aber das war relativ unwichtig. Dieses neue Selbstvertrauen hatte ich fast ausschließlich meinem Klassenlehrer, Mr. Proffitt, zu verdanken, einem wunderbaren Lehrer, der den Jungen dadurch schmeichelte, daß er sie in seiner Begeisterung, die sich einfach auf sie übertrug, als vollwertig zu betrachten schien: ein Mann, der, das sehe ich heute, die Unzulänglichkeiten seiner äußeren Erscheinung – er war klein, um die Fünfzig, glatzköpfig, rotnasig, trockenhäutig, er trug eine Nickelbrille und schäbige graue Tweedanzüge: eine einzige Aufforderung zur Respektlosigkeit – überwunden haben mußte, und zwar durch seine außerordentlichen Lehrmethoden, durch seine Persönlichkeit allein. Meine Klasse respektierte ihn voll und ganz: ich kann mich nicht erinnern, daß er uns mit körperlicher Züchtigung auch nur hätte drohen müssen. Noch immer halte ich sein Andenken hoch, höher als das aller meiner anderen Lehrer. Heute sehe ich, daß er sich, klug wie er war, vielleicht aus Ärger

über das Schulsystem, das uns als nicht erstklassig abqualifiziert hatte und damit implizierte, daß es sich kaum lohnte, sich mit uns abzugeben, und sei es auch auf unserem eigenen Niveau, so fleißig und erfolgreich um uns bemühte: er war so gut, vor allem mit denen, die den Übertritt zum Gymnasium nur knapp verpaßt haben mußten: er gab uns so viel, packte soviel Stoff in seinen Unterricht, baute ihn so gut auf, daß er sogar den Besten unter uns alles abverlangte und dabei doch die Schlechtesten unter uns nicht völlig überforderte... Aber vielleicht gehe ich zu weit, projiziere ich den idealen Lehrer auf sein Andenken: aber nicht sehr weit an der Wahrheit vorbei.
· · Er gab Englisch und war außerdem unser Klassenlehrer. Es störte uns nicht einmal, daß er uns die ganze Zeit mit dem Nachnamen anredete. · · Am Ende dieses ersten Trimesters, Weihnachten 1944 muß es gewesen sein, hatten wir Prüfungen, und ich schnitt als Zweitbester der ganzen Klasse ab. Es war für mich das erste Indiz für etwas, was ich schon lange gehofft hatte, was ich irgendwie gewußt, aber nicht geglaubt hatte: daß ich wenigstens in manchem besser war als andere, daß ich, obwohl ich ein Arbeiterkind war und Kleidung trug, für die ich mich schämte, in manchen Dingen besser als mancher andere war. Das Selbstvertrauen, das ich daraus gewann, war enorm, von akuter Wichtigkeit, und ich wurde darin zu Beginn des Frühjahrstrimesters auf höchst befriedigende

Weise öffentlich bestärkt, als Mr. Proffitt uns nämlich in der Rangordnung umsetzte, die wir bei den Dezemberprüfungen erreicht hatten: da, hinten, rechts vom Lehrer, saßen der Junge, der als Bester abgeschnitten hatte, seinen Namen weiß ich nicht mehr, auch ein stiller Junge, und ich, in einer Bank. Das gab mir insbesondere deshalb Auftrieb, weil die bis dahin anerkannten Stars der Klasse, Nobbs und French, denen gegenüber ich mich bis Weihnachten minderwertig gefühlt hatte, nur Dritter und Vierter geworden waren und jetzt rechts von mir in einer anderen Bank saßen. · · · · · In allen Einzelheiten kann ich mich nur noch an eine von Mr. Proffitts Stunden erinnern und zwar an die, in der wir ihm erklären sollten, woraus Holzbleistifte bestanden und daß japanische Bleistifte aus der Vorkriegszeit von so schlechter Qualität waren, daß sie sehr leicht abbrachen: weil sie nicht aus dem besten Holz gemacht wurden: Zedernholz. Aber viele Grundbegriffe meiner Elementarbildung müssen in Mr. Proffitts Klasse ausgebildet worden sein. · · Obgleich ich keinem anderen Lehrer den gleichen Respekt entgegenbrachte wie Mr. Proffitt, kann ich mich doch an einige sehr deutlich erinnern. Der Geographielehrer, groß, braungebrannt, glatzköpfig, unterrichtete ruhig und gut. Einmal suchte er einen Freiwilligen, der eine Nachricht zur Spring-Grove-Schule bringen sollte, und obwohl ich nicht genau wußte, wo das war, meldete ich mich und durfte gehen. Es regnete, und ich mußte auf der anderen Seite den Hügel hinunter, weg von meinem Haag oder Hain, der Weg lief durch ein abschüssiges Feld, das man von der Klasse dieses Lehrers aus sehen konnte. Ich war angehalten worden, nicht zu rennen, tat es aber trotzdem auf einem kurzen Stück dieses Weges: ich kann mich selbst von dieser Klasse aus sehen und sehe mich als mich selbst auf dem Weg: eine doppelte Vision. Ein Junge bezichtigte mich, gerannt zu sein, als ich zurückkam, ich weiß nicht mehr, wer es war, gehässig. · · Wir hatten einen Musiklehrer, der sehr auf Disziplin hielt: selbst vom Klavier aus, einem besonders niedrigen mit kreuzsaitigem Bezug, ah, über das er beim Spielen hinwegsah. Wir sangen – es fällt mir nicht ein, aber der Text ist von Pope, Jahre später habe ich auf dem College gelernt, daß der Text von Pope ist – doch, *Wo immer du auch wandelst*, das war es. Und eines Tages hörte ich die Stimme dieses Lehrers, so streng und disziplinarisch wie eh und je, im Schulfunk, als ich selbst Lehrer war und eines Nachmittags die BBC einschaltete, um davon abzulenken, daß ich selbst Musik nicht unterrichten konnte. · · Ich erinnere mich, daß der Rektor nur ein einziges Mal in meine Klasse kam, daß ich ihm die Frage nach dem Namen des Brahmaputra in Nordindien – stimmt das? – richtig beantwortet habe und er nachdrücklich darauf hingewiesen hat, daß in der Handschrift weder eine Schräglage nach vorne noch eine nach hinten wünschenswert ist. Ach, und die Eselsbrücke, die er uns beigebracht hat, derer ich mich heute noch bediene, um steuerbord von backbord zu unterscheiden, nämlich: steuerbord enthält zwei r, deshalb bedeutet es rechts. · · Der einzige, den ich, wie ich mich erinnere, nicht leiden konnte, war der Geschichtslehrer, ein Referendar, vermute ich, Anfang zwanzig, krausköpfig, mit dunkel umrandeter Brille: und das auch nur deshalb, weil er mich faulig anhauchte, zu oft, einmal wäre schon einmal zu oft gewesen, Knoblauch, würde ich heute denken, obwohl es mir damals etwas mit den kleinen schwarzen Stangen zu tun zu haben schien, die wie Kohlestifte aussahen, auf denen er während des Unterrichts herumkaute. Er fuhr zu den Siegesfeiern nach London, am VE-Day, und erzählte uns, wie er vor dem Buckingham-Palast auf den König und die Königin und auf Mr. Churchill gewartet hatte. Mich beeindruckte das schon damals nicht: ich wollte nur noch nach Hause, und ich war wütend, daß er, der kein Londoner war, dort hinfahren konnte, während ich immer noch in High Wycombe aushalten mußte. Er leitete die Schulbibliothek, wo es aus irgendeinem Grund sehr düster war für so ein neues, helles Gebäude, keine sonderlich gute Bibliothek, wie ich mich erinnere, vollgestopft mit alten Büchern in schmuddeligen Einbänden, manche ohne Rücken, vielleicht von einer anderen Schule übernommen. · · Ein Hobby, das ich mir in der Scale-Lane-Schule zulegte, war die Religion, die, ironischerweise, ausgerechnet der Sportlehrer mit großer Begeisterung betrieb, während der Mittagspausen. Jeden Tag – es kommt mir vor wie jeden Tag – kam in der Turnhalle eine Gruppe Jungen zur Bibelstunde zusammen: wenigstens glaube ich, daß sie so hießen. Einer von uns suchte sich dann eine Bibelstelle aus, las sie vor und erläuterte sie anschließend, zur allgemeinen Erleuchtung. Es war ein Hobby, ja, rückblickend erkenne ich das: um Fragen des Glaubens ging es dabei nicht. Das gleiche hätte ich mit jedem anderen Text über jedes andere Thema auch machen können, nehme ich an, zu der Zeit, denn ich habe alles erfunden, die ganze Interpretation. Aber dem Sportlehrer muß es wohl gefallen haben, daß wir auf diese Weise dem, wie er meinte, Guten ausgesetzt wurden. Ob es ihm etwas ausmachen würde, daß es in meinem Fall überhaupt nichts genützt hat? Viel eher hasse ich die Propaganda von Leuten wie ihm, von seiner Kirche, seinem Gott. Aber vielleicht wurzelt solcher Haß doch nicht in dem, was er mit uns in Sinn hatte: ich hege keinen wirklichen Groll gegen ihn, ich kann mich noch daran erinnern, daß ich ein schlechtes Gewissen hatte, weil ich ihm nicht schrieb, als ich wieder in London war, und ich besitze noch immer die Bibel, in die er mir eine Widmung geschrieben hat (geschenkt hatte sie mir allerdings jemand anders), irgendwann

während der Zeit in High Wycombe. · · · · ·
An die Jungen an dieser Schule kann ich mich weitaus weniger gut erinnern. Nobbs scheint mir spitzgesichtig, ansehnlich und ziemlich blond gewesen zu sein, wohingegen French mit Sicherheit rundgesichtig, großköpfig und sehr blond gewesen ist. Ich habe French einmal zu Hause besucht, im Westen der Stadt, in der Nähe des Thames Valley Busbahnhofs: aber das einzige, was mir dazu noch einfällt, ist, daß wir in der Küche saßen und mir jemand erzählt hat, daß French die Haare von seiner Großmutter geschnitten bekam, ha, ha: womöglich war es seine Großmutter selber. Und ein paar Mädchen waren auch da, French wirkte auf Mädchen. · · ·
· · · · · Hier verwirrt sich alles. An diesem Punkt! Hatte ich überhaupt keine Freunde an dieser Schule? War ich ein Außenseiter? Ist das der Punkt, wo es anfängt, wo ich die Ursache finden kann? Gründlicher nachdenken!
· · · · · · · · · Anscheinend habe ich mich mit der Freundschaft der Jungen begnügt, die bei Mrs. Davies wohnten: vielleicht waren wir eine verschworene Gemeinschaft, so etwas wie eine Familie. Nach Kriegsende, beziehungsweise gegen Ende hin, kehrten diese Jungen, einer nach dem anderen, nach Hause zurück, bis ich allein bei Mrs. Davies übrig war, vielleicht hat sie mich dann ins Kino mitgenommen und mir die Hälfte von ihrem Mars abgegeben? Aber einen Jungen gab es in der Scale-Lane-Schule,

mit dem ich mich angefreundet habe, Bates hieß er, ich nannte ihn Batesy, so nannten ihn alle, der mir seine Freundschaft anbot, und ich erinnere mich, daß er das auf einer Schultreppe machte, wie ein schwacher Funken übersprang, nachdem ich ihm erzählt hatte, daß der letzte von Mrs. Davies' Jungen weg war beziehungsweise wegging, und ich sagte, Nein, ich zöge es vor, ein Einzelgänger zu bleiben. Das war mein Klischee des Tages, ich kann mich daran erinnern, es verwendet zu haben, erinnere mich an das bestimmte Gefühl des Unheils, an das Prickeln, das in diesem Ausdruck lag, in der romantischen Einsamkeit, für die ich mich entschieden hatte. · · · · · Also, das müßte doch wirklich wichtig sein, eine deutlichere Ursache – nein, ein klareres Beispiel, ein früheres Beispiel für meine Isolation habe ich bislang nicht zutage fördern können. Aber von welcher Wichtigkeit ist es? Ach ... · · · · · · · · · Aber ich freundete mich trotzdem mit Batesy an, unternahm alles mit ihm, was es auch gewesen sein mag, wozu man einen zweiten Mann brauchte, obgleich ich dabei immer sehr viel von mir für mich behielt. Weiß noch, wie ich Batesy direkt über dem Pfadfindersocken, grüne Streifen auf marineblauem Grund, einen Pfeil ins nackte Bein geschossen habe, der einen leicht aufgeritzten, runden blauen Fleck hinterließ. Die Pfeile waren dünne Triebe eines Strauchs mit rötlicher Rinde, ideal für unsere Zwecke, mit einem Herz aus hartem,

weißen Holz, das man gut anspitzen konnte. Ich schoß Batesy aus Langeweile ins Bein, aus ungefähr einem Meter Entfernung, und war überrascht, daß er sich nicht rächte und anscheinend nicht einmal böse auf mich war, als der erste, stechende Schmerz verklungen war. Das war oben auf dem Keep Hill, hinter der Schlittenbahn. Mrs. Davies fand es nicht gut, daß ich mich mit Batesy abgab, nein, und vielleicht wußte er das: vielleicht hat er es sich deshalb gefallen lassen, daß ich ihm einen Pfeil ins Bein schoß, weil ich ihm irgendwie überlegen war und ihm meine Gesellschaft vorenthalten konnte? Ein bißchen sehr weit hergeholt. Ob Batesy einer unerwünschten Gesellschaftsschicht angehörte, ob Mrs. Davies darum nicht wollte, daß ich etwas mit ihm zu tun hatte? Gab es noch niedrigere Schichten als die, aus der ich kam? Das hatte ich nicht gedacht, nein, das hatte ich nicht gedacht. Vielleicht wollte Mrs. Davies mich ganz für sich allein haben? Das kommt mir ziemlich unwahrscheinlich vor. Aber auf jeden Fall schlief der Kontakt zu Batesy allmählich ein, und ich weiß nicht einmal mehr, ob ich mich, als ich High Wycombe verließ, von ihm verabschiedet habe.
· · · · · · Kommen wir zu den Mädchen: an zwei kann ich mich erinnern, nur an zwei. Die erste hatte den gleichen Nachnamen wie ich, schickte mir aber das Briefchen, in dem ich sie verklemmt um ein Treffen bat, mit einer höchst unverklemmten Absage zurück, in der sie nach-

einander all die Stellen aufzählte, wo sie sich nicht mit mir treffen wollte, sämtliche Stellen, die ich vorgeschlagen hatte. Sie war einige Jahre älter als ich, aber die zweite, die nur ein paar Häuser weiter wohnte, ausgerechnet bei einem Metzger, war eher in meinem Alter, zwölf, damals, und wir haben uns gegenseitig Beleidigungen an den Kopf geworfen, über einen Zeitraum von mehreren Monate hinweg, sonst nichts, bis ich ihr schließlich einen letzten Tiefschlag versetzen konnte, indem ich ihr sagte, daß ich aus High Wycombe abreisen würde, und sie mir, indem sie sagte, Ein Glück, daß wir dich los sind. · · Es war schwierig, bei Mrs. Davies Mädchen kennenzulernen, oder vielleicht machte mich auch nur die Pubertät schüchtern. · · An zwei andere Mädchen kann ich mich auch noch erinnern, die ich kennengelernt habe, auf die ich scharf war, irgendwie hatte es etwas mit einem Pfadfinderausflug zu tun, mit einem Handwagen, wir beförderten irgendwelchen Krempel von einem Teil High Wycombes zu einem Basar, wo wir die Kinder mit dem Wagen herumfuhren und die Deichsel kaputt machten, als wir sie auf den Weg krachen ließen. Wir waren zu dritt, und ich glaube, wir müssen diese Mädchen da kennengelernt haben, vielleicht waren sie Pfadfinderinnen, auf dem Basar, die beiden: ja, ich hatte Angst, ausgeschlossen zu werden, Angst, daß die anderen beiden die Mädchen kriegen würden, daß sie sie womöglich schon von früher kannten, einer zumindest, während ich nur die Jungen kannte und keines von den Mädchen, bis zu dem Basar, bis zu dem Tag. Wir brachten den Wagen wieder zum Hauptquartier zurück, und einer der Jungen sagte, er wollte es am nächsten Tag dem Gruppenleiter melden. Dann sind wir mit den Mädchen zu einer Kirmes gegangen, die in der Woche auf dem Rye stattfand. Ich fühlte mich nicht mehr ausgeschlossen, dann nicht mehr, fünf war eine lockere Zahl, jeder bekam etwas ab. Aber ich mußte früher gehen, weil meine Mutter über das Wochenende zu Besuch kam, an dem Abend: ironisch, daß sie, die so selten kam, sich ausgerechnet den Abend ausgesucht hatte, an dem ich – was ebenfalls nur selten vorkam – etwas anderes vorhatte, was mich von dem Heimweh nach ihr hätte ablenken können. Das Heimweh war nämlich eine Konstante in meinem Leben. Und kaum hatte ich mich dann einmal einer Gruppe angeschlossen – aber irgend etwas wäre sowieso dazwischengekommen, wie immer etwas dazwischenkam, was mich zurückwarf, wieder einmal. Meine Mutter schlief oben in Mrs. Davies' Zimmer, an jenem Abend. Ich freute mich, sie zu sehen. Ich brachte ihr eine Tasse Tee ans Bett, an jenem Sonntagmorgen. Plötzlich sagte sie Hör mal! Ich hörte das Brummen eines Flugzeugs. Es zog über uns hinweg und wurde schwächer. Dann brach es plötzlich ab. Eine Fernrakete, sagte meine Mutter. Es gab einen dumpfen Knall in einiger Entfernung, und dann erzählte sie mir von den Fernraketen oder V1, die bei ihnen in London runterkamen, und ich hatte schreckliche Angst um sie. Diese Rakete landete in Hughenden Manor, glaube ich, falls der Ort so hieß, ohne Schaden anzurichten. Es war die erste über High Wycombe: später kamen noch mehr, die vom Kurs auf London abgekommen waren. Meine äußerst seltenen Wochenendbesuche in London bei Mutter und Oma waren von nun an gestrichen. Vielleicht war meine Mutter deshalb dieses Mal zu mir gekommen. Bei den Pfadfindern bin ich zweimal eingetreten, allerdings bei verschiedenen Gruppen. Einmal war ich gleichzeitig bei den Pfadfindern und bei den Wölflingen, hatte furchtbare Angst bei irgendeinem Liederabend, als der Wölflingsführer mich in meiner Pfadfinderuniform sah, aber er sagte nichts, zu meiner Erleichterung. Die ersten Pfadfinder nahmen mich auf, obwohl ich zu jung war, aber dafür war ich sehr groß für mein Alter, und machten es mir mit der Aufnahmeprüfung nicht schwer: es genügte ihnen, daß ich einmal verschiedene Knoten nachbinden konnte, die man mir zeigte, dabei hatte ich sie schon einen Tag später wieder vergessen. Diesem Rudel gehörte der Handwagen, zu dessen Demolierung ich beitrug. Später, an der Scale-Lane-Schule, bin ich einem anderen Rudel beigetreten, wo man etwas eifriger bei der Sache war, wo es mir aber kaum besser gefiel. Nicht, daß ich mich nicht für ihre Aktivitäten interessiert hätte, das nicht: aber ich wollte mich auf meine eigene Art interessieren, ich wollte auf meine eigene Art Spaß haben, die ihrer Art nicht unbedingt entsprach. Als Mitglied dieser Gruppe habe ich genauso versagt, wie ich als Mitglied jeder anderen Gruppe versagt habe, der ich mich jemals angeschlossen habe: Banden, Schulen, Cliquen, Kirchen, Wölflinge, Pfadfinder, Jungendclubs, Fußballvereine, Kricketmannschaften, Tauziehmannschaften, Tennisdoppel, einfach alle. · · Was sich auch hier wiederholt: denn ich bin zwar auf diesem Trawler, sogar auf der Besatzungsliste bin ich als Mitreisender verzeichnet, aber ich gehöre nicht zu diesem Schiff. · · Ich entfremdete mich sogar Mrs. Davies und den Jungen, gegen Ende hin, hauptsächlich wegen meines vom Mr. Proffitt geschürten Wissensdranges, meiner Fähigkeit, zuviel beobachten zu können: bis sie und die anderen Jungen anscheinend kein Thema mehr ansprechen konnten, ohne daß ich mein Ich weiß dazugeben mußte, und bald wurde mein Ich weiß zur Parole, mit der man mich lächerlich machen und angreifen konnte. Aber ich weiß es wirklich, sagte ich dann im stillen zu mir: und vielleicht begann hier meine Arroganz, vielleicht zeigte mir das überraschenderweise erneut, daß ich besser war als mancher Erwachsene: oder vielleicht wußte ich es auch schon die ganze Zeit, und das war nur eine Bestätigung. · · · · · Dieses Beobachten war Teil einer visuellen Aufgeregtheit, die sich am krassesten darin ausdrückte, daß ich alles, was mir ins Auge sprang, mit einer imaginären Kamera fotografierte, einem kleinen Metallzylinder, etwa einen Zentimeter dick und zwei Zentimeter im Durchmesser mit einem Guckloch und einem Knipshebel: ich hatte ihn auf einer Kippe gefunden und Batesy auch einen mitgenommen, und ich kann mir nicht vorstellen, wozu er ursprünglich gedient haben soll. Daß ich eine echte Kamera gesehen hätte, daran kann ich mir nur ein einziges Mal erinnern, als meine Mutter herunterkam, vermutlich war es an demselben Wochenende, als ich zum ersten Mal eine Fernrakete hörte: eine Kamera, die sie sich geborgt und für die sie irgendwie einen Film aufgetrieben hatte, Filme waren nämlich während des Krieges schwer zu kriegen, wenigstens glaubte ich das, und wir machten ein paar Schnappschüsse, so möchte ich sie nennen, auf dem West Wycombe Hügel, in der Nähe des Mausoleums. · · · · · Briefe von meinem Vater, aus Nordafrika, aus Italien, aus Deutschland, abfotografierte Briefe, kleine, raschelnde Blätter, gerade groß genug reproduziert, daß man sie lesen konnte: darin all die Dinge, die wir unternehmen wollten, wenn der Krieg vorbei war. · · · · · Ich war wie besessen von Details über den Krieg, vom Krieg, wollte fliegen, las alle Fliegerhefte mehrmals durch und auch den *Modellbauer*, bastelte Modelle, die fast nie flogen, wenn sie sollten, und starre Modelle, von denen ich mir gewünscht hätte, daß sie hätten fliegen sollen, weil sie einfacher zusammenzubauen waren. Sogar mit einem eigenen Trainingsprogramm fing ich irgendwann an, um fit zu werden für die Air Force, mit achtzehn, als Pilot: ich glaube, mir ist damals ein Buch in die Hände gefallen, irgendein Körperertüchtigungsratgeber, und deshalb kam ich darauf. Das war meine erste große Passion: und wie alle anderen behielt ich sie für mich, bewahrte ich sie vor dem Spott der anderen, den Dämpfern der anderen. Es muß zu der Zeit gewesen sein, als die anderen Jungen bei Mrs. Davies schon weg waren, als ich mich mehr mit mir selbst beschäftigen mußte, daß ich es für mich behielt. Meine Begeisterung für die Fliegerei hielt bis zum Beginn der Wehrpflicht an, als ich mich freiwillig zur R.A.F. meldete und zu Dorothy sagte, ich müßte unbedingt dafür sorgen, daß ich im nächsten Krieg mitfliegen könnte, noch vor der eigentlichen Einberufung in Hornchurch die Auswahlprüfungen für die Air Force absolvierte, als Funker genommen worden wäre, aber aus medizinischen Gründen durchfiel, wegen des perforierten Trommelfells, das mir als Dreijährigem von einer Scharlacherkrankung geblieben war, und folglich als untauglich ausgemustert wurde. · · Heute will ich nicht mehr fliegen, habe seither überhaupt nicht mehr fliegen wollen: vielleicht habe ich eines Tages wieder Lust dazu, als Hobby: aber ich erinnere mich gut an meine leidenschaftliche Begeisterung für das Fliegen, damals, jahrelang, und staune über das Kommen und Gehen von Begeisterung. Vielleicht ist nur der Mensch glücklich, der keine Begeisterung kennt: aber vielleicht kann auch dieser Zustand nur erreicht werden, wenn man eine Begeisterung dafür entwickelt, sich für nichts zu begeistern. Das ist zu einfach: was für einen Zweck haben solche Aussagen? · · Eine andere Passion zur gleichen Zeit, die wohl etwas damit zu tun gehabt haben muß, die eingebettet gewesen sein muß in die Selbstdisziplin, die Selbstgenügsamkeit, war ein Geheimbund, zu dem ich mich mit Batesy zusammengeschlossen habe. Unser Hauptquartier hatten wir in einem ganz bestimmten Baum, schwer zu erklettern, aber nicht hoch, wahrscheinlich Weißdorn, wo wir alle möglichen Schätze versteckten, kleine Fläschchen mit dem rosa Anadin-Getränk, ab und zu mal einen originalverpackten Pariser, den wir gefunden hatten, Streichhölzer und andere Wertsachen. Wir nahmen noch zwei andere Kinder in diese Bande auf, die nicht sehr begeistert bei der Sache waren, die sich bei den Versammlungen nicht sehr oft blicken ließen: als Batesy und ich sie ein paar Wochen später sahen, schienen sie sich nicht einmal mehr daran zu erinnen, daß sie dazugehörten. Aber irgendwer hat die ganzen Sachen im Hauptquartier gefunden, geraubt, und wir haben diese zwei ausfindig gemacht und zur Rede gestellt: angeblich hatten sie den Geheimbund nicht verraten, aber wir haben sie für alle Fälle trotzdem vermöbelt. Batesy und ich waren größer als sie, aber nicht viel. In diesem Geheimbund drückte sich vielleicht der Wunsch aus zu führen, zu organisieren. Nicht, daß ich unbedingt hätte führen wollen – darin sah ich nichts Gutes – aber vielleicht erkannte ich, daß Dinge geführt, daß Dinge organisiert werden mußten: und andere Menschen schienen das nicht gut zu können – nein, das ist es nicht, nicht ganz. Manche Menschen waren wohl gut darin: Mrs. Davies war gut organisiert, Mr. Proffitt und die Schule waren gut organisiert: aber es gab auch andere Dinge, die es nicht waren, und wenn ich es nicht machte, machte es keiner, das sah ich. Eine weitverbreitete Fehleinschätzung. Aber ich habe es gemacht. Ich glaube, ich habe später noch einmal etwas Ähnliches aufzuziehen versucht, einen Bund oder Club, in einer Möbel- · · *Krääәngk!* · · Ach, schon wieder! · · Ja. Also, einen geheimen Fliegerbund, nein, einen anderen Bund, diesmal in einer Fabrik, wo Stühle hergestellt wurden, oder vielmehr im Holzlager der Fabrik, da hatten wir ein Lager zwischen großen Stapeln abgelagerten Buchenholzes mit Klötzen zwischen den einzelnen Lagen, damit die Luft zirkulieren konnte: aber dort wurden wir zu oft entdeckt und von den Arbeitern weggejagt, vor allem, wenn wir sie auf uns aufmerksam machten und auf einer Holzplattform mit Rädern herumfuhren, die auf den kurzen Gleisen im Lager für den Transport der Holzstöße gedacht waren. Einmal fiel eine große, splittrige Stange mit dreieckiger Schnittfläche auf George, die scharfe, schartige Seite riß ihm Stirn und Nase auf: wir brachten ihn nach Hause, er brüllte, er blutete unsere Taschentücher voll, bis sie nichts mehr aufnehmen konnten, zu Mrs. Davies brachten wir ihn, die ihn wusch und badete und natürlich erkannte, daß die Wunde weit weniger schlimm war, als sie aussah. Das kann mit der Bande nichts zu tun gehabt haben, John, oder war es George? war damals schon weg, wieder in London. Aber wir spielten öfter in dem Holzlager in High Wycombe, nicht nur ich allein gegen Ende zu. · · · · · Mrs. Davies hatte eine Cousine, die in einer sehr guten Bäckerei in der Stadt arbeitete, dort haben wir uns samstags einen Schmalzkuchen gekauft, ein herrlicher Kuchen, dieser Schmalzkuchen, mit – · · Was kümmert mich der Scheißschmalzkuchen heute? Ich habe die Nase voll von High Wycombe und vom Evakuiertendasein: mittlerweile muß ich das Thema doch wohl wirklich erschöpft haben, der Schmerz muß exorziert sein, das lästige Interesse, das mich dazu bringt, alles noch einmal durchzukauen: wozu? · · Dann eben denken, dann eben analysieren, diese Entfremdung von Zuhause, von London, den Eltern, dem jüngeren Selbst. · · · · · · · · · Lücke. · · Was für einen Sinn haben Analysen, Gründe, Ursachen?

Was mir bleibt, sind doch nur Dinge, Ereignisse: Dinge, wie sie sind, Ereignisse, wie sie sich ereignet haben und noch immer ereignen in dem unzuverlässigen Filter meiner Erinnerung. Aber versuchen will ich es. Was bleibt mir sonst übrig?
· · · · · Zunächst das Offensichtliche. Der Schmerz, von meinen Eltern getrennt zu sein, war weitaus größer und auch realer als die Gefahr durch die Bomben, das Sterben. Der angegebene Grund für meine Evakuierung – ich wäre außer Gefahr, und der Umkehrschluß, sie wären demnach in Gefahr – war inakzeptabel, zumindest erscheint es mir heute so, denn damals blieb mir nichts anderes übrig, als ihn zu akzeptieren. Der Gedanke, meine Mutter oder mein Vater könnten getötet werden, den ich durchaus fassen konnte, war weitaus schlimmer als der Gedanke, ich selbst könnte getötet werden, den ich in seiner vollen Tragweite nicht gleichermaßen fassen konnte. Wenn schon einer von uns sterben mußte, dann wollte ich, daß wir alle zusammen waren. Dieser Gedanke kam mir oft, allerdings nicht eigentlich als Gedanke – ich hätte ihn damals nicht so formulieren können – sondern vielmehr als eine Drohung, als Untermalung von allem, was ich tat. · · War die Freigebigkeit meiner Eltern – ich erinnere mich, daß ich zehn oder fünfzehn Shilling, manchmal sogar ein Pfund Taschengeld die Woche bekam in den ersten Jahren, als ich wieder zu Hause war, unmittelbar nach dem Krieg, als ich erst zwölf oder

dreizehn war – war sie irgendwie (denn sie hatten nicht viel Geld) ein Versuch der Wiedergutmachung, weil sie mich während des Krieges weggeschickt hatten? Eine Begleichung ihrer Schuld mir gegenüber, weil sie mich vernachlässigt hatten? Vielleicht. Vielleicht auch nicht. · · Und doch kenne ich andere aus meiner Generation, die ebenfalls evakuiert waren und auf diese Zeit als die goldenen Jahre in ihrem Leben zurückblicken, die aufs platteste Land verschickt wurden, in Herrenhäuser nach Somerset oder bis nach Amerika sogar, und für die das Leben mit den Eltern nie so herrlich sein konnte wie das ohne sie, deren Charaktere wunderbar aus- und fortgebildet wurden durch diese Verpflanzung von London an irgendeinen fremden Ort. Vielleicht landete ich in einer ausgesprochen reizlosen Stadt, passenderweise, wenngleich nicht gern, auch noch im Arbeiterviertel, und vielleicht wurden meine Klagen allzu leichtfertig mit dem Versprechen abgetan, daß nach dem Krieg alles anders werden würde: Und natürlich kam es nicht so, und natürlich wurde ich beeinflußt von der Enttäuschung, daß nach dem Krieg nichts je so wurde, wie es mir versprochen worden war – wie ich schon sagte, ich wiederhole mich... · · · · · Wieder da, wo ich war, wo ich bin. Schlafen. · · Lange schlafen.

Drei Teile eines Mondes heute nacht. · · · · ·
Die See steigt und sinkt, steigt, steigt, sinkt, steigt, sinkt, sinkt, sinkt, steigt wieder: unmögliche Beständigkeit, ständige Veränderung, ein unaufhörliches Wogen, Wallen, Rollen, Schäumen, Brechen: ein fortwährendes Besitzen und Zerstören, Zerbrechen und Synthetisieren, Akzeptieren und Umschließen, Umfassen und Verlieren, Geben und Zurückfordern, Ziehen... · · · · · · · · · Ein Brückenfenster gegenüber rahmt mir einen rechteckigen Gesichtsfeldausschnitt ein: eine Leinwand aus Sternen und Himmel entrollt sich im Rollen nach oben, endet und weicht einer Schwärze, gesprenkelt und gestreift von dem leuchtenden Schaum: woraufhin dann im Zurückrollen die Sterne wiederkehren, die nun nach unten stürzen wie stecknadelkopfgroße Lemminge ins Meer, über die Teakholzklippe. · · · · · Niemand auf dem Runddeck, kaum jemals jemand da, so scheint es: ein- oder zweimal, als der Steertbaum aufgetakelt wurde, während wir durch die Fjorde liefen, sind sie auf das Runddeck gestiegen: nicht, daß sich ein Mensch aus freien Stücken dort aufgehalten hätte, wo sie mit der Nase in die See taucht, die mit Macht über die Bugreling bricht, die teilweise von einer früheren schweren See verbogen worden ist. Die Gischt über dem Runddeck spritzt heute nacht bis zu den Fischkästen, wo die Männer in ihren Kitteln und mit Südwestern beim Schlachten sind: grobe See heute nacht,

Windstärke sechs, sagen sie mir, zum Fischen gerade noch annehmbar. Gleichmütig stehen sie da, schlitzen und schneiden und werfen die ausgeweideten Fische in den Wäscher: und dann der militärische Marsch die Rutsche hinunter.

· · · · · · Duff hat Wache, aber der Skipper ist auch da: er scheint kaum einmal zu schlafen. Sogar wenn ich mitten in der Nacht heraufkomme, ist der Skipper auf jeden Fall noch hier, auf seinem hohen Stuhl, das grüne Gekrakel auf der Kathodenstrahlröhre der Fischlupe spiegelt sich verzerrt an der glänzenden Brückendecke wieder. Er redet mit mir, während er hinsieht, erzählt mir von seiner Kindheit in Irland, seiner ersten Ausfahrt aus Dublin, mit vierzehn, auf Fangfahrt, und von seinem fast unfreiwilligen Aufstieg bis zur Führung dieses Trawlers: von seinen Ängsten, eines Tages auf einer Fahrt keine Fische zu finden, das Gespür dafür zu verlieren, obwohl er berühmt dafür ist, Fische zu finden, wenn es überhaupt welche gibt: davon, wie andere Skipper von ihren Schiffen geräumt werden, geräumt ist sein Ausdruck, von den Eignern, nach erfolgloser Fahrt. Der Skipper ist ein Jäger und ein Spieler, er rät, beobachtet und fühlt, wo der Fisch sein könnte, sein einziger schriftlicher Führer ist ein Heft, worin er über Jahre hinweg alle Fänge, die genauen Fundstellen und Jahreszeiten festgehalten hat. Äußerst beherrscht, äußerst gelassen. Selbst wenn er flucht, bleibt er beherrscht, gelassen: Rollt ihr ruhig, ihr Schweine! sagt er zu den Wellen, und wenn sie es fühlen könnten, würde es sie weit tiefer verletzen als die umfassend sexuelle und blasphemische Bildersprache von Duff oder Festy. Nur wenn Menschenleben in Gefahr sind, habe ich erlebt, daß der Skipper laut wurde: von den Steuerbordfenstern der Brücke aus behält er die Männer im Auge, wenn wir den Fang einholen, und ruft durch die Flüstertüte nach unten, wenn es so aussieht, als ob jemand durch die Kurrleinen in Gefahr gerät oder durch die großen Glieder der Ketten, an denen die Scherbretter hängen. Ihm ist noch nie ein Mann über Bord gegangen, anders als bei den meisten Skippern, noch hat sich jemals einer ernsthaft verletzt auf seinem Schiff. Er erzählt mir von seiner Familie, verspricht, mir Fotos zu zeigen, die er unten in seinem Quartier hat. Er erzählt mir, daß sie vor dem Krieg die Garnelen wieder ins Meer zurückgeworfen haben, nur ein paar haben sie für sich selbst in Eimern gekocht, weil damals keine Nachfrage danach bestand. Er erzählt mir, daß er jedes Jahr in Dublin Urlaub macht, wo es im Metropole in der O'Connell Street ganz hervorragende Gerichte mit Garnelen oder, wie die Iren sagen, Dubliner-Bucht-Krabben gibt. Er erzählt mir davon, wie eines Tages in diesen Gewässern ein russischer Hubschrauber über ihnen kreiste und wie sie kurz darauf eine zerfranste Flammenmasse mit großer Geschwindigkeit über sich hinwegrasen sahen: und erst geraume

Zeit später etwas hörten, nachdem sie längst weg war. Eine russische Rakete auf dem Weg nach Norden zum Testgelände in Nowaja Semlja, so hatte es den Anschein. Plötzlich ist er angespannt. Ich spüre es eher, als daß ich es sehe auf der dunklen Brücke, werfe einen Blick auf das, was er gesehen hat: ein anderer Trawler kreuzt unseren Weg, auf einem Kurs, der ihn sehr dicht an uns heranbringen wird, ein norwegischer Heckfänger, nagelneu, die Deckbeleuchtung wesentlich heller als unsere auf der anderen Seite des schmalen Meeresstreifens. Der Skipper weicht nicht aus: der Heckfänger zieht in einigermaßen sicherer Entfernung vorbei: und plötzlich schreit Scouse: Die haben ihr Geschirr oben! Und die Spannung ist verflogen. Hätten sie das Netz geschleppt, hätte sich unseres wahrscheinlich darin verheddert: aber sie fischen momentan nicht, und ich kann die Heckaufschleppe sehen, auf die der Steert hinaufgehievt worden ist. Duff redet mit mir über das Modell, sagt, sie wären alle noch in der Erprobung, die Heckfänger, aber eigentlich äußert er seine Meinung dazu nicht: wahrscheinlich wäre der Vorteil, das Netz nicht mehr von Hand einholen zu müssen, kaum der Rede wert, wäre die Arbeit kaum leichter. · · · · · Ich lehne mich an den Messinghandlauf, nehme die Stellung ein, die mein Körper nun schon so gut kennt, in die er sich bequem hineinfindet, die jede Bewegung des Schiffes einkalkuliert, nur die allerschlimm-

sten nicht. Die Dünung ist mäßig schwer, und zum ersten Mal stört mich die Bewegung nicht: nicht, daß sie mir gefiele, das nicht, aber ich kann mich jetzt damit abfinden, sie sogar die meiste Zeit vorausahnen, ich akklimatisiere mich, nein, werde langsam seefest, das bilde ich mir in meiner Überheblichkeit zumindest ein. · · · · ·
· · · Duff erzählt mir, er hätte morgens den Koch in der Kombüse getroffen und ihn gefragt, ob wir ein paar Eier zum Frühstück haben könnten: Nein, sagte der Koch, mir steht heute nicht der Sinn nach Selbstverstümmelung. Ich lache, ja, lache ausgiebig, dann denke ich, der Witz muß alt sein, aber Duff hat ihn sehr gut wieder aufgewärmt, ich habe an seiner Wiedergabe nichts auszusetzen. Auf jeden Fall flüchtet er sich theatralisch ins Kartenhaus, duckt sich unter der Lampe in der Kardanaufhängung hindurch, um sich nicht den Kopf zu stoßen, und ich bleibe lachend zurück. · · · · · Auch Scouse erzählt Witze, er kommt zu mir, stützt sich an der Stelle neben mir auf, wo Duff gestanden hat, und fragt mich Was ist die richtige Länge für einen Damenrock? Mir fällt nichts ein, er läßt mich ein bißchen schmoren, dann sagt er Etwas über zwei Fuß, und lacht darüber wesentlich ausgiebiger als ich, der ich nur lache, weil er über so einen angestaubten Knallbonbonkalauer lachen kann. Scouse mißversteht mein Gelächter als Begeisterung und überschüttet mich mit weiteren: Warum haben Fische Schuppen? Ich verkneife

mir eine naheliegende sarkastische Antwort, mein Sarkasmus ist hier fehl am Platze. Und es bringt eine gewisse Befriedigung mit sich, die Antwort auf eine Frage zu wissen, die Antworten gesagt zu bekommen auf irgendwelche Fragen: Antworten nicht zu wissen, egal wie banal oder offensichtlich, ist Frustration, ist Unvollständigkeit, ist zu vermeiden. Nun denn, Weil sie nichts dagegen tun! Scouse brüllt vor Lachen, ich ebenfalls, lasse mich auf seine Stimmung ein und überlege gleichzeitig, wie lange es wohl schon Schuppenshampoo gibt. Jetzt kommt ein Intellektuellenwitz, sagt Scouse, Müßte Ihnen liegen, diesmal wissen Sie die Antwort bestimmt: Was ist der Unterschied zwischen Shakespeare und Königin Elizabeth, Königin Elizabeth der Ersten natürlich, nicht die von heute, mit der von heute würde es nicht gehen? Wie er sich freut über meine Ignoranz, die für ihn nach einer nur minimalen Pause feststeht, und er sagt: Er war der größte unter den Schreibern, sie war das gröbste unter den Weibern! Und diesmal lache ich wirklich, hauptsächlich, weil ich nach drei Jahren Englischstudium wie der Ochs vorm Berge dagestanden und einen derartigen Vergleich der beiden Subjekte nicht erwartet hatte. Ich hätte darauf kommen können, schließlich war Elizabeth, die Erste, berühmt für ihren rüden Umgangston. Noch einen, sagt Scouse, der jetzt auf den Geschmack gekommen ist, Was ist der Unterschied zwischen einem Mokassin, einer Pause, einem

Tresor und einem Affen? Ich schüttele den Kopf, finde mich mit meiner Ignoranz ab, habe keine Ahnung, was diese unterschiedlichen Objekte verbinden könnte. Ah, sagt Scouse, ein Mokassin ist ein Schuh, bei der Pause hat man Ruh', ein Tresor ist meistens zu und ein Affe, der bist du! Ich lache wie vorhin, aber Scouse hat plötzlich das Gefühl, er könnte mich beleidigt haben, weil er mich einen Affen genannt und geduzt hat, ich könnte ihn für einen vom anderen Ufer halten, für schwul, also erzählt er mir hastig etwas von seiner Frau, um mich zu beruhigen, ich soll nicht glauben, daß sich solche Geschichten, wie ich sie über das Matrosenleben auf See gehört habe, auf diesem Schiff abspielen: und in der Tat habe ich dergleichen weder gesehen noch gehört, es liegt keine Spur, kein Hauch von Homosexualität in der Luft auf diesem Schiff. Scouse ist seit zwei Jahren verheiratet und hat keine Kinder: Ich gebe mir ja jedesmal die größte Mühe, wenn ich zu Hause bin, sagt er. Aber bis jetzt, Fehlanzeige. Auf seinem letzten Schiff hatte er einen Dreiwochenturnus, der es mit sich brachte, daß seine Frau jedesmal, wenn er zu Hause war, gerade den roten Koffer vor der Tür stehen hatte: Kam mir vor wie Graf Dracula persönlich, sagt er, mit seinem Liverpooler Akzent. Und da die Trawler nach nicht einmal sechzig Stunden wieder auslaufen, hatten sie kaum Chancen, Scouse und seine Frau, jedenfalls nicht gerade die besten Chancen für eine Empfängnis. Es gab nur einen

Weg, diesen Teufelskreis zu durchbrechen, er mußte abmustern und auf einem zeitlich günstiger fahrenden Schiff anheuern. Auf jeden Fall scheint Scouse den Wechsel nicht zu bereuen, weil bei diesem Skipper, er nickt und senkt die Stimme, die Fänge viel gleichmäßiger ausfallen als bei seinem vorherigen. Als er letztes Mal nach Hause kam, erzählt mir Scouse, hat seine Frau, die von anderen Fischerfrauen gehört hatte, drei Uhr früh wäre für eine Empfängnis die günstigste Zeit, den Wecker gestellt und ihn geweckt.

· · · · · · Das Schiff-zu-Schiff-Telefon blubbert unseren Namen, zweimal, kurz, und der Skipper steht von seinem Sitz auf, um den Hörer von der Gabel zu nehmen, an der er hängt. Es ist ein Schiff in der Nähe, das denselben Eignern gehört, und der Skipper gibt ihm die Größe unseres letztes Fangs durch. Mir fällt auf, daß er untertreibt. Dreißig Korb, sagt er, während ich nach allem, was ich gehört habe, eher auf knapp vierzig getippt hätte. Es herrscht Rivalität zwischen den Schiffen, jeder Kapitän arbeitet nur für sich, da jeder direkt proportional zur gefangenen Fischmenge bezahlt wird: wenn sie also auf Fische gestoßen sind, behalten sie es für sich. Die Schiffe aus anderen Ländern hingegen arbeiten viel enger zusammen: wenn ein Trawler einer russischen Fangflotte Fische ortet, funkt er sofort seine Schwesterschiffe herbei, die Flotte stößt zu ihm, und sie fischen die Gegend gemeinsam ab. Nicht, daß wir momentan auf einer großen

Menge Fisch sitzen, das nicht: die Fänge sind mittelmäßig, nicht gut, nicht schlecht. Es ist jetzt etwa eine Stunde her, seit wir gehievt haben, und sie sind mit dem Schlachten fast fertig: den Dekkies bleibt also vor dem nächsten Hieven eine gute Stunde, um sich in der warmen Messe auszuruhen und, wenn sie wollen, von dem Käse und den anderen Happen zu essen, die der Koch der Wache jeden Abend hinstellt. Ich spreche den Skipper daraufhin an, der mir von den fetten Jahren erzählt, gleich nach dem Krieg war das, das Meer war fünf Jahre lang kaum befischt worden, und es wimmelte nur so von Fischen, so schien es zumindest, damals hatten sie den einen Fang noch nicht verarbeitet, da zappelte auch schon die nächste Ladung in den Fischkästen, und die Männer hatten während ihrer Achtzehnstundenwache jede Sekunde zu arbeiten: erzählt mir, wie die Skipper damals ihren Leuten vier Stunden Schlaf gaben, dann die Uhren um zwei Stunden vorstellten und ihnen vorgaukelten, sie hätten doppelt so lange geschlafen: und daß es heutzutage keinen Grund mehr für solche Täuschungsmanöver gibt, da Jahr für Jahr weniger Fisch auf den Markt kommt, da immer mehr Länder ihre Fischereiflotten ausbauen. · · · · ·
Wir schalten uns ein, belauschen eine lange, langweilige, ziemlich einseitige Unterhaltung über Autos, auf dem Schiff-zu-Schiff-Funkgerät. Manche Kapitäne klönen die ganze Zeit rum, sagt der Skipper. Aber er läßt sie an, die sporadi-

schen, heruntergeleierten Ausführungen dieses Mannes über einen Unfall mit seinem Zephyr: der andere Kapitän, mit dem der Mann redet, antwortet so gut wie gar nicht. Im Hintergrund kann man Popmusik hören, und ich frage, warum die Deckies auf unseren Schiff nicht auch Musik hören: Das haben sie nicht nötig, sagt der Skipper. · · · · · · Aufs Deck unten wandert eine seltsame, hagere Gestalt hinaus, ungewöhnlich gekleidet mit Schlägerkappe und Marineuniformmantel, aus dessen Ärmel das lange Rohr einer Ölkanne, wie eine Hand fast, herausschaut. Ohne hochzusehen, geht der Mann zu der großen Dampfwinde unter uns, zielt mit dem Rohr und ejakuliert Öl in den Schoß der langsam zischenden Maschine. Dann macht er kehrt und kehrt um, ein alter Mann für dieses Leben, der Zweite Ingenieur. Ein eigentümlich bizarrer Vorfall, die Ölkanne ein bizarres Instrument zur Pflege eines solchen Ungeheuers. · · · · · · · · Mich hungert nach Obst. Wir bekommen nur sonntags zum Nachtisch Obst: letzten Sonntag hatten wir Pfirsiche aus der Dose, an meinem einzigen Sonntag an Bord bis jetzt, aber sie sind kaum zu vergleichen mit echtem Obst, Dosenpfirsiche, zumindest fehlt ihnen die Säure, die ich im Moment brauche, so gern würde ich in einen guten Apfel oder eine Orange beißen, sogar über eine rohe Zitrone würde ich mich freuen, daß mir die Dosenpfirsiche gar nicht wie echtes Obst vorkamen, obwohl ich sie gegessen habe, mehrere Portionen, und hoffte, sie würden unten bleiben, aber nein, gleich darauf wurde mir schlecht, wie so oft: hoch kamen die Dosenpfirsiche, hoch kam der Schweinebraten samt Füllung, den es auch noch gegeben hatte. Ein Sonntag auf See ist wie Weihnachten, jeder Sonntag auf See: aber es kam alles wieder hoch. Bin erleichtert, daß ich jetzt anderthalb Tage durchgehalten habe, ohne mich übergeben zu müssen, vielleicht habe ich mich daran gewöhnt, endlich, vielleicht bin ich seefest geworden. Auf jeden Fall kann ich mich jetzt besser auf die Bewegungen des Schiffes einstellen, und obwohl ich immer das Gefühl habe, daß mir schlecht werden könnte, kann ich es niederkämpfen, und mir wird nicht schlecht. · · · · · Ich sitze im Funkraum, mit Molloy. Er redet nicht viel, Molloy, aber was er zu sagen hat, ist interessant. Daß er Schiffbruch erlitten hat auf einer einsamen Insel, jawohl, im Pazifik, während des Krieges, und von einem Neger gerettet wurde. Der Stuhl, auf dem ich sitze, schaukelt und rutscht so weit, wie es die Halteleine zuläßt. Abgesehen von der Bewegung ist es bei Molloy im Funkraum überhaupt nicht wie auf einem Schiff, hier kommt man sich auf dem ganzen Schiff am wenigsten wie auf einem Schiff vor. · · · · · · · · · Aber mich hungert nach Obst. Ich erwähne dem Skipper gegenüber, daß wir nicht viel Obst auf dem Speiseplan haben, woraufhin er mich ansieht und sagt, daß in seiner Wohnkabine eine Orange auf dem Sims liegt, die ich haben kann. Er nimmt jedesmal zehn Pfund mit auf die Reise, sagt er. Ich bin dankbar, entschließe mich sofort, sie jetzt gleich zu essen, und verlasse die Brücke auf der Leeseite, noch ein Beweis für meine neue Seefestigkeit. Die Brückenleiter hinunter, das Geländer fest gepackt, wie ich es gelernt habe, durch die messingbeschlagene Teakholztür, heraus aus dem Wetter, an der automatischen Steuerung vorbei, die vor sich hin nickt, oben auf dem Treppenabsatz unter der Luke: und weiter zur Kapitänskajüte. Der schönste Teil des Schiffes, weiche Sitze an zwei Seiten der Wohnkabine, genau unter der Brücke, Vorhänge an den Bullaugen, Teppichboden, unpassend eingerichtet, wie eine spießbürgerliche gute Stube fast. Ich sehe die Orange und nehme sie mir, eine mittelgroße, keine südafrikanische, wie ich erleichtert feststelle, wodurch mir das moralische Dilemma erspart bleibt, einem Prinzip untreu werden zu müssen. · · Als ich die Wohnkabine des Skippers verlasse, beschließe ich, meine Orange ganz allein für mich zu essen: und bis jetzt habe ich erst eine einzige Stelle auf dem Schiff entdeckt, wo ich mich allein fühlen kann, das Bootsdeck, achtern. Ich gehe also direkt neben dem Sperry nach draußen, vorbei an den Oberlichtern vom Maschinenraum, am Kombüsenschornstein, den Rettungsinseln, den Ventilatoren, der Notsteuerung, den Davits, bis zur hintersten Heckreling. Ach, ich sehe jetzt, wie konnte es mir nur entgehen, daß hier der Notausstieg meiner Kabine herauskommt, die Notluke der Achterkajüte. · · Der Mond ein Hängeleuchter – orange: die Sterne wie – kein leichtes Bild zur Hand. Vielleicht ist heute die Nacht, in der ich das Nordlicht sehe. Man braucht beide Hände, um eine Orange zu schälen, also schlinge ich ein Bein um die untere Relingstange, stemme mich gegen das Rollen und Stampfen, beiße dicht neben dem sternförmigen Grübchen in die Schale und spucke das Stück in unser Kielwasser. Die anderen Stücke werfe ich ebenfalls ins Meer, sehe ihnen nach, wie sie im gelbgrünen Schaum versinken und verschwinden und manchmal ein paar Meter weiter wieder auftauchen: freue mich, daß ich so etwas ohne schlechtes Gewissen auf See machen kann, während es an Land unsozial wäre: die See schluckt meine Abfälle wie alle anderen auch und assimiliert sie: diese Orangenschale wird so rasch in ihre Bestandteile zerlegt, daß niemand sie je zu Gesicht bekommt, auf See. Denke ich. · · Ah, eine gute Orange! Eine herrliche Orange! Saftig, kaum faserig, eine höchst willkommene Orange! Esse alles Eßbare, lasse nicht das kleinste Stückchen verkommen, eine kostbare Orange! Wie willkommen, wie befriedigend, wie deprimierend es sein wird, wenn ich sie aufgegessen habe! Dabei bin ich gewarnt worden, ich würde frisches Obst vermissen und sollte mir deshalb lieber einen Vorrat mitnehmen, von dem Beamten, der meinen Antrag, auf diesem Trawler mitfahren zu dürfen, bearbeitet und mir die Zusage gegeben hat, und zur gleichen Zeit sagte er auch, daß mir der Tee an Bord stark vorkommen und höchstwahrscheinlich auf den Magen schlagen würde. Sehr zuvorkommend von diesem Mann und von den Eignern, mich mitfahren zu lassen, mich mit Wasserstiefeln und Ölzeug auszurüsten, mir einen Strohsack zum Schlafen zu geben, ja, sehr nett.

Und mit dem Taxi haben sie mich vom Zug abholen lassen, als ich ankam, mitten in der Nacht, denn sie lief mit dem Morgenhochwasser um vier Uhr aus, am dreizehnten, ausgerechnet, allerdings nicht an einem Freitag, an einem Donnerstag, dem dreizehnten Oktober, um vier Uhr in der Früh. Ich aß, wie ein zum Tode Verurteilter, meine letzte anständige Mahlzeit im Zug, während der Fahrt von London, für ein Essen im Zug durchaus anständig, mit einem freundlichen Kellner, der nur wenige Gäste zu bedienen hatte und große Portionen servierte, falls gewünscht, was bei mir der Fall war, da ich mir dachte, daß es vermutlich das letzte Essen war, bei dem ich mir einigermaßen sicher sein konnte, daß es mir nicht wieder hochkam, weil es schon mehr oder weniger verdaut wäre, bevor das Schiff etwa sechs, sieben Stunden später ablegte. Und auch der Taxifahrer war sehr freundlich, er war solche Nachtfahrten gewöhnt, brachte öfter Männer zu ihren Schiffen. Ich weiß nicht, wie sie das aushalten, sagte er, und er meinte die Fischer, ich selber bin einmal bis zum Spurner Feuerschiff rausgefahren, und das hat mir voll und ganz gereicht. Er sagte, die Männer, die sich zu dieser Arbeit geboren, hingezogen oder gezwungen fühlten, wären rauhe Kerle: er wüßte von mindestens zwei Mördern, die seit der Entlassung aus dem Gefängnis von diesem Hafen aus auf Fangfahrt gingen. Er steckte sich eine Zigarette an und drückte sie fast sofort wieder aus, meinte, er rauchte zuviel, weil er statt eines Trinkgelds immer zollfreie Zigaretten bekäme, von den Trawlerfahrern. · · An dieses Gespräch, an die Fahrt durch die gut beleuchteten, langweiligen, verlassenen, nächtlichen Straßen, die von der dunklen, italianisierten Silhouette des hohen Turms beherrscht wurden, erinnere ich mich gut: vielleicht fielen sie mir deshalb besonders auf, weil ich diese Dinge, die mir aus meinem Leben als Stadtmensch so vertraut waren, drei Wochen lang nicht wiedersehen sollte, weil ich ein Leben, eine Art Leben, für etwas gänzlich anderes aufgab, eine Kette von Umständen und eine Umgebung, die mir völlig fremd waren: wo mich niemand, den ich kannte, und nichts aus meinem früheren Leben erreichen konnte, da ich keinem gesagt hatte, wohin ich fuhr: irgendwie war mir ein wenig mulmig zumute, als ich damals mit dem Consul zu einem Schiff gebracht wurde, von dem ich nur den Namen wußte, im Begriff, mich auf eine Reise zu begeben, deren Ziel ich nicht kannte, denn das, so sagte man mir, entschied ganz allein der Skipper, noch dazu oft in allerletzter Minute: eine Reise, deren genaue Dauer innerhalb der drei Wochen ungewiß war. · · Als wir zum Nordkai abbogen, lagen dort wartend die festgemachten Trawler, zuerst ein grauer, sauberer, moderner, dann leuchtete ein weiß gestrichener im Licht am Kai auf, und noch ein Stück weiter kam ein dunkler, rostig-schwarzer Trawler. Ach, bitte nicht den letzten! sagte etwas in mir, und mit der ersten wirklichen Besorgnis – nicht vor der Fahrt aufs Meer hinaus, sondern davor, mit diesem dunklen Schiff aufs Meer hinauszufahren – merkte ich, wie der Wagen weder beim ersten Schiff anhielt noch beim zweiten, und dann wollte ich, daß er auch am dritten vorbeifuhr; aber der Taxifahrer bremste und hielt nach dem Namen am Bug Ausschau, und dann sagte er, dieses wäre mein Schiff: die Besorgnis wurde durch das Wissen freigesetzt, durch das Akzeptierenmüssen des Tatsächlichen nach dem Entsetzen vor dem Möglichen. · · Nur der Bug, die Brücke und das Bootsdeck ragten über den Rand des Kais hinaus. Ich stand da in meinem schweren Mantel, Koffer und Seesack in der Hand, und überlegte, wie man wohl an Bord kam. Ich konnte keine Leiter und keine Gangway sehen. Dann rief mir jemand etwas zu, und ich sah ein Licht an der Stelle, wo die gebogene, rostige Reling des Schiffs an die Kaimauer stieß, und ging dorthin, und da stand dieser kleine, weißhaarige

Mann, leuchtete mit der Taschenlampe zu mir hoch und sagte: Der Vergnügungsreisende? Ich nahm an, daß ich gemeint war: der Name des Schiffes stimmte jedenfalls: also gab ich ihm mein Gepäck, das er widerwillig entgegennahm, und ich stieg hinüber und dann über etwas, was wie schmiedeeiserne Gitter aussah, hinunter auf Deck. Es war sehr dunkel im Schatten, wo die Kailaternen nicht hinreichten. Der alte Mann ging voraus, leuchtete mit der Taschenlampe hinter sich auf das Deck, über das Deck und riet mir, mich vor den hohen Schwellen an den Türöffnungen in Acht zu nehmen, bis wir zu einem Korridor kamen. Sogleich fühlte ich mich beengt, da ich ein Gepäckstück vor, das andere hinter mir her schleppen mußte und beim Gehen mit den Schultern an die Wände stieß. Licht fiel aus einer Tür in diesem Korridor, und der alte Mann ging hindurch. Ich war froh, die Taschen abstellen und mich etwas freier bewegen zu können in der Öffnung, bei der es sich, wie ich sah, um die Kombüse handelte: lange Kohleherde mit besonderen Trennvorrichtungen auf den Platten, damit nichts verrutschen konnte, natürlich: plötzlich stellte ich mir vor, wie durch das Stampfen des Schiffes ein Topf umkippte und sich die siedende Flüssigkeit über den Koch ergoß, eine Erkenntnis über die Gefahren des Kochens auf See. Die Kombüse wurde von einer einzigen Karbidlampe erhellt, die zischend an einem Doppel-T-Träger hing: sie war aus Kupfer, ein Messingschild mit dem Schiffsnamen war daraufgelötet, und sie hatte ein gerades Rohr, an dessen Ende die helle, weiße Flamme stand. Als er merkte, daß ich sie mir ansah, sagte der alte Mann, wir hätten kein Licht, weil der Ingenieur noch nicht an Bord wäre, um Dampf aufzumachen und den Generator anzuwerfen. Die Küche war warm und aufgeräumt. Der alte Mann erzählte mir, daß er sich um das Schiff kümmerte, wenn es im Hafen lag, daß er mehr oder weniger darauf wohnte, wie eine Art Hausmeister, wenn es nicht auf See war: er hätte an Bord gearbeitet, bis er von ein paar Jahren in Rente ging. Er hatte noch einen anderen Mann bei sich, etwa fünfzig, der ihm wohl Gesellschaft leistete. Sie zeigten mir die Toilette, und sie boten mir Tee an, wofür ich dankbar war: er war nicht so stark, wie man mir zu verstehen gegeben hatte, schmeckte recht angenehm, war aber doch ein anderes Getränk als Tee sonst, wegen der Kondensmilch, mit der er angerührt war. Sie waren anscheinend nicht neugierig, warum ich zur See fahren wollte: ein Glück, sonst hätte ich mir irgendwelche Gründe ausdenken müssen: ich konnte nicht einfach sagen, ich möchte die Isolation, die ich zeit meines Lebens verspüre, in eine substantielle und doch symbolische Form fassen, indem ich mich selbst isoliere, indem ich die Isolation in ihrer extremsten Form durchspiele, indem ich mich von allem absondere, was ich bisher kannte. Der Kumpel des alten Mannes sagte, Sie sind nicht zu beneiden, wir haben Sturmwarnung, Windstärke sieben vor den Orkneys. Ich fragte, ob das auf unserem Weg läge, wo auch immer wir wohl hinfuhren, und sie sagten, das wäre durchaus möglich: die letzte Fahrt wäre nach Island gegangen, der Skipper hätte einen Fang gemacht, der 7000 Pfund einbrachte, er könnte durchaus wieder dorthin fahren: oder in die Barentssee oder zur Bäreninsel, dann müßten wir durch die Fjorde laufen. Bevor ich fragen konnte, wo genau diese beiden Orte lagen, sagte der alte Mann, Sie werden seekrank. Ich sagte ihm, daß ich Tabletten gegen Seekrankheit dabeihätte. Die werden Ihnen nichts nützen, sagte er, Sie werden so seekrank werden, daß Sie die grüne Galle spukken, die Sie vielleicht schon als kleiner Junge in sich hatten. Und wenn die grüne Galle erst mal raus ist, dann haben Sie es hinter sich, sagte er, und sein Kumpel sagte auch, Sie werden seekrank, aber hinterher hauen Sie rein wie ein Scheunendrescher! Die Ärzte empfehlen Seereisen, damit die grüne Galle raufkommt, sagte der alte Mann. Wenn die grüne Galle draußen ist, kriegt man keine TB und keinen Magenkrebs, und mit der Verdauung hat man auch keinen Ärger mehr. Ich hatte mir offenbar eine schlechte Jahreszeit ausgesucht: die herbstlichen Äquinoktialstürme hatten längst begonnen, und die Ausläufer eines Hurricane, der an der Küste Floridas Verwüstungen angerichtet hatte, waren über den Atlantik gezogen und flauten jetzt über der Nordsee ab. Aus diesem Grund würden wir vermutlich durch die Fjorde fahren. In Norwegen gibt es schweinische Bücher, sagte der Kumpel des alten Mannes, Mit Mädchen im Evaskostüm, nur sind die Texte nicht auf Englisch. Dann wollte er mich plötzlich überzeugen, daß an den schlimmen Geschichten, die ich bestimmt über Trawlerbesatzungen gehört hätte, nichts Wahres dran wäre: sie ließen sich zwar an Land vollaufen und demolierten auch schon einmal etwas, aber sie waren bei weitem nicht so schlimm, wie man sich erzählte. Plötzlich ging das Licht an, und der Kumpel sagte, der Ingenieur ist an Bord. Es war kurz vor Mitternacht, und ich sagte, ich wollte versuchen, vor dem Auslaufen noch ein wenig zu schlafen. Ich weiß nicht, was für eine Koje Sie kriegen, sagte der alte Mann, Aber ich habe Ihnen die Kiste mit dem Bettzeug nach unten in die Achterkajüte gestellt. Ich sagte ihm, soweit ich wüßte, sollte wahrscheinlich in der Wohnkabine des Skippers ein Bett für mich hergerichtet werden, und der alte Mann sagte, wenn das so wäre, würde er mich nach oben ins Kartenhaus bringen, wo ich mich auf der Bank hinlegen könnte, bis der Skipper käme: ungefähr um drei. Nachdem er gegangen war, machte ich allein einen Spaziergang, spürte das Deck unter meinen Füßen, die sauberen, mit Pech ausgeschmierten Holzplanken, dann stieg ich hoch aufs Runddeck, ein Wort, das ich kannte und mochte und das ich nun räumlich einordnen konnte: sah mir noch einmal die beiden Trawler an, die vor uns lagen, und die niedrigen Gebäude am Kai: ging dann zurück, war auf einmal sehr müde, ins Kartenhaus. · · · · · · Der Skipper schreckte mich aus dem Schlaf, als er ins Kartenhaus kam. Ich stellte mich vor, dankte ihm für seine Bereitschaft, mich auf dieser Fahrt mitzunehmen. Er war nicht unfreundlich, aber auch nicht freundlich: sagte nicht viel: bestand darauf, daß ich in der Achterkajüte bei den Deckies schlief, was mir nicht recht war, da ich mir etwas Privateres, Bequemeres erhofft hatte: aber ich war bereit, Unannehmlichkeiten auf mich zu nehmen, war darauf gefaßt, war also lediglich enttäuscht. Ich fand meine Ausrüstung in einem großen Pappkarton in der größten der drei Mannschaftskabinen, Kojen für sechs Mann, ganz hinten am Heck. Sieben oder acht Deckies saßen herum, einige tranken; andere schauten von Zeit zu Zeit herein, erzählten, was sie an Land getrieben hatten. Ein kleiner, nicht ganz runder Mann von fünfundvierzig oder so nahm sich meiner an, freundlich, Festy, der Dritte Maat, suchte mir eine unbelegte Koje, räumte den Krempel heraus – alte Wasserstiefel, Segeltuchtaschen, Seile, ein kleines torpedoähnliches Ding – und half mir, meinen Strohsack darin zu verstauen. Ich kletterte in die Koje hoch, bemerkte und benutzte den Ventilator sofort, drehte mir die Aluminiumdüse aufs Gesicht. Am Schott hing ein kleines Regal: hier wollte ich meine Pillen aufbewahren, Dramamin und Aspirin und so weiter. Und einen Bleistift. Ich nahm eine Dramamintablette. Die Deckies waren nicht betrunken, waren es aber am Abend zuvor bestimmt gewesen, jetzt waren sie verdrießlich und dabei doch guter Laune, paradoxerweise. Sie redeten über Mick, der in einem Nachtclub gesungen hatte, Zahnlücke bis zu den Eckzähnen, und über einen anderen Mann, der angeblich in einem Tanzschuppen eine Schlägerei angezettelt hatte. Genau wie dem alten Mann lag auch ihnen daran, mich wissen zu lassen, daß sie bei weitem nicht so schlimm waren wie ihr Ruf, sie forderten mich immer wieder zum Trinken auf, so als wollten sie mich anwerben. Vor allem Stagg, der betrunkener war als die meisten, fast schon ein alter Mann, versicherte mir ziemlich angriffslustig immer wieder, er wäre nicht so ein Säufer und Rabauke wie es bestimmt alle Fischer meiner Ansicht nach wären, und Mick und Festy mußten ihn beruhigen, ich hätte bestimmt keine schlechte Meinung von ihm und wenn doch, wen juckte das schon? Sobald wir uns in Bewegung setzten, ging ich nach oben auf die Brücke: aus Interesse und auch aus Sentimentalität oder sogar Bangigkeit, um zum letzten Mal in den kommenden drei Wochen, wie ich dachte, Land zu sehen. Nicht, daß das Land dem Land, das ich bis dahin gekannt hatte, ähnlich gewesen wäre, nein: Docks, Brückenkräne, Molen, alles flach, flach, flach. Der Skipper sagte nichts, als ich kam, er sagte auch nichts, als ich blieb: mit fast übertriebener Konzentration steuerte er uns langsam aus dem Hafenbecken und durch die Docktore, die kaum breiter waren als das Schiff. Dabei halfen ihm zwei oder drei Männer auf dem Runddeck, darunter die große Gestalt von Duff, die Befehle gaben, Flüche ausstießen und ab und zu zum Skipper hochsahen. Das Deck war beleuchtet, gut, aber nicht hell, mehrere Männer räumten auf, und einer schimpfte auf die Schauerleute, die ein solches Chaos auf dem Schiff hinterlassen hatten. Stagg kam an Deck, alt und etwas wackelig auf den Beinen, Duff schickte ihn wieder zurück, er wurde nicht gebraucht, vielleicht war es aber auch wegen seines Alters, oder weil er Schlagseite hatte. Sobald wir die Dockeinfahrt passiert hatten, gab es nichts mehr zu sehen, nur Lichter: und obwohl in der Flußmündung nur ein leises Schaukeln zu spüren war, merkte ich schon, daß ich das Gleichgewicht nicht mehr so gut halten konnte wie vorher, und die Kopfschmerzen, die bis jetzt noch nicht weg sind, fingen an, gehören zur Seekrankheit, gehören zum Leben auf See: also verließ ich die Brücke, entschuldigte mich beim Skipper, hinunter vom Bootsdeck, an die Reling, klammerte mich an die Sicherheitsleine, stand da und hoffte, die Luft würde die Seekrankheit vertreiben, die sich ankündigte, oder sie zumindest aufschieben: wo Scouse mich fand und mit mir redete, nett zu mir war, mir erklärte, welche der verschiedenen Lichter auf See und welche an Land waren: von Sekunde zu Sekunde ging es mir schlechter, von Augenblick zu Augenblick sackte die Übelkeit in meinem Kopf tiefer: bald mußte sie mir in die Eingeweide fahren: und sie fuhr: ich ließ Scouse stehen, brachte noch so etwas wie eine Entschuldigung zustande, froh, daß ich wußte, wo die Toilette war, erfreut, daß ich den Weitblick besessen hatte, den alten Mann gerade danach zu fragen: wo ich über der Schüssel zusammenklappte, die Knie auf der schmutzigen Holzgräting, ich würgte, ich spürte, wie sich ein Teil von mir, gleich unter dem Solarplexus, durch meine Kehle nach oben kämpfen wollte: und erbrach nur einen Spritzer sauren Speichel in die Schüssel: und, schlimmer als ich gedacht hatte, ging das Würgen weiter, obwohl ich nichts herausbringen konnte, obwohl ich anscheinend nichts hatte, was ich hätte herausbringen können außer meinem Solarplexus, oder was es auch immer war, was darunter locker war oder sich zumindest so anfühlte, und was mir nun bei jedem Würgen weh tat. Ich sah keinen Sinn darin, dort herumzuknien, ohne etwas auszubrechen, und ich wollte mich hinlegen, mir fiel ein, daß es half oder angeblich helfen sollte, das Hinlegen. Und ich dachte, Ich bin froh, daß ich seekrank bin. Ich bin erleichtert, daß das Grübeln, ob ich nun seekrank werde oder nicht, ein Ende hat, denn es ist zwar furchtbar, aber nicht unerträglich, unleidlich, ich kann es aushalten, ich will immer noch bleiben, ich werde diese Reise machen, und ich werde nicht kneifen oder etwas bereuen. Wie habe ich es den Niedergang hinunter bis zur Kajüte geschafft? Hauptsächlich fallend, vielleicht, bin aber trotzdem einigermaßen zielstrebig in meine Koje geklettert. Festy unter mir sagte Essen Sie was, und Johnny gegenüber sagte Essen Sie, essen Sie dagegen an, essen Sie um Himmels willen. Und alles, was ich hatte, war eine grüne Birne, die ich mir am Nachmittag vor der Abreise auf dem Markt gekauft hatte, eine Birne von drei Pfund Birnen, mehr konnte ich nicht tragen, eine lächerlich kleine Menge, wenn ich es mir jetzt überlege, sie waren alle innerhalb von vier Tagen aufgegessen, diese grünen Birnen, in kürzester Zeit verschwunden, nützten mir kaum etwas. · · Das letzte frische Obst bis zu der Orange, die kostbar war, so kostbar, weil ich jetzt weiß, daß ich ohne auskommen kann, bis wir wieder zurück sind, daß ich so weit gekommen bin, soviel Kontrolle errungen habe, daß es mir nicht schwerfallen wird, mich zu überwinden, den Skipper nicht noch einmal um eine zu bitten. Denn nun kann ich es ja auch hier auf dem kalten Bootsdeck aushalten, so lange jetzt, wie es mir beliebt, kann die Kälte und den Wind, kann jedes Wetter ertragen.

uuuuuuuuuaaaaaah · · · · · zerschrammte Kante · · · · · · Mahagoni · · · · · · zerschrammte · · Kante · · Mahagoni · · uuuuah · · · · · vorsichtig · · · vorsichtig den Kopf heben · · aaaaah · · nicht so schlimm, nicht so arg · · der Kopf · · heute morgen · · wenn es heute morgen ist. Arm · · Arm heben, eingeschlafen, er schläft noch, der Arm, mit der Uhr, ja, neun Uhr durch, Frühstück verpaßt, egal, kein Hunger, kann bis zum Mittag warten, ja, freue mich aber darauf, keine Übelkeit, aber immer noch die Kopfschmerzen, immer noch, ich habe mich fast daran gewöhnt, damit abgefunden, ertrage sie, aber die Seekrankheit habe ich hinter mir, vorläufig, das fühle ich, wie wunderbar, ja, so war es auch, als ich das erste Mal seekrank war, so kommt es mir vor, das einzige andere Mal, daß ich seekrank war, zwischen Penzance und St. Mary, auf der Überfahrt zu den Scilly-Inseln, ja, mit der Zypriotin, deren Name · · · · · Eva war, ja, Eva, die ebenfalls seekrank war. Wir waren auf meinem alten Motorrad nach Penzance gefahren, eine 250er BSA war es, ein Vorkriegsmodell, an dem ich hing, aber mehr als neunzig Sachen schaffte die Maschine nicht, und ich habe immer über ihr Alter gelogen, genau wie über Evas, die achtundzwanzig war, während ich neunzehn war, und verheiratet, mit einem Zyprioten, der sie manchmal nach England zu ihrer Mutter schickte, aus Sparsamkeit, weil er es sich nicht leisten konnte, sie auf Zypern zu versorgen – nein, ich täusche mich, irre mich, es war Malta, sie war Malteserin, habe ihr oft Schokonüsse gekauft, die Malteser hießen, woraufhin sie sagte, Ich mag Malteser, und woraufhin ich geistreich antwortete, Ich weiß, du hast ja sogar einen geheiratet. Aber nur sie selbst war Malteserin, ihre Mutter war Engländerin, und darum konnte ihr Mann sie auch manchmal heim nach England schicken, monatelang auf Besuch, und bei einem dieser Besuche habe ich sie kennengelernt, Ian und ich hatten sie und ihre Schwester eines Abends auf der Eisbahn in Richmond aufgegabelt, und ich hatte mir die ältere ausgesucht, weil ich dachte, es wäre an der Zeit, mir jemand mit etwas Erfahrung zu suchen, und Erfahrung hatte sie tatsächlich, obwohl sie keinen Ring trug, und rangelassen hat sie mich auch nie, die Kuh, konnte sich nie zum Ehebruch durchringen, nehme ich an, weil sie katholisch war, obwohl sie sich davon ansonsten kaum stören ließ, die Eva. Sie und ihre Schwester wohnten allein, als wir sie kennenlernten, in diesem Haus in Twickenham, die Mutter war irgendwo im Ausland, mit dem Vater, der bei einer ausländischen Fluggesellschaft arbeitete, vielleicht bei El Al oder Air India, Near oder Middle East, ich weiß nicht mehr, bei welcher, als Mechaniker: und ich bin oft abends vorbeigefahren auf meiner alten BSA, nachdem ich den ganzen Tag im Büro gearbeitet hatte, und habe bei ihr herumgehockt, bei Eva, oder bin mit ihr ins Kino gegangen – unter anderem haben wir uns einen Film über Lourdes angesehen, das weiß ich noch, ich fand ihn beschissen, aber sie fand Gefallen daran: und ich tat alles ihr zu Gefallen. Wenn wir zurückkamen, oder wenn wir allein waren, haben wir uns früher oder später heftig geküßt, mit Gezüngel und Geseufze, und ich habe ihre Brüste betatscht, die nicht von schlechten Eltern waren, und ihr die Hand zwischen die Knie geschoben, unter den Rock und über das Schlüpfergummi und – es war alles sehr pubertär, ich weiß – fummelte mit den Fingern an ihrem Kitzler herum, bis sie genug hatte, ich wußte nie, ob sie nun gekommen war oder nicht, höchstwahrscheinlich nicht, nehme ich an: aber sie revanchierte sich nie für den Gefallen, wenn ich verlegen andeutete, daß sie gerne könnte, daß mir das zumindest sehr recht wäre, einmal sagte sie, ich wüßte ja wohl, wohin ich mich wenden müßte, wenn ich auf sowas scharf wäre, in Piccadilly gäbe es genug davon. Die Frage, ob wir es richtig machen sollten, wurde schon sehr früh entschieden, wie ich mich entsinne: eines Sonntagnachmittags, nachdem sie zum Mittagessen Spaghetti gekocht hatte – sie hat mir beigebracht, wie man anständige Spaghetti kocht – bot ich ihr an abzuspülen, und sie ging nach oben, um sich auszuruhen, sagte sie, auf ihrem Zimmer, und natürlich bin ich ihr später gefolgt. Sie wirkte ein wenig angeheitert, und in der Tat hatten wir zum Essen Wein getrunken, aber nicht viel, und ich legte mich zu ihr aufs Bett und streichelte sie, und sie sagte Nimm mich: ja, einfach so, peng, und da ich neunzehn war und ungeübt, dachte ich fest nach und war verhütungsmäßig vorbereitet, und ich ging nach draußen, ins Badezimmer: und als ich mir da gerade das Ding überziehen wollte, kam unten dieser Untermieter zur Tür herein und ging in das Zimmer neben Evas, und irgendwie konnte ich es nicht mehr mit ihm nebenan, und ich ging wieder nach unten und setzte mich hin und starrte auf ein Foto von einem nackten Baby auf einem dicken Kissen, die junge Eva, und ich hätte fast geweint, wegen meiner Unschuld oder meiner Unerfahrenheit, und ich wußte, daß wir es jetzt nie mehr machen würden, das wußte ich einfach. Als sie später aufgewacht war, fragte sie mich, warum ich sie nicht genommen hätte, und ich Feigling sagte, ich hätte keinen Schutz dabeigehabt, und sie wollte ja wohl schließlich kein Kind haben, oder? Und sie war entsetzt oder tat zumindest empört, weil ich einem katholischen Mädchen mit einem Kondom hatte kommen wollen. Und so verblieben wir sexuell die nächsten Monate, sie wollte nicht, daß ich es mit Kondom machte, und ich wollte mich nicht so eng mit ihr einlassen, daß ich ihr womöglich ein Kind anhängte. Wir sind sogar zusammen in Urlaub gefahren in dem Sommer, es hat nur einen Frühling und einen Sommer gehalten, mit Eva, durch Devon und Cornwall hinunter nach Penzance, wo wir übernachteten und die BSA abstellten, und am nächsten Morgen setzten wir zu den Scillys über. Das Schiff sah auf den ersten Blick ziemlich groß aus, als es in Penzance am Kai lag, aber noch bevor wir Land's End hinter uns gelassen hatten, kam es mir im Vergleich zu den Wellen sehr klein vor. Es dauerte keine halbe Stunde, da war ich schon seekrank, nachdem ich einen Apfel gegessen und gesehen hatte, wie jemand anders sich übergab, und ich wurde tief ins Schiff hinunter gebracht, wo ich mich hinlegte und erholte. Aber ich kann mich noch immer an den Pulsschlag der Motoren erinnern, schneller, wenn die Schraube aus dem Wasser kam, langsamer, wenn sie wieder eintauchte, und ich weiß noch, wie langsam die Zeit verging. Fünf Stunden dauerte es an dem Tag, glaube ich, und wir hatten eine rauhe Überfahrt: auf jeden Fall war es sowieso ein rauhes Stück See, da, wie man uns erzählte, in der Meerenge zwischen Land's End und den Scilly-Inseln sieben Strömungen zusammenkamen. Eva hat mich auf den Inseln auch nicht rangelassen, natürlich nicht, obwohl wir trotzdem einen einigermaßen interessanten Urlaub dort verbrachten. Was war ich doch für ein Narr, was für ein Unschuldslamm, mir das gefallen zu lassen: allerdings habe ich daraus für später gelernt und es nie mehr so gemacht. Wir hatten eine ruhige Überfahrt zurück nach Penzance, ich wurde nicht seekrank, und ich kann mich erinnern, daß ich mich von der Hinfahrt

sehr schnell erholt hatte. Hier nicht, weil es hier niemals Ruhe gibt, drei Wochen nur Bewegung, keine Ruhe für den Körper. · · Evas Gesicht... · · Sie hatte ein plattes Gesicht: oh, damit soll nicht gesagt sein, daß ihr Gesicht keine Ecken und Kanten, keine Unregelmäßigkeiten gehabt hätte, denn die hatte es, aber es wirkte platt, ihr Gesicht, Plattheit war der Eindruck, den man gewann, wenn man ihr ins Gesicht sah, den ich gewann · · ah, ein Gesicht genau wie · · ähnlich wie · · das der grünen Nutte · · · · · dieser Kuh · · wegen der mir das linke Augenlid zuckt, Terry hat gemerkt, daß es nach dieser Blamage schlaff herunterhing, meine Augen waren plötzlich verschieden, ich merkte, daß es zuckte, es störte mich, aber ich konnte es nicht im Spiegel sehen, wenn ich es dabei überraschen wollte, also kann es auch sonst niemand gesehen haben, und · · gut, ich habe es noch nicht bemerkt, seit ich an Bord bin, diese Fahrt hat mich zumindest davon befreit, bis jetzt, von dem Zucken meines linken Augenlides, es war wirklich lästig, also muß sie eine therapeutische Wirkung haben, diese Konfrontation mit der Vergangenheit, der ganzen Vergangenheit, das muß sie wohl, ich bin das Zucken los! Gut! · · · · ·
Ein Gesicht wie das von Eva. Eva kehrte zu ihrem Mann nach Malta zurück, sobald der Sommer vorbei war, sie konnte das englische Klima nicht leiden, die Eva, sie fuhr mit einem Postschiff von Southampton aus zurück, wo ich mich von ihr

verabschiedete, bekam überraschenderweise den Tag frei von der Asbestfirma, bei der ich arbeitete, weinte, als ich ging, ja, weinte bei unserer Trennung, wie eine Frau oder ein Kind, es ist ihr bestimmt peinlich gewesen, aber ich ging früher als nötig, später schrieb sie mir eine gehässige Karte, aus Lissabon oder Gibraltar, sie hätte stundenlang alleine im Überseehafen warten müssen, weil ich so überstürzt weggelaufen war, weinend, weil ich es nicht länger ertragen konnte, und die ein, zwei Briefe sehr viel später von ihr waren noch gehässiger, sie erwartete ein Kind von ihrem nutzlosen Ehemann und wollte nichts mehr mit mir zu schaffen haben, woraufhin ich zum letzten Mal traurig war, sie dann verwünschte und beschloß, aus dieser Erfahrung zu lernen, viel mehr hatte mir das Ganze ohnehin nicht eingebracht. Von nun an wollte ich mir wenigstens immer sexuelle Befriedigung verschaffen, von solchen wie ihr, wie Eva mit dem platten Gesicht, oder ihnen den Laufpaß geben, was ich auch gemacht habe, ja, mit Laura, um nur ein Beispiel zu nennen, bei Laura hatte ich mehr Erfolg, Laura habe ich geliebt, ja, sehr befriedigend war das, vielleicht als Folge meiner Erfahrungen mit Eva, etwa zwei Jahre später, vielleicht auch nur achtzehn Monate, allerdings war es nicht so, daß sie nicht auch gewollt hätte, nein, und drängen mußte ich sie auch nicht besonders, denn sie wollte, und ich bedrängte sie nicht. Sie war die erste, mit der ich es ohne

Gummi gemacht habe, es war schön, und deshalb erinnere mich an sie, an Laura, deshalb zumindest erinnere ich mich an sie. Und weshalb noch? Sie hat mir weh getan, auch deshalb, mit mir wollte sie sich über einen anderen hinwegtrösten, einen arabischen Studenten, der zurückkam, der ihr gesagt hatte, er würde sie nachkommen lassen, um sie zu heiraten, was er auch tat zu guter Letzt und nicht sehr viel später, obwohl sie die Reise selbst bezahlen mußte. Sie hat mich als eine Art Rachewerkzeug benutzt, um den Arabern irgendwie auf englische Art zu zeigen, daß sie auf sie pfeifen konnte, nehme ich an, nachdem sie ihnen nun verpflichtet war. Sie arbeitete in der Lohnbuchhaltung, im selben Büro wie ich, und so eine starke körperliche Anziehungskraft wie die zwischen uns hatte ich noch nie erlebt, wie die zwischen einer magnetisierten Schraube und der dazugehörigen polarisierten Mutter: so stark war sie, daß ich mich an kein eigentliches Vorgeplänkel erinnern kann, wie zum Beispiel an einen Theater- oder Kinobesuch, das war nicht nötig – doch, das haben wir gemacht, wir waren in *Hedda Gabler*, im Westminster, glaube ich – aber das war lediglich der Form halber. Sehr schnell, so scheint es, hat sie mich zu sich auf ihr Zimmer eingeladen, wo sie fast wie zur Untermiete wohnte, bei ihren Eltern in Kensington, und wir küßten uns gleich ab, als ich ankam. Plötzlich machte sie sich los und murmelte, sie wollte sich nur rasch etwas Bequemeres überwerfen, was für eine vorgefertigte Phrase, aus unzähligen Liebesromanen aufgeschnappt, und ich stand da und befingerte meinen Ständer, und sie kam schnell zurück, aus dem Badezimmer, glaube ich, und sie hatte nur einen langen, losen, fast durchsichtigen Morgenrock an und preßte sich an mich und machte mir die Hose auf und lockerte meinen Gürtel und zog mir die Hose herunter und zerrte schon an meiner Unterhose, als ich mir noch die Jacke auszog: und nahm ihn in beide Hände, ihn, dem diese Entkleidung galt: dann schlug sie den Morgenmantel zurück und klemmte mich zwischen ihre Beine und schlang die Arme um mich, um mich näherzuziehen und festzuhalten: und einmal ist er herausgerutscht, da ich stärker gebaut war und er von Natur aus nach oben zeigte, und sie schob ihn sich eifrig, ja, eifrig, wieder rein und beschloß kurz darauf, daß diese anfängliche Koketterie überflüssig war und zog mich aufs Bett und wollte mich wieder zwischen ihre Beine nehmen, der ich zwar ein längeres Vorspiel erwartet hatte, aber auf keinen Fall darauf bestehen wollte, sie schob mein Hemd hoch, so daß sich unser Fleisch noch näherkam, und führte ihn, ohne Gummi, so wie er stand, in den weichen Schlauch ihrer Scheide: ein Stoß, ein zweiter, und ich kam, so erregt war ich gewesen, so wenig konnte ich mich zurückhalten: aber er stand immer noch, wie ich überrascht feststellte, also

stieß ich weiter, bis sie, es schien mir eine Ewig-
keit später, sagte, Bist du fertig? Und es war alles
ein bißchen peinlich, als ich aufstand, mir den
Hemdzipfel herunterzog und nach meiner Hose
suchte, die elastisch zur Verlustsache degradiert
worden war: aber sie linderte die Peinlichkeit,
Laura, indem sie mir charmant zu verstehen gab,
daß sie mit meiner Anfängerleistung zufrieden
war, während sie mich gleichzeitig des Fortbe-
standes unserer Liebe versicherte, indem sie
sagte, Und nächstes Mal ziehst du das Hemd aus!

· · Die nächsten Male beliefen sich auf genau
acht, ich zählte mit, wir blieben nur drei oder vier
Wochen zusammen: und immer noch ohne
Gummi, dafür nahm sie selber Gynomin. Normalerweise habe ich sie zu der Zeit, in den drei oder
vier Wochen, nach dem Lateinunterricht besucht, den ich abends bei einem Privatlehrer in
Holland Park nahm, vielleicht so gegen acht, und
sie interessierte sich langsam aber sicher immer
weniger für mich, und sie redete über ihren Araber und nahm eine Teilzeitstelle als Platzanwei-
serin an, um sich das Geld für die Reise zu ihm
zusammenzusparen, was sie mir gegenüber die
ganze Zeit bestritt. Und obwohl ich sie nach dem
vierten oder fünften oder sechsten Mal nicht gerade zwingen mußte, sagte sie doch einmal hinterher, Wie konnte denn das passieren? so, als ob
sie beschlossen hätte, mich nicht mehr ranzulas-
sen, dann aber unwillkürlich doch schwach geworden wäre. Sie zog sich auch nicht mehr aus

und half nicht mehr mit, so daß ich ihr den Schlüpfer vorne runterschieben mußte, wenn sie vor mir lag, und mich bei ihr hineinschmeicheln mußte: was weder schwierig noch unangenehm war, wie ich zu meiner Überraschung und Freude feststellte. Aber bald hielt ihr Wille dann doch stand, und sie ließ mich einfach nicht mehr ran, und ich war natürlich wütend und ruinierte sämtliche Grundlagen für eine mögliche echte Beziehung. Ich erkenne heute, daß es eine rein körperliche Sache war, von meiner Seite aus genauso, und daß sie schneller die Nase voll hatte als ich: aber damals wollte ich viel mehr, sehr viel mehr, und ich war verletzt und verbittert, als es aus war, denn es war Liebe, eine Art Liebe, die man nicht einfach so von sich weisen durfte, wie sie es meiner Meinung nach getan hatte. Es liegt auf der Hand, daß es unerträglich gewesen wäre, weiterhin mit Laura in einem Büro zu arbeiten, also nahm ich eine leichte Erkältung als Vorwand, mir bei diesen Kommerzhaien ein paar Tage freizunehmen, und suchte mir eine andere Stelle in einem anderen Büro, aber weit weg von Hammersmith, im Westend: eine bessere Stelle war es außerdem, und ich hatte sowieso schon ewig kündigen wollen, es aber nicht getan, aus Faulheit, Trägheit, deshalb war es irgendwie gut, daß mich der Ärger mit Laura zu einem Stellenwechsel gezwungen hat: nicht, daß ich es lange dort ausgehalten hätte, bei der neuen Firma, das nicht, denn binnen eines Jahres hatte ich mein

Latinum gemacht und war an der Universität angenommen worden Aber der letzte Abend mit Laura tat weh! Meine Eltern – ich hatte mit meinen Eltern einen Pflichtbesuch zu absolvieren gehabt – auf dem Land, mein Vater fuhr uns in einem gemieteten Vauxhall hin – · · Wen interessiert das schon? · · Ich hatte einen Herpes an der Lippe, im Mundwinkel, fühlte den ganzen Tag, wie die Bläschen anschwollen und brannten, versuchte die Unansehnlichkeit in einem Lokal, wo wir am frühen Abend auf der Rückfahrt einkehrten, zu beseitigen, erreichte damit aber lediglich, daß die wunde Stelle blutig aussah, eiterig und noch auffälliger. Er setzte mich an der Kensington High Street ab, mein Vater, und ich ging den Rest des Weges bis zu Laura zu Fuß, sagte sowohl ihrem militärischen Vater als auch ihrer verkümmerten Mutter in der Diele mit der ersten spießbürgerlichen Lampe mit gefälteltem Seidenschirm, die ich je gesehen hatte, guten Abend und ging zu ihr nach oben, in ihr Zimmer mit den Kiefernholzraumteilern. Sie wollte mich nicht küssen, wegen meines Herpes: so einfach war das, diese vorübergehende Häßlichkeit wurde von ihr als Grund für meine Unerwünschtheit vorgeschoben, mir gegenüber. Es fielen auch häßliche Worte, und es gab eine häßliche Szene, um das romantische Klischee der ganzen Geschichte vollzumachen, um eine Affäre zu beenden, wie sie Abermillionen andere auch gehabt haben.

Und ich ging, nachdem ich ihr meinen häßlichen Herpes mit einem Kuß aufgezwungen, sie mit der Harmlosigkeit meines Blutes beschmiert hatte, mit der Häßlichkeit meiner Lymphe. Banal, die Affäre mit Laura, Gelegenheitssex, hier paßt dieses Klischee wirklich einmal: aber ich wollte, daß es mehr sein sollte, ich wollte, daß es mehr sein sollte! Sie machte es dazu, sie hielt es klein, nicht ich, sie! Ich war sogar bereit dazu und habe es ihr auch angeboten, mit dem Lateinunterricht aufzuhören, alle Hoffnung, zur Universität zu gehen und Englisch zu studieren, aufzugeben, wenn sie nur bei mir geblieben wäre, was auf eine Heirat hinausgelaufen wäre, und ich schwor ihr, daß ich es als Buchhalter zu etwas bringen würde, denn damals war ich zwar eine clevere Buchhaltungskraft, aber ich verachtete alles, was mit dem Beruf zu tun hatte, wenn sie nur bei mir blieb, nicht zu ihrem Araber fuhr, mich heiratete. Es war gut, daß sie nicht darauf eingegangen ist, natürlich, auch ich hätte die körperliche Seite bald ausgeschöpft gehabt, und sie war dumm, natürlich, aus »gutem Hause«, die Eltern kleinbürgerliche Presbyterianer, mit ihrer teuren Ausbildung arbeitete sie als Kassiererin in einem Selbstbedienungsladen in der Kensington High Street, wo sie auch ihren Araber kennengelernt hat, ach, die ganze Geschichte kotzt mich an! · · · · · Aber sexuell war es toll mit ihr, am Anfang, das muß ich ihr lassen, Laura · · · · · Ich ging schon bald auf Nummer Sicher, daß ich mich von dieser Verletzung erholte, das hatte ich von Eva gelernt, ja, auch Laura und ihr Araber hatten mir eine Lektion erteilt, ich ging sofort los und tröstete mich über meinen Liebeskummer hingweg, mit einer anderen Frau, hatte mir nach ein paar Tagen eine andere angelacht, als ich mit Jerry aus war, in der Edgeware Road, Joan hieß sie, wohnte in Sussex Gardens, ging gleich am ersten Abend mit zu ihr nach Hause – · · Ich habe das alles schon hinter mir, nicht noch einmal, · · das Schrankbad und der verlorene Gummi – nein. Aber wenn ich es mir jetzt überlege, wieso habe ich nicht daran gedacht, mich nicht daran erinnert, daß ich es schon mit Laura ohne Kondom gemacht hatte, als ich mit Joan zusammen war? · · Ach, egal. · · Bei Joan habe ich auch mitgezählt, und mit ihr habe ich es auch nur neunmal geschafft, ich wurde ihn lange Jahre nicht los, den Rekord, daß ich es bei keiner Frau jemals bis zu den zweistelligen Zahlen gebracht hatte, nein, eine seltsame Intervention der letzten aller von den Arabern erfundenen Zahlen – nein, auch das kann nicht mehr sein als ein Zufall, daß es die Araber waren! Aber Lauras Verrat, denn das war es für mich, tat mir immer noch weh, Jahre später noch, ich konnte mich an ihr kleines Gesicht erinnern und daran, wie sie beim Gehen abwechselnd die Schultern leicht hängenließ, jahrelang, und an das erste Mal, wie sie in dem losen Morgenmantel in ihr Zimmer gekommen ist, und wie sie mich fast in sich aufgesogen hat, wie sie mich nackt in ihre fraulichen Geheimnisse hineingezogen hat: was für Ausdrücke. · · · · · Aber wenn ich an das denke, was ich so leichthin als ihren Verrat bezeichne, könnte es sein, daß ich zu streng bin: sie hat mir von Anfang an gesagt, daß sie ein Verhältnis mit dem Araber hatte, ich kann mich über keine Täuschung beklagen, vielleicht beklage ich also nur die Tatsache, daß sie nicht immer das tat, was ich wollte, daß sie nicht immer, im Grunde nie, das war, was ich mir wünschte. Mein Fehler, wenn überhaupt: wieder einmal. · · Ob ich sie geliebt habe? Mit Sicherheit, ich habe mich vor Gwen über keine andere so gegrämt, und Gwen habe ich mit Sicherheit geliebt, mit Sicherheit. · · Endlich komme ich dazu, an Gwen zu denken, die ich so lange vergessen wollte, heute, vier Jahre später, habe ich immerhin erreicht, daß ich auf dieser Reise nicht an sie gedacht habe: sie war eine Wunde, ja, ein Schmerzbereich, sie bedeutete den Tod eines bestimmten Teils von mir, natürlich, aber nicht bewußt, nein, nicht mehr als ein wenig Smegma unter der Vorhaut meines Bewußtseins – · · was soll das, ich schwafele, dabei müßte doch das Wichtige kommen, dabei müßte ich doch selektiv vorgehen, ich sollte nicht so allgemein an Gwen denken, an das Glück, denn Glück hat es gegeben, an die Liebe, denn Liebe hat es gegeben, ich habe geliebt, nein, sondern vielmehr an das Signifikante, an das Bedeutsame, an das, was mich seither geformt, beeinflußt hat, was mich womöglich zum Einzelgänger verbogen hat, an die Kraft, die die konstante Bewegung dieser Reise, meines Geistes, meines Selbst in Gang gesetzt hat. Denn daß sie mich verlassen hat, war weitaus schlimmer, als daß Laura zu ihrem Araber zurückgegangen ist, daß sie ihr Kleingeld zusammengekratzt hat, um in den Irak oder Libanon zu fliegen oder wohin auch immer, weitaus schlimmer als Evas Weggang, über den ich aufrichtig weinen konnte: denn das Schlimme an Gwens Versagen war, daß ich nicht weinen konnte, daß ich über das Vergießen von Tränen hinaus war, daß ich nur noch für mich allein sein wollte, um diesen Tod in mir zu feiern. Also denken: nur an die relevanten Dinge, und das Glück, die Freude, die es gab, sind nicht relevant, nicht wichtig für mich, heute. Also nachdenken, selektiv vorgehen. · · Die Deutschlandtour. Eine Befreiung von dem sinnlosen Studium des Angelsächsischen, eine Gastspielreise von vielleicht drei Wochen Dauer, an deutschen und dänischen Universitäten mit einem Theaterstück, Shakespeare natürlich, *Viel Lärm um nichts*, guter Titel, nicht meine Wahl, ausgewählt von Akademikern sowohl in England als auch in den Ländern, die wir bereisen sollten, aber ich wurde als Spielleiter oder, wie ich es lieber ausdrückte, als Regisseur ausgewählt. Meine erste wirkliche Erfahrung mit der Isolation des Führenden, das einzige Mal seit den frühen Führungsversuchen in der Landschaft meiner evakuierten Kindheit. Und gefallen hat es mir diesmal, also später, ebenfalls nicht. Denn es war ja nicht so, daß die Schauspieler Profis gewesen wären, die man hätte auswechseln können, wenn sie nicht spurten, die an Disziplin gewöhnt waren: es waren Studenten, die 25 Pfund pro Nase zu den Fahrtkosten beigetragen hatten und denen es daher nicht so sehr um die Aufführung ging, sondern eher um den Urlaub: und die undiszipliniert waren, wie die meisten Studenten, die diese Tour als ihre letzte Gelegenheit ansahen, sich noch einmal richtig austoben zu können, bevor das eiserne Tor der Verantwortung hinter ihnen zuschlug. Und ich habe keine Neigung zur Autorität, zum Befehlen: der Erwerb dieser Qualitäten interessiert mich nicht, und ihre Anwendung ödet mich an. Ich nahm die Regisseursarbeit an, weil ich dachte, wenn ich diesen Mechanismus detailliert in der Praxis studierte, könnte ich sehen, wie er ablief, wie er funktionierte, und für mich etwas für mich Nützliches daraus lernen: darin habe ich mich getäuscht, denn ich habe daraus nichts gelernt, was ich nicht ohnehin schon wußte, und ich war wochenlang in einer herausgehobenen, isolierten Stellung größten Ängsten und Selbstzweifeln ausgesetzt. Und bevor es vorbei war, fühlte ich mich außerdem erniedrigt, durch manch unvernünftige Einstellung, wie ich fand, bei manchen von ihnen – · ·

Zu verworren, zu umständlich: ich muß straffen. · · Gwen war meine Beatrice, damals, und wegen eines Ausfalls blieb mir nichts anderes übrig, als den Holzapfel zu spielen, der durch ihre Schönheit zum Narren wird: was in vieler Hinsicht unsere Beziehung getreu widerspiegelte, hatte ich mich doch närrisch in sie verliebt. Das heißt, die Einzigartigkeit meiner Liebe zu ihr ließ mich aussehen und handeln wie ein Narr. Es hieß, ich hätte meiner Geliebten oder Liebsten oder Freundin die Hauptrolle in diesem Stück aus Gefälligkeit zugeschustert: aber ich bin überzeugt, daß sie von allen verfügbaren Schauspielerinnen die beste war: und sie hat die Rolle auch sehr gut gespielt. Und wenn ich als Regisseur auch isoliert war, so hatte zumindest sie andere Gründe, auf meiner Seite zu sein, hatte zumindest sie andere Gründe, meine Anweisungen nicht zu überhören: Anweisungen, deren einziger Sinn und Zweck es war, die beste Inszenierung dieses mittelmäßigen, altmodischen Stücks auf die Beine zu stellen, die unter all den gegebenen Umständen möglich war. Aber viele der Mitwirkenden interessierten sich für diesen Aspekt überhaupt nicht, waren verantwortungslos. · · · · · – Oh, wie erbärmlich und unersprießlich mir die ganze Sache jetzt vorkommt! Was für Peinlichkeiten, Verlegenheiten und Erniedrigungen es heraufbeschwört, das Deutschlandgastspiel! – nun komm schon endlich zur Sache mit deinem selektiven Vorgehen.

· · · · · · Es ist ein Maßstab für ... irgend etwas ... daß ich so in sie verliebt war, vielleicht, natürlich, daß ich mich nicht mehr an den Grund für den Mordsstreit erinnern kann, den wir hatten, Gwen und ich, in Hald, in Dänemark, in einem alten Haus, das nicht wie ein altes Haus war, in einem vorwiegend bewaldeten Gelände, wo wir vor Studenten auftreten sollten (Hald war eine Studentenorganisation), aber ich erinnere mich daran, daß es dieser Streit war, der ein für allemal entschied, daß wir uns nie noch näherkommen würden, obwohl es mit uns danach noch vier, fünf Monate dauerte, mit mir in meinem Irrglauben, mit ihr, die sich alles von mir nahm, was sie brauchte, und mich ansonsten betrog – · · Ach, dieses Erinnern ist nicht nur schmerzhaft für mich, es ödet mich auch an, ich kann keine Begeisterung dafür aufbringen! · · · · · · · · · Hald, ich muß mich an Hald erinnern. Wenigstens kann ich die blöde Kulisse hinkriegen. Wenigstens das. Ein ziemlich großes Haus, roter Backstein, Steinverkleidungen, holländische Giebel, eine kreisförmige Auffahrt vor der Tür, hin und zurück auf derselben Straße, durch ein torloses, von Knöterich umwuchertes Pfeilerpaar – »und wenn ich Knöterich sage, meine ich damit keinen Erich mit Hämorrhoiden am Arsch«, der alte Witz über Zierpflanzen, von Gordon. Es gab viele bewaldete, wenige offene Flächen, einen gutaussehenden See mit einer Ruine auf der einen Seite, nicht romantisch, es

war kein romantischer Ort: die Bäume hauptsächlich Kiefern, ein paar Laubbäume hier und da: mag sein, ich weiß es nicht, wieso sollte ich die Bäume kennen, auf die Bäume geachtet haben bei diesem studentischen Gästehaus mitten in Dänemark. So bin ich nicht. Das Haus selbst war schön auf seine Art, Kiefernpaneele, die Halle prächtig und auch die Treppe, großzügig und echt. Die Studentenzimmer waren funktionell eingerichtet, genau wie alle Studentenzimmer in Europa. Aber es gab auch Notquartiere in Schuppen, Hütten, egal, in einiger Entfernung vom Hauptgebäude, plumpe Eisengestellbetten für Studenten standen darin: und vielleicht fing meine Pechsträhne, aus der sich der Streit entwickelte, damit an, daß ausgerechnet ich einer von den drei Männern war, denen man diese minderwertige Unterkunft zumutete, ich, der ich, ohne förmlich sein zu wollen, vielleicht war es aber auch nur wichtigtuerisch von mir, als Regisseur und Organisator (wenn etwas Lästiges organisiert werden mußte) mehr erwartet hatte, ich hätte im Haus schlafen sollen, bequemer. · ·
Ich kann mich immer noch nicht erinnern, worum es bei dem Streit ging, aber er war brutal, erbittert wurde er von meiner Seite aus geführt: ich bin mir einigermaßen sicher, daß sie etwas nicht machen wollte, was ich von ihr erwartete, was sie aus Verpflichtung unserer Liebe gegenüber hätte machen sollen: oder doch aus Verpflichtung dem Bild gegenüber, das ich mir zwei-

fellos von unserer Liebe machte. Aber ich weiß noch, daß ich in die Nacht hinausgeirrt bin, wegen der Ungerechtigkeit ihres Handelns glühend, mein Selbst von Empörung zerrissen, hinaus in die kalten Wälder, naß von Tau oder Regen, die Enttäuschung kaum faßbar für den Verstand: denn was konnte ich tun? Ich konnte ja nicht auf der Stelle mit ihr Schluß machen, wie ich es vermutlich oder wahrscheinlich zu Hause gemacht hätte, wenn wir unter uns gewesen wären, konnte weder die Truppe verlassen noch öffentlich mit ihr brechen – ach, nein, zu beidem fehlte mir der Mut: zog es vor, mich in mich selbst zu verkriechen, schlecht, ach, schlecht! Und antiromantisch zog ich es vor, nicht draußen im Nassen zu bleiben, in den klammen Wäldern, also ging ich wieder hinein und früh zu Bett, sehr früh, und das war unsere erste Nacht in Hald, fröstelnd lag ich unter zu dünnen Decken, die Wut pochte in mir, daß ich fast wahnsinnig wurde, mein Rechthaben gefährdet durch ihr Unrechthaben, ihre Sturheit – wie seltsam, daß ich mich noch so gut an den Zustand, aber nicht mehr an die Ursache dafür erinnern kann! Das muß von Bedeutung sein, es muß. · · Und dann dieser unbequeme Schlafplatz: Schlaf ist mir wichtig, ich kann einiges aushalten, wenn ich weiß, daß ich irgendwo bequem schlafen kann. Und ich konnte stundenlang nicht einschlafen in dem Schuppen, lauschte auf die Geräusche vom Haus, die Musik, die Tanzerei, wie ein Diener im Gesindehaus, der den Lustbarkeiten der Herrschaft im großen Haus zuhört, und dies kam zu meinem Ärger noch hinzu, daß ich ausgeschlossen war, zu meiner Verbitterung über sie, weil sie die Ursache dafür war. Und dann die Verlegenheit, weil ich wußte, daß die anderen es auch wußten, weil der eine von den beiden, die neben mir schliefen, mit einem Nikken auf meine im Bett vergrabene Gestalt deuten und grinsen würde, weil er wußte, daß ich mich mit ihr gestritten hatte, und schadenfroh wäre, weil der eine mich beneidete, vielleicht, oder weil ich für den anderen ein Repräsentant der Autorität war, der Macht oder so. Aber der andere, das muß gesagt werden, der einzige andere, der hereinkam, als ich noch wach war, war freundlich, als er kam, setzte sich zu mir aufs Bett und redete mit mir über alltägliche Dinge, erinnerte mich daran, daß es noch alltägliche Dinge gab, ließ stillschweigend anklingen, daß er mich bedauerte, war, kurz gesagt, gut zu mir, wofür ich dankbar war, und hinterher habe ich, der ich mit meiner Gesellschaft immer so knauserte, mir besondere Mühe gegeben, mich bei ihm zu revanchieren, bei Patrick, ja, auf dessen Qualitäten, die ich ansonsten wohl kaum bemerkt hätte, ich durch diese Geschichte aufmerksam wurde, und ich bin ihm dankbar – ich war ein gemeiner Hund damals – denn es sind prächtige Qualitäten – · · ich schwafele, ich schwafele, immer derselbe Fehler, das sind Belanglosigkeiten. Muß überlegen, worüber ich mich mit Gwen gestritten habe: es wird lächerlich, wenn ich mich nicht erinnern kann, was mir soviel Schmerz bereitet hat! · · · · · · · · · · Ich kann es nicht: es ist lächerlich. · · · · · · · · · · Wir trafen uns am nächsten Morgen beim Frühstück, Gwen und ich, und – · · · Ach, der Schmerz, der Schmerz! – · · und das einzige, was mir einfiel, das einzige, womit ich den mutigen Schritt vermeiden konnte, entweder die Truppe zu verlassen oder sie bis zum Ende der Gastspielreise zu schneiden, war einzulenken, sogar den Versuch zu machen, so zu tun, als wäre es meine Schuld gewesen, mich sogar, ja sogar vor ihr zu erniedrigen, die im Unrecht war und eine Einzelgängerin · · Ah, das ist es, DAS IST ES! · · Nein, egal, sie sah die Vorteile dieses Ansatzes, dieser Lösung ein, denn sie war eigentlich in der gleichen Lage, damals, was ich heute allmählich einsehe, und gab unduldsam nach, obwohl sie doch sonst immer so duldsam war, und wußte, daß irgend etwas bewiesen worden war, und selbst wenn es nicht so gewesen wäre, hätte der gleiche Strauß (worum es dabei auch gegangen war) noch einmal ausgefochten werden können, auf einem günstigeren Schlachtfeld, zu einer günstigeren Zeit. Also waren wir wieder vereint, ha-ha, und hatten an dem Morgen eine kurze Szene in dem Zimmer, das sie sich mit jemand anderem teilte, hinter verschlossener Tür, damit uns keiner stören konnte, während der wir beide sagten, wir wären einsam, würden immer einsam sein und könnten deshalb einen anderen niemals wirklich lieben: das hört sich romantisch und albern an, heute, und damals ging es mir lediglich um das Mittel zum Zweck, um eine Versöhnung, um den schönen Schein, bis wir wieder zu Hause waren. Und hinterher vergaß ich die beiderseitige Individualitätserklärung gleich wieder, gab mich erneut der Illusion hin, daß wir einander wirklich liebten beziehungsweise, daß sie mich liebte, denn ich liebte sie sowieso, mit Sicherheit war das keine Illusion: es ist ein Beweis für meine Liebe zu ihr, daß ich mir, was sie und ihre Erwiderung dieses Gefühls anging, etwas vormachen konnte. Aber später, als ich verbittert war über ihr Versagen, sollte sie sagen, sie hätte gedacht, alles wäre bereinigt worden, in Hald – · ·

Ich habe ein paar stürmische emotionale Zeiten durchgemacht, das wird klar, ja. Die Frauen aber auch, um fair zu bleiben. Immer habe ich versucht, sie in ein Konzept zu zwingen, das ich mir von einer möglichen Beziehung machte. Wenn ich es mir vorstellen konnte, sollte es auch zu verwirklichen sein: eine gefährliche Auffassung, das sehe ich ein, wenn man sie auf viele Dinge oder vielleicht auch nur auf ein Ding anwendet, ja, offensichtlich unrichtig, aber ich hielt es mit Sicherheit für richtig in bezug auf das, was ich zwischen Mann und Frau sah, und noch immer glaube ich daran und suche danach. Und Gwen fügte sich, wenn es ihr mit ihrem

Spießbürgerverstand paßte, und betrog mich, wenn es ihr nicht paßte. Kreis, ich bewege mich im Kreis. Nun denn: was sonst noch über Hald? · · · · · · · · · · · Die Aufführung, die wir gaben, war schlecht, soweit ich mich erinnere: die Bühne hatte eine kaum vier Meter breite Öffnung, und die Laienspielbedingungen zogen eine Laienspielaufführung nach sich, obwohl wir viel mehr hätten leisten können und auch geleistet haben, an anderen Orten, auf anständigen Bühnen. · · Schwerfällig bin ich durch die Wälder gestapft in meinem dünnen, billigen, schwarzgoldenen Bademantel, um im See zu baden, mit ihr und Patrick und anderen: die Kiefernmast, falls das das richtige Wort dafür ist, gab klamm unter unseren Füßen nach, noch schleimigere Zapfen, als wir in den See stiegen, der seicht war an dieser Stelle, so unangenehm unter den Füßen, daß wir froh waren, uns abstoßen und schwimmen zu können, den Schleim von den Füßen zu strampeln. Und es gab da auch Egel, jawohl, als wir herauskamen, klebten uns Egel an den Füßen, es tat nicht weh, sie hatten sich nicht festgesogen, aber schon der Gedanke war abscheulich genug, und Patrick erzählte gelehrte Witze über die Medizin des Mittelalters, wodurch es erträglicher wurde. Und die Ruine haben wir ebenfalls besichtigt, haben uns gegenseitig fotografiert in der Ruine, auf den Mauern, ein Bild hatte ich von Gwen, auf dem ihr Badeanzug dem Himmel im Hintergrund vom Farbton her so ähnlich war, daß es so aussah, als hätte sie nichts an, wenn man nicht ganz genau hinsah. · · · · · · Was sonst? Speisesaalszenen mit Durchsagen in verschiedenen Sprachen, die wir Schauspieler parodierten, einmal nur, ja, ziemlich lustig für uns, aber wahrscheinlich nicht für die anderen, womöglich sogar peinlich, ich weiß es nicht. Das muß reichen über Hald. · · Sonst noch etwas auf der Gastspielreise? · · · · · Auch da Fotos gemacht, in Hamburg, · · könnte sie heraussuchen, wenn ich sie hier hätte, den Erinnerungen auf die Sprünge helfen, die Ursachen feststellen, die Gründe erfinden, die Grundlagen herausarbeiten, die Befunde untermauern, ach, Herrgott, es ödet mich an! Aber es muß erschöpfend behandelt werden, das Thema, in all seinen Möglichkeiten, für den Fall, daß ich hier den Schlüssel, den ganzen Sinn und Zweck finden kann. · · · · · · · · · In Kopenhagen wurde für uns im ersten Stock eines Studentenclubs eine Party gegeben, wo wir uns alle mit Carlsberg und Aquavit betranken, wo Gwen und ich uns näherkamen, wo wir uns am Fenster einen Spaß daraus machten, Telefonbücher zu einem walisischen Mitglied unserer Truppe hinunterzuwerfen, der sie auffing, ein Stück damit rannte und sie dann wie ein Rugbyspieler in die Mark schlug. Woraufhin irgendwelche Polizisten aufkreuzten, die sich erkundigten, was vor sich ging, wie es ihre Pflicht war, und als wir ihnen ehrlich antworteten, daß wir eine Studentenparty feierten, überließen sie uns zuvorkommenderweise wieder dem Suff, nachdem jeder von ihnen eine Flasche Bier von uns angenommen hatte. Wo der Rabe, einer unserer Bauern, einen spektakulären Abgang durch die Tür vorführte, theatralisch, er kroch auf allen vieren rückwärts hinaus um aufzufallen, hatte aber vergessen, daß es unmittelbar hinter der Tür eine steile Treppe gab. Und wo Stuart und ich uns, durch die Straßen der Hauptstadt laufend, mit unseren stumpfen Galadegen aus der Requisite, die wir am falschen Ende hielten, ein Duell lieferten und den ganzen Weg lachten. Um endlich in ein studentisches Etagenbett zu sinken, wo ich mir an der Unterseite des über mir befindlichen Bettes böse das Knie aufschlug, weil ich herumgehopst war, weh tat es nicht, aber am Morgen wachte ich mit Schuldgefühlen wegen der Blutflecken unten auf dem Laken auf, die so aussahen, als ob ich die ganze Nacht Zwergenjungfrauen vergewaltigt hätte. · ·· · · ·· Die Aufführung in Kopenhagen war eine Katastrophe. Wir spielten auf einem nackten Podest in einer vertäfelten Zermonienhalle, hatten Blackouts statt eines Vorhangs und zwei schlechte Aufgänge: die eine Tür hatte eine Stufe nach unten, dahinter kam der Absatz einer Marmortreppe, die andere befand sich am Fuße dieser Treppe, waren die Schauspieler hindurch, stiegen sie über eine Holztreppe zur Bühne hoch. Diese Treppe hatte nur an der einen Seite ein Geländer, und ich nehme an, es war ein Glück, daß während der ganzen Aufführung nur ein einziger Schauspieler auf die Idee kam, auf der falschen, dem Geländer gegenüberliegenden Seite von der Bühne ins Dunkel zu treten. Die Blackouts machten auch den Kulissenschiebern zu schaffen, die des öfteren während des Umbaus plötzlich hemdsärmelig und in Jeans mitten im Italien der Renaissance landeten. Aus keinem mir bekannten Grund wurde die Prachttreppe – grüner Travertin und bronzene Balustrade – im zweiten Akt überflutet: will sagen, Wasser kam aus den oberen Stockwerken, rieselte leise herab, einen Zentimeter tief, verwandelte die Treppe in einen Prachtwasserfall, stieg uns knapp bis zum Oberleder und floß weiter in den Keller, wo ein Tanzorchester gerade laut genug spielte, daß man es im Zuschauerraum hören konnte. Aber das Publikum, soweit vorhanden, die ganzen fünfzig oder so armen dänischen Seelen, ließen sich dadurch nicht beirren, sie gingen so weit mit uns mit, wie wir sie in Anbetracht dieser Pfuscherei mitreißen konnten, und applaudierten den umherirrenden Kulissenschiebern, wenn es sie einmal wieder erwischt hatte, woraufhin diese sich verbeugten, wie es sich gehörte, und sich sehr brechtisch vorkamen, und am Ende wurden wir tosend beklatscht, wir bekamen mehrere Blackouts statt Vorhängen, als ob wir *Viel Lärm um einen Scheißdreck* gegeben hätten, die beste, die ultimative Inszenierung aller Zeiten, und als wir zum Schluß abgingen, trat die Hälfte der Darsteller unerwartet noch einmal zu einem letzten Blackout nach vorne, was ebenfalls nicht schlecht paßte. Für die Beleuchtung war ein Mann namens Murks zuständig, Beleuchtung Murks, so stand es in unserem Programm, und genauso war es verdammt noch mal auch an dem Abend. · · · · · Ganz im Gegensatz zu Hamburg, wo alles gut ging, die Bühne groß genug, die Kulisse neutral genug für unser Aufführungsniveau und die armseligen Requisiten, ein gutes Publikum und eine effiziente Organisation der Dinge, die wir uns gern hatten abnehmen lassen. Am Anfang ging ich, weil ich erst später auftrat, leise bis ans andere Ende des Saals und sah mir von dort aus einen Teil des Stückes an, und mir gefiel die Inszenierung, die schließlich von mir war, aus der Distanz betrachtet, für mich der einzige Augenblick, in dem sich das ganze Gastspiel überhaupt lohnte. Und Gwen war wirklich eine gute Beatrice, sie gab Shakespeares schwülstigem Text eine neue Art Leben, für mich, sprach seine altmodischen, verkünstelten, gewundenen Phrasen so, daß sogar die Deutschen sie verstanden: was mir mit der Handlung nicht gelang, aber es wäre wohl jedem anderen auch so ergangen: Shakespeare ist ein großer Dichter, aber als Dramatiker für die Bühne von heute unbrauchbar. · · Und in Hamburg habe ich aus irgendeinem Grunde mit Gwen wieder Frieden geschlossen, diese Stadt gab die Kulisse für eine unserer guten Phasen ab, und sogar als ein Mann namens Falke – Ich heiße Falke, sagte er, Wie Falcon auf Englisch: und er schlug mit den Armen wie ein Vogel mit den Flügeln – sogar als dieser Organisator unseres Gastspiels sie theatralisch küßte, auf die väterliche Tour, war ich nicht eifersüchtig, zum ersten Mal, obwohl ich im allgemeinen auf jeden Mann eifersüchtig war, der sie mit mehr als nur beiläufigem Interesse ansah: ein Zeichen für meine Unsicherheit, natürlich, und in diesem Fall für meine vorübergehende Sicherheit, was sie anging und unsere Liebe. Und in Hamburg sind wir natürlich auf der Reeperbahn gewesen, wie alle Touristen, nach unserem Auftritt am ersten Abend, und wir sind in einen Jazz-Club gegangen, wo uns die Halsabschneider Geld für einen Drink abknöpften, bevor wir uns den Jazz anhören durften, was meinen schmalen Geldbeutel arg strapazierte, uns aber hinterher in Ruhe ließen. Eine schwedische Band hat gespielt, das weiß ich noch, und der Drink enthielt weder richtigen Alkohol noch richtige Cola: über letzteres habe ich mich geärgert, aber Gwen nicht. Ach ja, und bevor wir in diesen Jazz-Club gingen, waren wir noch in einer Spielhölle, und die Aufsicht fragte uns, ob Gwen schon über achtzehn wäre, auf Englisch, man muß uns die Engländer angesehen haben, und wir lachten, denn natürlich war sie es, aber hinterher hat sie sich eher ein wenig darüber geärgert, statt sich geschmeichelt zu fühlen. · · · · · · Und auf der Heimfahrt beziehungsweise auf dem Weg zu unserem Quartier, das heißt, sie zu dem einen, ich zu dem anderen Haus, auf der Rückfahrt mit der Straßenbahn erlebten wir etwas Merkwürdiges, Kafkaeskes. Zum einen schien die Straßenbahn nicht in die Gegend zu fahren, in die sie, wie wir erwarteten, wie man uns versichert hatte, hätte fahren sollen, wo wir aussteigen wollten: und dann, als wir das erste Mal an dieser hypothetischen Haltestelle vorbeikamen, warf ich einen Blick auf den Schaffner, den ich erst ein paar Sekunden vorher angesehen hatte (so kam es mir zumindest vor), und es war ein völlig anderer Mann! Alle möglichen rationalen Erklärungen fielen uns damals und auch später dazu ein, aber keine erklärte wirklich etwas. Und nach der dritten Fahrt in einer Straßenbahn mit derselben Nummer, zweimal davon in die ursprüngliche und einmal zwischendurch in die entgegengesetzte Richtung, gaben wir es auf und fuhren mit dem Taxi, zuerst zusammen zu ihrem Quartier, dann ich allein zu meinem. · · Ich denke immer noch gern an Hamburg zurück, die einzige Stadt, die ich sah, die ich gern noch einmal besuchen, in der ich mich gern ein wenig länger aufhalten würde in Deutschland, außer vielleicht noch München, ja, aber Hamburg! Und ein Mitglied unserer Truppe ging eines Nachmittags segeln, auf dem Sowieso-See, und kenterte und mußte von der Wasserpolizei, oder wie man dazu sagte, gerettet werden, und die Beamten kamen am nächsten Tag in unser Quartier und verlangten eine Art Gebühr dafür, daß sie ihn gerettet hatten: ich weiß nicht mehr, wie es ausging, ob er bezahlt hat oder ob er sie solange hingehalten hat, bis wir auf dem Weg zu unserer nächsten Station waren, München, glaube ich, tief im Süden, in Bayern, die Tour war nicht sehr gut organisiert, geographisch gesehen, andauernd gab es zwischendurch diese ewig langen Zugfahrten. Aber München gefiel mir sofort als Stadt, wie so vielen anderen offenbar auch, die schönen breiten Straßen, die barocken Kirchen, die Biergärten und Bierkeller und die großartigen Rubensgemälde in der Alten Pinakothek. Wir schwammen in dem braunen Isarkanal neben einer Fußgängerbrücke, eines Nachmittags, das weiß ich noch, und eines Morgens wurden wir vom Bürgermeister zum Frühstück eingeladen, ins Empfangszimmer, oder wie das hieß, auf jeden Fall ins Rathaus, die ganze Truppe. Wo ich neben dem Bürgermeister saß, der mir zeigte, wie man mit den dicken, weißen, heißen Würsten umging, die wir bei dieser eigenartigen Elf-Uhr-Mahlzeit bekamen: er schnitt seine in der Mitte durch, stach mit der Gabel in das so entblößte Ende der einen Hälfte, machte einen geraden Schnitt in die Haut bis zum zusammengebundenen anderen Ende, und dann drehte er, den einen der so gebildeten Lappen festhaltend, die Gabel und zog die Haut in einem Rutsch ab. Tief beeindruckt schnitt ich meine Wurst ebenso entschlossen durch, wie ich es bei ihm gesehen hatte: ein heißer, weißer Wasserstrahl schoß fast einen halben Meter in die Höhe und landete zum großen Teil wieder auf meinem Teller. Ha! sagte der Bürgermeister, sonst nichts. Diese Würste waren aus Kutteln, nahm ich an, jedenfalls wollte mir sonst kein andere vernünftige Erklärung für ihre Farbe einfallen. Sie schmeckten nicht schlecht zu der Maß Bier, die wir auch noch jeder bekamen. Mit Gwen konnte ich nicht reden, durch irgendein Protokoll waren wir getrennt worden. · · · · · Sie haben uns sehr freundlich aufgenommen in München, und ich habe noch heute ein schlechtes Gewissen, weil unsere Aufführung nicht so gut ausfiel, wie sie und auch ich es verdient gehabt hätten. · · · · · Weiß Gott, wie es nach München weiterging. Hier gerät alles durcheinander. Zurück nach Köln ging es vermutlich, wo wir die erste Nacht verbracht hatten, auf dem Weg nach Frankfurt, in einem umgebauten Bunker, massiver, dicker Beton in Form einer Kirche, in der Hoffnung, so den Angriffen der Bomber zu entgehen, die allerdings in der Nacht sowieso kaum zwischen Wohnhäusern und Fabriken, Bürohäusern und Kirchen unterscheiden konnten. Als unsere Gruppe an dem Abend dort ankam, war es interessant zu beobachten, wie sich die Männer, die sich bereits eine Frau geangelt hatten, rasch zusammen in Doppelzimmern einquartierten, so daß später leicht getauscht werden konnte, damit die Paare zusammen schlafen konnten: es war eine automatische Partnerwahl, vorherige Absprachen erübrigten sich, ein instinktiver Entschluß, als wir sahen, wie die Gedanken eines anderen Mannes unsere eigenen ergänzten. Und die Mädchen machten es ebenso. Ich dachte an kaum etwas anderes als an Sex, zu der Zeit, in dem Alter, mit fünfundzwanzig, und die anderen offenbar auch: wenigstens darin war ich mit ihnen eins. Infolge dieser Regelung teilten Gwen und ich uns ein zellenähnliches Zimmer ohne Fenster, müde nach der langen Zugfahrt von London. Und die Aufführungen auf dem Rückweg fielen dort mittelmäßig aus, der ganze Aufenthalt in Köln war langweilig, mittelmäßig, es waren schließlich die letzten Tage der Tour, alle hatten wir die Nase voll von immer wieder neuen Eindrücken, von ein, zwei Abende dauernden Gastspielen in fremden Städten. · · So, wie ich jetzt die Nase voll davon habe, mich an die ganze Sache zu erinnern, die sich so wenig lohnte bei der Unmenge emotionaler Energie, bei der Zeit, die ich allerdings gern von meinem Studium abknapste, bei der Liebe, jawohl Liebe, die ich für ein armseliges Stück und desinteressierte Darsteller aufbrachte. Vergiß es. · · · · · Nein. Mach Schluß mit Gwen. · · · · · Sobald wir wieder zurück waren, schon im Zug von Dover nach London, als bei uns allen das alte Individuum wieder durchbrach, verfiel ich erneut in schmerzhafte Angstzustände um uns, um unsere Liebe, und machte mir außerdem Sorgen, ob sie sich womöglich wieder mit einem alten Freund treffen würde, der ihr, wie sie mir gebeichtet hatte, das Herz gebrochen hatte – · · · Wie banal mir das alles jetzt vorkommt! Gut! · · – womöglich noch in der zweiten Hälfte der Semesterferien: was mich sehr beunruhigte, und der ganze Frieden, den wir gehabt hatten, denn trotz des Streites in Hald waren wir beständiger zusammengewesen als je zuvor, fast wie eine Ehepaar – der verschwand nun und wich einer Unruhe und einer schlimmen Vorahnung über künftigen Schmerz und Verlust: durch die ich, wie ich fühlte, eine Art Frömmigkeit erlangen würde. Es war ausgemacht, daß wir im nächsten Jahr heiraten wollten, nach dem Examen, in fast genau einem Jahr; und ich wußte, daß die Prüfungen der kommenden Monate und die ultimative Prüfung, ob sie mich schließlich heiraten würde oder nicht, wahrlich sehr schmerzhaft sein würden, für mich zumindest. Und irgendwo, sehr schwach, kaum merklich, wußte ich auch, daß ich mir unserer Liebe nicht sicher war, daß ich mir nicht sicher war, ob Gwen wirklich das war, was ich wollte, ob sie die Antwort auf meine Fragen über Sex, Liebe, Kunst sein konnte. Doch was blieb mir anderes übrig, als so zu tun, als ob sie mich liebte, was sie mir ja auch oft genug sagte, als ob es ein gutes Ende nehmen mußte? Im Tivoli in Kopenhagen haben wir eines Abends

Geld gegen Chips eingetauscht, um unser Glück an Geldspielautomaten zu versuchen, und als wir unerwarteterweise gewannen und zu der Frau zurückgingen, die uns den Gewinn in Geld auszahlen sollte, drückte das Gesicht der Frau Verachtung aus, eine ungeheure Geringschätzung unserer diesbezüglichen Hoffnung, ohne daß es eines abweisenden Wortes bedurft hätte: von dem Augenblick an fürchtete ich mich davor, diesen Ausdruck der Verachtung auf Gwens Gesicht zu sehen, weil ich von ihr erwartete, daß sie ihr Wort hielt, daß sie es ernst meinte, wenn sie sagte, daß sie mich liebte und mich heiraten wollte. · · · Diese Angst begleitete mich monatelang, bis ich die Verachtung dann sah, die Geringschätzung, bis sie mich betrog, Gwen. Und noch immer sah ich sie, während der prekären Zeit zwischen Liebe und Haß nach dem Verrat, bis weit in den Haß hinein, mehr als fünf Jahre Haß, bis heute, da ich allmählich anders empfinde, mit Sicherheit nicht mehr hasse, nein, nur noch begreifen will. Jahrelang hat er mich begleitet, denn immer, wenn ich zufällig von einem neuen Verrat hörte oder einen neuen Verrat durchschaute, dachte ich immer daran, was ich gemacht hatte, während sie mich betrog: und so schön es auch gewesen war, der Verrat konnte mir allein die Erinnerung daran verleiden, die Erinnerung verderben. Als ich hörte, daß sie nach dem College eine Anstellung gefunden hatte, kam es für mich wie ein Schock: ich hatte nicht daran denken wollen, daß es für sie überhaupt ein Leben jenseits von mir gab: folglich begann ich, mir noch andere Sorgen zu machen, mich quälte der Gedanke, daß sie womöglich eines Tages heiraten würde und ich von ihrer Hochzeit zu einem Zeitpunkt erfahren könnte, an dem ich es nicht verkraften konnte, darunter zusammenbrechen mußte. · · Und einmal, als ich in Cambridge einen Freund besuchte, entdeckte mich ein Freund von ihr und verfolgte uns bis in die Kapelle des King's College, stellte sich zu uns und redete mit uns, ich haßte ihn, konnte es nicht ausstehen, wie er mich gründlich ausfragte und wissen wollte, was ich jetzt machte, vermutlich, um es Gwen weiterzuerzählen: und wie er sagte, mir hätte es in Cambridge bestimmt nicht gefallen, hier wimmelte es nur so von Angebern, ich sollte froh sein, daß ich in London studiert hätte: woraufhin ich mich erkundigte, woher er eigentlich so genau wissen wolle, was zu meinem Charakter passe und was nicht, und er antwortete, er kenne meinen Charakter, weil er wisse, wie Gwen gewesen sei, bevor sie mich kennengelernt habe, und wie sie heute sei. Das tat mir weh, daß sie sich soviel von mir genommen hatte, ohne mir das, was ich brauchte, zurückzugeben, worauf ich bei aller Fairneß, wie ich fand, ein Anrecht hatte! Und ich haßte jedes Gespräch, in dem sie vorkam, es verstörte mich, verdroß mich, vor allem an diesem Ort, dessen Spätgotik von nun an auf ewig mit diesem gemeinen Menschen verbunden sein würde, der außerdem noch von sich gab, daß die Ingenieursstudenten von Cambridge nie in die Kapelle kamen, da niemand logisch begreifen konnte, wieso sie überhaupt noch stand, der Idiot, redete mit uns wie mit Touristen; und verbunden mit der Frau: Gwen. · · · · · · Also, nicht durch Milderung vergangener Liebe und Feindschaft, jüngst vergangenen Hasses, auf sie, wegen dem, was sie mir angetan hat, sondern, weil es hier genauso um sie geht wie um mich, um etwas, was uns gemeinsam war oder schien... · · Jetzt wird es verworren, ungenau. · · · · · · Ich muß versuchen, mehr zu analysieren, darf die Dinge nicht einfach so abhandeln, verhandeln, behandeln, die Dinge, die Vergangenheit, mich fast darin suhlen, statt zu analysieren, nun, da der Schmerz vergangen ist und vorbei, den Sex habe ich ausgekostet, gierig war ich danach, zuviel über Sex vielleicht, nein, das ist wichtig, ansonsten scheint so wenig von Belang zu sein, obwohl es natürlich auch lange Phasen ohne Mädchen gegeben hat beziehungsweise mit unbrauchbaren Mädchen. · · · · · Die Zeit? Ich sollte aufstehen. Die Zeit? Immer noch Kopfschmerzen, wie immer, aber keine Übelkeit, zehn, halb elf, ja, aufstehen, waschen, eine Stunde oder so beim Schlachten zusehen, Mittagessen, bei ihnen heißt es Mittagbrot, ein guter Vorwand, nicht zu lange draußen auf dem kalten Deck zu bleiben bei dieser Kälte, es sei denn, ich

wollte, ich könnte es aushalten, nein. · · · · ·
Also hoch, keine Hose anzuziehen, habe darin geschlafen, nur einen Pullover, ein Glück, sie schlingert heute stark, Wetter muß rauher geworden sein, es wird stürmisch, nehme ich an, aber ich habe mich mittlerweile daran gewöhnt, mehr oder weniger, womit nicht gesagt sein soll, daß ich nicht zu Fall gebracht werden kann, gestern wurde ich es, in der Kombüse, als ich spät einen Teller zurückbrachte, wurde ich von einer plötzlichen Bewegung zu Fall gebracht, schrammte mir dem Unterarm an einem senkrechten Träger auf, ja, tut immer noch weh, konnte gerade noch den Kopf einziehen, Beine klappten unter mir weg, Teller und Löffel flogen durch die Kombüse, kam mir lächerlich vor, obwohl nur der Kombüsenjunge da war, der beinahe ebenfalls zu Fall gekommen wäre, deshalb hat keiner von uns gelacht. Also Vorsicht! Der Preis der Sicherheit ist ständige Wachsamkeit, auch in diesem Fall, die Wahrheit des Klischees. Also, eine Hand für mich, die Treppe hoch, durch die Luke in den Gang, weiter, weiter, bis zu den Maschinenraumgrätings, weiter an der matt glänzenden Zylinderkopfabdeckung vorbei, an den asbestbezogenen Rohren, dem Wärmeschwall vom silbrig isolierten Kessel, in die Offiziersmesse unter den Kabinen des Skippers, wo ich Waschraum und Toilette mitbenutzen darf.
· · · Wieder eine Hand für mich, es ist schwierig, so zu pinkeln mit einem beweglichen Ziel

beziehungsweise einem beweglichen Projektor, ah, dabei fällt mir wieder ein, wie ich als Kind bei anderen Leuten auf die Klobrille gepinkelt habe, um sie zu ärgern, um es ihnen heimzuzahlen, was auch immer: sowieso kein Platz für solche Rücksichtnahme hier, wäre verlorene Liebesmüh, für die Katz, jedesmal, wenn einer das Bullauge offenläßt, vergißt, die Flügelmuttern aus Messing festzudrehen, schwappt eine See herein und wäscht es aus, das Große Klo, die See, und so weiter und so fort, wie bereits gesagt: Also: jetzt waschen, ziemlich einfach mit einer Hand, doch, eine Rasur wäre allerdings fast ein Ding der Unmöglichkeit für mich, obwohl sich die anderen anscheinend alle rasieren, vielleicht nicht jeden Tag, aber mit Sicherheit lassen sie sich keinen Bart stehen wie ich, wie ich es wollte, obwohl sie vor der Abfahrt mit mir gewettet hat, daß ich mich nicht trauen würde, mir einen Bart wachsen zu lassen und ihn ihr vorzuführen; kratzig fühlt es sich an, natürlich, stachelig, sprießt jetzt nur noch langsam nach dem ersten Wachstumsschub, zwölf Tage schon (tatsächlich?), die Haare wachsen so kunterbunt durcheinander, so daß es höchst willkürlich aussieht, unordentlich, schlampig, unseemännisch, und obwohl er anfangs blond war, ist er mittlerweile rötlich, als ob ich diese Haare nicht in die Welt gesetzt hätte, illegitime Sprößlinge, haarige Bastarde: aber es fühlt sich gut an auf der Oberlippe, wenn ich sie sanft mit den Kuppen von Zeigefinger und Daumen zurückbürste, die Länge des Schnurrbarts ertaste: und die Kuhle unter der Unterlippe auch. Ach, Stuhlgang und Hämorrhoiden, auch das noch, Schmerzen, Schmerzen, als ob diese Fahrt nicht sowieso schon ein ausreichendes Paradigma für die *conditio humana* darstellte, Hämorrhoiden, das unaussprechliche Leiden, so viele Menschen haben sie, sagt man, aber niemand redet darüber, paradox, sie leiden nur, behandeln sie mit Zäpfchen wie diesen, die beste Form, diese Marke, wie Geschosse, Dumdumgeschosse, wirklich, als Kriegsmunition völkerrechtlich verboten, aber sehr wohltuend bei einem so grundlegenden Gebrechen, dumdum, mit rundem Kopf, aber von den Schultern abwärts etwas schmaler, so daß sie, wenn man sie ein Stückchen hineingeschoben hat, von selbst ins Ziel rutschen, eine höchst entgegenkommende Form, hergestellt von den Herren Boots, Drogisten, sehr gut, die formschönsten Zäpfchen, die mir bisher untergekommen sind. Aber trotzdem schwer einzuführen, das sind sie alle, brauche eigentlich beide Hände dazu, kalkuliere aber das Stampfen, berücksichtige das Schlingern, habe es geschafft, mit einem Schlag eingelocht, aber eines schönen Tages wird etwas Unvorhergesehenes geschehen, so wie gestern in der Kombüse, und man wird mich tot oder bewußtlos in einer höchst eigenartigen Stellung auffinden. · · · · · · · · · · Also hinaus, die nachdenkliche Gangart eines Mannes mit Hämorrhoiden anschlagen, in dem knarzenden Ölzeug und den schäbigen Gummistiefeln, und neben die schlachtenden Männer gestellt, vor die Fischkästen, allerdings nicht, um selbst ein Messer in die Hand zu nehmen. Ah, die See wird rauher, das Wetter ist merklich schlechter als gestern abend. Halte mich an der gespannten Trosse fest, fasse die Kurrleine nicht an, die um die Doppeltrommeln der Leitrollen läuft, quer über das Deck, stelle mich vor die Fischkästen, verkünde, daß ich gekommen bin, um aus den Eingeweiden zu lesen, lächle: Festy, Mick, Stagg, Scouse und der Deckshelfer lächeln nicht, aber sie sehen hoch, anscheinend doch froh über jede Ablenkung, ziehen mich mit meiner Seekrankheit auf, ohne sich beim Schlachten stören zu lassen. · · · · · Aus der Nähe beeindruckt mich die Geschwindigkeit des Schlachtens noch mehr. Ich stoppe bei Scouse die Zeit, als er sich über einen der größeren Fische hermacht, einen Dorsch, wie er sagt, einen mittelgroßen Kabeljau, die kleinen heißen Pomuchel, und die ganz großen, von denen wir anscheinend nicht viele fangen, sind dann vermutlich Kabeljaus: er braucht neun Sekunden, um diesen dicken Fisch seiner Innereien zu berauben, die Leber in einen Korb zu werfen und die restlichen zwanzig Pfund oder so fünf Meter durch die Luft in den Wäscher zu schleudern. · · Scouse geht mit sportlicher Begeisterung an das Schlachten, mit fast sadistischem Vergnügen bringt er seine Schnitte an.

Stagg dagegen steht stur dabei, die Schlägerkappe auf dem Kopf, er schlachtet wie ein Automat, sparsam in den Bewegungen, schweigend, schmalgesichtig, selbst in dem künstlich unförmigen gelben Ölzeug noch hager, wie er es wahrscheinlich seit vierzig Jahren oder so macht, seit seinem zwölften Lebensjahr. Mick redet beim Schlachten, mit Unterbrechungen, meistens, um den Deckshelfer aufzuziehen, oft ziemlich derb, absichtlich darauf angelegt, dem sechzehnjährigen Jungen weh zu tun, wofür ich mir keinen Grund denken kann: keiner der anderen weist ihn deshalb zurecht, und ich kann mich natürlich nicht einmischen. Doch plötzlich, als Stagg eine Metallmarke am Schwanz eines Riesenschellfischs entdeckt und ihn ohne ein Wort an Festy weitergibt, ist es Mick, der darauf besteht, daß der Fisch, der, weil er über seine Wanderungen Aufschluß geben kann, fünf Shilling wert ist, wenn man ihn an Land bei einer Fischereiforschungsstation abgibt, dem Deckshelfer gegeben wird, er besteht darauf, daß er ihm gehört, daß er aus Tradition oder einem anderen Grund einen Anspruch darauf hat. Dann wieder wirft er einen Augenblick später mit einem Seewolf nach dem Jungen, ein brutaler Streich, da der Fisch ein breites Maul mit gefährlich spitzen Zähnen hat, die zu bösen Verletzungen führen können. Festy erzählt mir etwas über diesen Seewolf, da er der erste ist, den ich zu Gesicht bekomme, lang und irgendwie aalähnlich, mit einer wehenden, durchgehenden Rükkenflosse, dunkel auf oliv gefleckt, der eckige Kopf besteht fast nur aus Maul: sagt, manche Fischer halten ihm die Kurrleine hin, damit er sich darin verbeißt, so daß sie beim Schlachten leichteres Spiel haben. Der Deckshelfer aber hebt den Seewolf, als er an der Reihe ist, mit dem üblichen Kiemengriff hoch, weicht dem gefährlichen Maul aus, schlachtet ihn fachmännisch und wirft ihn von sich, scheinbar ohne Mick weiter zu beachten. · · Festy weist mich auf die anderen Kuriositäten hin, die uns dieser Fang beschert hat: einige Heilbuttartige, die keine echten Heilbutte sind, sondern eine Mischrasse, das Ergebnis einer mißlungenen Paarung in grauer Vorzeit, die es sich aber zu behalten lohnt, da sie einen ordentlichen Preis erzielen: so etwas wie eine aufgeblähte Ausgabe des Seewolfs, aber größer und schwarz und Schleimfisch genannt, den Festy grausam in das eine orangefarbene Auge sticht und über Bord hievt, wobei er sagt, daß wir ihn sonst bloß nochmal einfangen und es sich nicht lohnt, ihn zu behalten, nicht einmal für Fischmehl taugt er, weil er zum größten Teil aus Wasser besteht; Kliesschen, kleine Plattfische, die nicht behalten werden; und kleine Rochen, die sie, wie Festy sagt, Ginnies nennen und die, wie er mir zeigt, Genitalien haben, mit denen sie sich geschlechtlich fortpflanzen wie Säugetiere: darüber spricht er mit einem Taktgefühl, das in seltsamem Kontrast zu den Zoten steht, die er mir sonst manchmal erzählt, und er sagt auch, daß es seiner Meinung nach falsch vom Skipper ist, die kleinen Rochen auf dieser Fahrt nicht zu behalten, weil sie etwas wert sind, weil sie sehr lecker schmecken, und er wirft den, den er mir gezeigt hat, in den Korb, der für den Koch bestimmt ist, denn zu jeder Mahlzeit können wir uns Fisch aussuchen: ich muß eine Ginnie probieren, ein Name, der für mich noch eine andere Bedeutung hat, aber daran darf ich jetzt nicht denken; und die große, gedrungene, grüne, klobige, glubschäugige Ziehharmonikaparodie von einem Fisch, die Scouse gepackt hat und auf einer Hand balanciert, während er dem Ding die andere im rechten Winkel vor die Augen hält, eine Pantomime, die ich erst verstehe, als Festy mir erklärt, daß es ein sogenannter Kamerafisch ist, und Scouse sagt, daß er mich damit geknipst hat, bevor er ihn über Bord wuchtet; außerdem finden sich Klumpen von einer cremefarbenen versteinerten Substanz, die sie, wie Festy mir sagt, Duff nennen, und er schaut sich nach dem Maat um, weil sie nämlich auch an eine Mehlspeise erinnert, irgendein pflanzlicher Stoff, der in dieser Gegend auf dem Meeresboden wächst und sich im Netz verfangen kann, wenn der Skipper diese Stellen, die er aus Erfahrung kennt, nicht meidet. Die anderen Fische kenne ich, Kabeljaus, hübsch, olivgrün schimmernd, überhaupt nicht zu vergleichen mit den tristen, grauen Stücken, die ich bis dato beim Fischhändler gesehen habe, denn Kabeljau scheint vom Aussehen her am meisten zu verlieren, wenn er länger aus dem Wasser ist: Schellfische mit Daumenabdrücken auf beiden Seiten des Halses und je einer schwarzen Seitenlinie, Rotbarsche mit großen, geplatzten Tiefseeaugen, die Münder aufgebläht von einer Eingeweideblase, die sich unter plötzlichem Druckabfall gebildet hat, so daß sie aussehen, als machten sie Kaugummiblasen, ihre stacheligen Flossen stellen sich vielleicht noch ein-, zweimal wie bei einem Flußbarsch auf, bevor sie, früher als die meisten anderen, sterben; und der Köhler oder Kohlfisch, lang, mit Schnauze, plump, dunkelgrün, hübsch. Ich erkundige mich nach Dornhaien, weil ich keine sehe, frage, ob es nicht eine sehr dornige Angelegenheit ist, sie zu schlachten, worüber sie überraschenderweise lachen, aber sie sind ziemlich entsetzt, als ich ihnen erzähle, daß ich ihn oft in London esse, daß er als Seeaal oder in Form von Schillerlocken beliebt ist, denn für sie ist er ein Aasfresser, sieht aus wie ein kleiner Hai, gehört auch zu der Familie, und deshalb rühren sie ihn nicht an, solange es genügend saubere Fische gibt. Am liebsten essen sie die jungen Kabeljaus und die kleinen Schellfische, von denen der Koch jeden Tag achtzig bis hundert Filets zubereiten muß, paniert und gebraten, manchmal auch in Teig ausgebakken. Stagg und Scouse, die im tiefsten Pferch arbeiten, bis zu den Knien in Fisch stehen, schieben nun mit den Stiefeln einen Haufen Fische auf die anderen zu. Mick hebt ein Brett an, damit sie darunter durchrutschen können. Platt auf Deck liegt ein riesiger Rochen, einen Meter zwanzig Spannweite, und mir fällt ein, daß ich früher gesehen habe, wie er sich im Netzmaul verfangen hat, und daß der Skipper mir versichert hat, daß er früher oder später in den Steert gespült werden würde: bei diesem Fang also, wie ich jetzt sehe. Stagg weidet ihn, den weißen Bauch nach oben gedreht, an Ort und Stelle aus, dann winkt er Scouse, der ihm helfen soll, ihn in den Wäscher zu werfen. Während ich auf den Haufen von Eingeweiden und grünen Exkrementen blicke, der nun den der verbleibenden Fische allmählich an Höhe übertrifft, bemerke ich, daß auch sehr kleine Fische darunter sind, die eigentlich durch die zwölf Zentimeter großen Maschen des Netzes hätten schlüpfen müssen, und ziehe Festy damit auf, daß er sie gefangen hat: er sieht mich an, antwortet nicht, sondern hebt den größten der noch vor ihm liegenden Dorsche auf und schlitzt ihm den Bauch auf, schnipselt noch ein paarmal herum und zieht dann dem Dorsch einen kleinen Schellfisch aus dem Magen, der vielleicht ein halbes Pfund wiegt, dessen silbrige Schuppen in den Verdauungssäften des Dorschs noch kaum an Glanz verloren haben: den er mir grinsend überreicht, ohne daß ihm meine Faszination und mein Ekel entgangen wären. Das bringt nun wieder Scouse auf eine Idee, er sagt nämlich, Kommen Sie mal, hier gibt's auch was zu sehen, Vergnügungsreisender! Und er fummelt vorsichtig in den Eingeweiden eines platten braunen Heilbuttbastards herum, macht zwei kleine Schnitte in die dicke Masse und legt dann auf die flache Oberseite des Fischkastenbretts ein blutiges Eingeweideteil, das, wie ich gleich sehe, pulsiert und das, wie ich sehr bald erkenne, ein Herz ist, das noch schlägt, schlägt, ein Fischherz, in dem noch so etwas wie Leben steckt. Ich habe schon erlebt, daß so ein Herz noch eine halbe Stunde weiterschlägt, sagt Festy: Drei Stunden, bis wir mit dem Schlachten fertig waren, sagt Mick: Eine ganze Wache lang, sagt Scouse: und ich weiß, daß sie mich auf den Arm nehmen. Ich werfe einen Blick auf das Organ, sehe zu, wie das Leben langsam hinausrinnt, interessiert und angeekelt, dabei aber auch betroffen: und denke an die vielen verschiedenen Omen, für die diese Opfergabe stehen könnte. · · Ich spüre die Kälte, ob deswegen oder nicht, kann ich nicht sagen: aber mir ist kalt. Ich kann nicht verstehen, wie es die Männer so lange in der Kälte aushalten können, wenn sie auf offenem Deck die Fische schlachten an einem Tag wie heute, wenn sich immer wieder eine Welle am Schiff bricht und sie in Gischt hüllt wie in ein Leichentuch, während sie in den Fischkästen arbeiten. Offensichtlich sind sie daran gewöhnt – obwohl Scouse gestern gesagt hat, daß sich kein Fischer jemals daran gewöhnt – finden sich auf jeden Fall damit ab, wegen des Geldes, das es ihnen einbringt, sagen sie, aber das kann nicht alles sein. Vielleicht sind sie körperlich dem Menschenschlag zuzurechnen, der Schmerzen leichter aushält als andere, der kaum dadurch berührt wird, der sie einfach nicht spürt: dabei sind die Männer allerdings, wenn man sie sich so ansieht, sehr unterschiedlich gebaut. · · · · ·

Aus der Fischbunkerluke dröhnt eine Stimme Ist der Vergnügungsreisende da oben? Und schon kommt Duffs Kopf hinterher, nur der Kopf, wie Jokanaans aus der grünen Zisterne, aber grinsend, lebendig, mit einer kleinen roten Schottenmütze auf dem Kopf. Und er lädt mich ein, mir seinen Fischbunker anzusehen, was ich sehr gerne mache, da ich mir anfangs noch einbilde, daß es dort unten wärmer sein muß als an Deck, aber dann fällt mir ein, daß der Fisch auf Eis gelagert wird. Wie durch eine Kohlenbunkerluke geht es hinab, sogleich falle ich auf die hölzerne, fischig schleimige, schräge Rutsche, die zum Glück nur einen bis anderthalb Meter lang ist, ich lande auf den Füßen, Eis knirscht: ein großer Dorsch stupst mich gleich darauf in den Rücken, zuckt noch einmal und wird schon gepackt, mit beiden Händen an Kiemen und Schwanzende von einem Mann gepackt, den ich noch nie gesehen habe, was mir unglaublich vorkommt, nicht zu wissen, daß er an Bord ist: vielleicht haust er hier unten: nein, unmöglich. Er legt den Dorsch ordentlich zu den anderen von ähnlicher Größe, schichtet Eis um ihn auf und steckt ein Holzbrett fest. Ich sehe jetzt, daß ein Teil des Fischbunkers skelettbauartig ausgelegt ist, die Metallstützen werden durch Bretter abgeteilt, manche aus Holz, andere aus gewelltem Aluminium: hier lagern Schicht um Schicht die Fische auf Eis, je nach Größe, je nach Sorte, der Kabeljau beim Kabeljau, der Schellfisch bei seinesgleichen: in einer kompakten Lage, wir stehen auf einer Zweimeterschicht, soviel haben wir schon gefangen, und nun füllen wir die zweite Lage auf, vielleicht noch einmal zwei Meter hoch, über die ganze Breite des Schiffes und die halbe Länge: ungeheuer viel Fisch, gemessen in sogenannten Körben, die jeweils fünfzig Kilogramm entsprechen, wie die Sardinen so eng, ha-ha, manchmal zappeln sie noch, wenn sie ins Eis gelegt werden: wenn sich gelegentlich ein Mann durch so eine Bewegung beim ordentlichen Aufschichten gestört fühlt, schlägt er dem Fisch mit einem Stück Eis oder dem Ende eines Bretts den Schädel ein. Der andere von Duffs Helfern heißt Joe, ein älterer Mann, den ich schon gesehen habe, der schweigend Schellfische stapelt, methodisch, ordentlich, mechanisch. Der Arbeitsbereich ist relativ klein, da der Raum ohne Fische voller Eis ist: je mehr Eis für den Fisch gebraucht wird, desto mehr Platz wird geschaffen, desto größer wird der skelettartige Wald, den man zum Stauen verwenden kann. Duff fragt mich, ob ich friere, sieht es mir an, gibt mir eine Spitzhacke und zeigt grinsend auf die

Eiswand vor uns, hinter der Rutsche. Ich nehme das Werkzeug, stemme mich mit dem Rücken gegen einen Pfeiler und beginne, meine Schwünge den Bewegungen des Schiffes anpassend, das Eis aufzubrechen, das ursprünglich zerkleinert war, aber jetzt zu einer festen Masse zusammengebacken ist, Splitter schlage ich ab, die sich vor mir zu Hügeln sammeln. Als mir das losgehackte Eis fast bis zum Rand der Wasserstiefel steht, nehme ich mir eine Schaufel und lasse es in hohem Bogen vor Joe und dem anderen Mann niederregnen: und schon bald ist mir sehr warm, ich lege Schal und Ölzeug ab, arbeite in Pullover und Hose wie die anderen. Um mir eine kleine Atempause zu verschaffen, sehe ich zu, mit welcher Sorgfalt sie stauen, mir fällt ein, wie jemand, bevor ich herunterkam, sagte, daß der Maat berühmt dafür ist, die Fische in ausgezeichnetem Zustand auf den Markt zu bringen: rede mit ihnen über diese Lagermethode, die beste von allen vermutlich, obwohl es meiner Meinung nach praktischer wäre, die Fische gleich an Ort und Stelle in Kartons oder Körbe zu packen, um sich später den Aufwand zu sparen, sie erst im Hafen von Schauerleuten löschen und in Kartons legen zu lassen. · · Mir ist schön warm, als Duff mich zum Mittagessen schickt.
· · · · · · · · · Dem Skipper macht das Wetter Sorgen, er sagt, wir werden das Schleppen für eine Weile einstellen müssen, wenn es noch schlechter wird. Ich sage, daß mir aufgefallen ist,

wie bei dem einen oder anderen bösen Schlingern die Speigatten längs der Reling überspült worden sind, daß das Wasser sogar bis über den oberen Rand der Reling geflutet ist – richtig untergetaucht war er, nicht nur kurz überschwemmt: und Duff sagt beruhigend, daß er es schon einmal bis zu den Oberlichtern des Maschinenraums hat stehen sehen, und die sind oben auf dem Bootsdeck, in der Mitte des Schiffes. Allerdings, fügt er hinzu, damals hatte ich furchtbaren Schiß. Angst davor, daß das Schiff sinken könnte, habe ich nicht, das kann ich mir nicht einmal vorstellen, denn es ist auf sein Element, seine Aufgabe, so außerordentlich gut abgestimmt, daß ich mir keine Bedingungen vorstellen kann, die es bezwingen könnten: es meistert alle Wellen, die ich bis jetzt gesehen habe – und auf der Nordsee und vor der norwegischen Küste hatten wir immerhin Windstärke neun – so erfolgreich und zuversichtlich, wie ich, die Landratte, es mir nur wünschen kann. Ich kann sehen, warum Corb einige seiner Beispiele, Parallelen, von Schiffen entlehnt hat: dieser Trawler ist tatsächlich eine Seefahrtsmaschine, eine Fischfangmaschine; klar Schiff; und in diesem nackten Funktionalismus liegt seine Schönheit. Gewiß, im landläufigen Sinne schön ist er nicht, für mich, was auch gut ist: er ist sehr schmal für seine Länge, für seine nicht einmal achthundert Tonnen, aber die Funktion, Funktion, Funktion! Das ganze Schiff ist dem Konzept der Funktion geweiht, und das macht es für mich so schön. Außer wenn es, wie jetzt, mit Vanillesoße um sich wirft, mir die süße, dicke Soße auf die Hose schwappt, als ich sie aus dem Emaillekrug gießen will, wodurch es mich verbrennt und bekleckert: im gleichen Augenblick aus der Kombüse zwei fluchende Stimmen, weil es dem Koch und dem Kombüsenjungen etwas an den Kopf geschmissen hat. · · · · Ich ziehe mich in meine Kabine zurück, um mir eine saubere Hose anzuziehen, die Soße auszuwaschen, hänge sie in meinen sehr praktischen Trockenschrank und entschließe mich dann, mich eine Zeitlang in der Koje zu verkriechen, für den Fall, daß bei diesem Wetter noch mehr Unfälle passieren.

Nur noch einziges Mal sonst habe ich ein derart gemeinsames, gemeinschaftliches Leben geführt · · bei der R.A.F., nur für kurze Zeit, da ich ja nur kurze Zeit dabei war: und das auch nur bei der Fliegerreserve in Padgate, mit den anderen Untauglichen, die auf die Ausmusterung warteten, alle möglichen Sorten, die eine oder andere ernste Krankheit darunter, drei oder vier wie ich mit perforiertem Trommelfell: Leute mit perforiertem Trommelfell wollten sie nicht bei der R.A.F., warum genau, habe ich nie herausfinden können, manche sagten, wenn das andere Ohr auch noch ein Loch bekäme, müßten sie einem bis ans Lebensende eine Pension zahlen, was sich in dem einen oder anderen Fall sehr lange hinziehen könnte, andere sagten, daß man möglicherweise in großer Höhe ohne Druckausgleich fliegen müßte, was man mit einem Loch im Ohr nicht könnte; wieder andere sagten – und diese Vorstellung verfolgt mich noch heute – es läge daran, daß einem die Meningitisbazillen gleich ins Gehirn dringen könnten: jedenfalls haben sie mir nie gesagt warum, sie ließen mich nur vortreten, weil ich bei einer medizinischen Untersuchung auf dem rechten Ohr schwerhörig war, und dann hat es ein Arzt untersucht, indem er mit einer riesigen Stimmgabel in eine tiefe Scharte im Tisch haute und sie mir dann an verschiedenen Stellen gegen den Kopf drückte, wobei er die ganze Zeit sagte, Können Sie das hören, und ich sagte Nein oder Ja, je nachdem, und als der Arzt hinausging, sagte einer von den Sanis Na, den Schein hast du wohl in der Tasche, Kumpel: und ich dachte, Großer Gott, jetzt muß ich mir wohl eine Arbeit suchen, mich der Karriere widmen, wie es von mir erwartet wird. Und sie haben mich tatsächlich entlassen, sie attestierten mir die Freistellung vom Wehrdienst mit der Begründung, daß ich höchstwahrscheinlich wegen einer eitrigen Mittelohrentzündung nie voll tauglich sein würde: von der habe ich allerdings, wie ich sagen muß, nie viel gemerkt, das Ohr hat nur ab und zu eine stinkende vanillesoßenähnliche, ha, Flüssigkeit, abgesondert, bis ich ungefähr fünfzehn war, und auch dann nur, wenn ich eine Erkältung hatte. Ich bin etwas taub auf dem Ohr, und ich vermute außerdem, daß dieses Loch der Grund dafür ist, warum ich zwischen mono und stereo nicht unterscheiden kann. Sie entdeckten diesen Defekt an meinem zweiten Tag in Padgate, das Aufnahmelager damals, das Tausenden meiner Altersgenossen als feuchter, fauliger Ort in der Nähe von Warrington in Lancastershire bekannt sein dürfte: aber sie behielten mich noch drei Wochen da, bis meine Entlassung durchkam, bei der Fliegerreserve, die mit der Fliegerei nichts zu tun hatte, sondern eine vergammelte Nissenhütte war, in der wir Aussortierten wohnten und schliefen. Und obwohl wir keine Ausbildung bekamen, wurde doch von uns erwartet, daß wir zu den Mahlzeiten in der Kantine in Zweierreihen antraten wie ausgebildete Flieger, und weil wir nicht anständig marschieren konnten, mußten wir am Abend, also eigentlich in unserer Freizeit, noch einmal antreten und marschieren lernen, stundenlang, so schien es uns, und der Schweinehund von einem Unteroffizier, der für uns zuständig war, ließ uns exerzieren, exerzieren, exerzieren, exerzieren. Ohne den Zwang hätte es mir zum Schluß fast Spaß gemacht, ich sah eine mögliche Freude darin, etwas gleichzeitig mit anderen zu tun, die ich bis dahin erst einmal verspürt hatte, als ich in einem Chor Mitglied war. · · Und wir hatten nur zusammengestoppelte Uniformen: ich hatte ein paar Hemden, Socken und Stiefel, aber keine blaue Kluft, weder eine normale noch eine Ausgehuniform, was mir ziemlich leid tat. Und auf Vordermann bringen mußten wir die Bude auch noch selber, den Fußboden bohnern, bis er picobello glänzte, und das offiziell ohne Bohnerwachs, und unsere Klamotten mußten wir auf dem Bett ausbreiten, nur hatte uns das offiziell keiner vorher gezeigt, und alles in allem mußten wir uns wie echte Flieger benehmen, obwohl wir ja nur auf der Durchreise waren, obwohl wir nie Flieger werden konnten, wurden wir doch wie welche behandelt. Dabei hatten wir in mancher Hinsicht noch mehr Glück als andere Hütten, denn wir gesunden Reserveflieger wurden jeden Tag zur Arbeit ins Lazarett geschickt, wo wir die Böden wischen mußten wie Putzfrauen, und wir konnten Bohnerwachs klauen, mit dem wir vor der Inspizierung durch den Offizier unseren Fußboden blank wienerten. Im Lazarett war es interessant, obwohl die Arbeit langweilig war und es noch nicht einmal genug davon gab. Wenn möglich, habe ich es so gedeichselt, daß ich den Boden im Zimmer einer Schwester oder Oberschwester zugeteilt bekam, ruck, zuck habe ich ihn gewischt, mich dann ausgeruht und dabei die medizinischen Handbücher gelesen, vor allem die, in denen es um Geschlechtskrankheiten ging, da es mir damals bei der medizinischen Lektüre in erster Linie auf Sex ankam. Die Schwestern oder Oberschwestern habe ich nie gesehen, ein Jammer, sie waren nie da, haben wohl gearbeitet. Die einzigen Frauen, die ich zu Gesicht bekommen habe, waren die Ladenhexen, wie sie genannt wurden, abends, wenn wir Proviant einkauften, der kaum besser war als die normale Verpflegung, die grauenhaft war, Eier in Zellophanmänteln, Bohnen aus der Dose, Tee, auf dem eine dicke Schicht Tannin und Bromid stand. Und wir haben uns Brot getoastet und andere Sachen gekocht, die wir in Warrington gekauft haben, auf dem Kanonenofen in der Mitte der Hütte, die *Kräängk!* · · Wir hieven – das ist früh – das Wetter muß so schlecht sein, daß wir das Schleppen einstellen, bis der sich Wind wieder gelegt hat. Wo war ich? · · Bei der Hütte, wir waren stolz, falls das das richtige Wort ist, da wir es ja machen mußten, auf unseren gebohnerten Fußboden, so stolz, daß wir hinter der Tür viereckige Lappen aus Wolldecken aufbewahrten, damit jeder, der hereinkam, gleich darauf treten und damit durch die Hütte gehen konnte. Dadurch schlugen wir zwei Fliegen mit einer Klappe: das kackbraune Linoleum wurde geschont und gleichzeitig gebohnert: wer die Viereckslappen nicht benutzte, konnte es erleben, daß ihm in der Nacht das Bett umgekippt wurde, während er darin schlief. Es gab kein Privatleben, · · so wie es das auch hier kaum gibt · · was mir fehlte, was mir abgeht. · · Ich hörte ein paar neue Witze, zumindest waren sie für mich neu, und Sexgeschichten von den anderen jungen Männern, die entweder wahr waren oder nicht, aber auf jeden Fall interessant. Ich lernte Knöpfe annähen und Risse flicken: aber stopfen nicht. Ich bekam die schlimmste Erkältung meines Lebens, die, nachdem ich meinen Schein endlich bekommen hatte, noch Wochen anhielt. Ich sah mir die Sexfilme an, die die Flieger davor warnen sollten, sich bei ungepflegten Frauen Geschlechtskrankheiten einzufangen, woraufhin mir folgerichtig für einige Tage die Lust verging. Geschossen habe ich nicht, habe nicht einmal eine Waffe in der Hand gehabt, und die einzigen Flugzeuge, die ich gesehen habe, waren die Spitfire und die Hurricane, die wie ausgestopfte moderne Fossilien zur Dekoration auf Rasenflecken vor dem Haupteingang zum Lager standen. Ich schloß keine Freundschaften, machte kaum eine Bekanntschaft, unterhielt mich nicht einmal viel mit den Männern in den Betten neben mir. Ich las viel, grübelte viel über ein Mädchen namens Dorothy nach, die damals mit mir verlobt war, so nah standen wir uns, ha-ha, entwarf ein Modellflugzeug auf der Grundlage eines Sammelsuriums sämtlicher Details aller Zeichnungen, die ich in einem Buch über Flugzeugmodellbau fand. Meine Grübeleien über Dorothy – ihre Spießbürgerlichkeit, die Art, wie sie unser künftiges Eheleben organisierte, die Richtung, die sie meinem Leben aufzwang – hatten viel mit den Grübeleien über meine Zukunft zu tun, weil ich mir nun, was ich nicht erwartet hatte, da ich mich doch seit meinem vierzehnten Lebensjahr an den Gedanken gewöhnt hatte, mein neunzehntes und zwanzigstes Lebensjahr in nur sehr begrenztem Maße selbst bestimmen zu können, ernsthaft Gedanken über einen Beruf machen mußte, der mich so bald wie möglich in den Stand versetzen sollte zu heiraten, und der mir danach so bald wie möglich soviel Geld einbringen sollte, daß ich mühelos eine Frau und in absehbarer Zeit oder auch früher Kinder ernähren konnte. Diese Grübeleien deprimierten mich, denn die Ehe erschien mir zugleich erstrebenswert und öde, unausweichlich und vermeidbar: ganz gewiß kein Selbstzweck, als der sie sich mir darstellte und mir dargestellt wurde. Das, womit ich mein Geld verdiente, bekam dadurch den Anstrich des Belanglosen, Willkürlichen, und ich hatte das Gefühl, daß das nicht richtig war. Eines stand für mich fest, über eines war ich mir im klaren, ich wollte nicht mehr, wie in den sechs Monaten zwischen dem Abgang von der Schule und der Einberufung, als Bankangestellter arbeiten: ich konnte weder die Arbeit noch die Leute, noch die Atmosphäre ertragen. Aber was ich sonst machen sollte, wußte ich einfach nicht, es wollte mir nichts einfallen: und mir wollte noch nicht einmal einfallen, was ich gerne geworden wäre, außer etwas Unmögliches wie Schriftsteller oder Filmregisseur oder schlicht und einfach nur reich. Mit vierzehn hatte ich für zwei Jahre eine weiterführende Schule besucht, die darauf spezialisiert war, aus den Jungen Angestellte und Buchhalter und aus den Mädchen Schreibkräfte und Sekretärinnen zu machen: und deshalb konnte ich Buchführung, Maschineschreiben, sogar ein bißchen Stenographie, wenn auch nur sehr langsam, und war also geeignet, sogar ausgebildet und qualifiziert, als Angestellter in irgendeinem Büro zu arbeiten: eine Eignung, die mich nach meinen Erfahrungen in der Bank entsetzte. Worauf es hinauslief, war folgendes: diese Arbeiten brachten endlose Wiederholungen mit sich, die zwar durchaus komplex sein konnten, im Grunde aber trotzdem Tag für Tag für Tag derselbe Trott waren: und obgleich ich mich manchmal für die eine oder andere Sache interessieren konnte, denn beim ersten Mal habe ich mich schon immer für eine Sache interessiert, auch noch beim zweiten Mal, bis ich sie gelernt, um nicht zu sagen gemeistert hatte, so verflog doch dann mein Interesse sofort wieder, und sie ödete mich an, daß es fast zum Heulen war. Etwas Neues hatte mich schon immer gereizt, aber nicht alles Neue, die Ehe zum Beispiel nicht, ein Zustand, der mir wie etwas Ausschließliches vorkommt, wie eine Einheit mit nur einem Menschen. · · · · · Meine Eltern waren mir bei dieser Suche nach einem angemessenen Beruf keine Hilfe und kein Hindernis: will sagen, während sie einerseits keinen Versuch machten, mir eine bestimmte Stelle ein- oder eine andere bestimmte Stelle auszureden, so gaben sie mir andererseits aber auch keine

Vorstellung davon, welche Berufe es für unseresgleichen, meinesgleichen gab, für einen Menschen meiner Herkunft. Die Beispiele aus der übrigen Familie – ein Fahrer, Gemüsehändler in der New Kent Road, der eine oder andere Hilfsarbeiter – halfen mir nicht viel weiter, und mit Sicherheit wollte weder mein Vater noch ich, daß ich als Lagerist in seine Fußstapfen trat. Also grübelte ich darüber nach, es gibt kein anderes Wort dafür, leider, und es kam sogar soweit, daß ich die Behinderung ablehnte – eine Art medizinischer Hinterlassenschaft von der Scharlacherkrankung als Kind von drei Jahren – die dazu geführt hatte, daß ich grübeln und mir zwei Jahre eher als erwartet, ja, beinahe erhofft, Gedanken über die Zukunft machen mußte: außerdem erkannte ich, daß der Wehrdienst zwar offensichtlich seine unschönen Seiten hatte, die das Leben vielleicht sogar maßgeblich bestimmen würden, daß es aber auch eine schönere Seite gab, die Kameradschaft, die körperliche Fitness, gewisse Zielvorstellungen, selbst wenn ich damit nicht einverstanden war, die Gelegenheit, etwas von der Welt zu sehen, und die Freiheit, keine ernsthaften Entscheidungen treffen zu müssen. Und als ich eintrat, hatte ich gefühlt, daß mich der Wehrdienst auf irgendeine Weise besser und härter machen würde, daß er die Liebe retten konnte, die ich für Dorothy empfand, die sich von einem Tag auf den anderen mehr abnutzte wegen ihrer spießbürgerlichen

Ambitionen und meines Zurückfallens in Arbeitergewohnheiten, zum Selbstschutz, zum Schutz meines Selbst. Vielleicht war es aber auch ein Glück, daß mich die R.A.F. nicht haben wollte, denn ich hätte dabei nicht nur zäher und härter, sondern auch derber und stumpfer werden können, und womöglich hätte ich sonst heute eine ungenügende Ehefrau am Hals oder wäre geschieden, oder was es dergleichen mehr gibt. So hingegen... es hat sehr weh getan, damals, da sie sich in bester Kleinbürgermanier einen anderen suchte, während sie wenigstens pro forma noch zu mir gehörte, verlobt war sie nicht mehr mit mir, das nicht, aber sie gehörte noch zu mir, sie hat mich betrogen, was mir sehr viel mehr weh tat, als sie zu verlieren: ich bin froh, daß ich sie verloren habe, heute, und daß ich sie nicht... · · egal. Sie ist für die laufende Untersuchung ohne Belang, für den gegenwärtigen Zustand. · · Selbst im Bett lief es spießig und kleinbürgerlich ab, unvollkommen und unbefriedigend. Und ich kann mich kaum noch an sie erinnern, heute, nur noch an bestimmte Sachen, komische Sachen, zum Beispiel weiß ich noch, daß ihre Nase im Weg war, als ich sie das erste Mal küßte, im Kino war das, in Richmond oder so. · · Nicht von Belang, nicht von Interesse, kommen wir zu etwas anderem. · · · · · · · · · Wenn ich nicht ganz bei der Sache bleibe, kann ich das Stampfen spüren, ich muß mich dazu zwingen, nicht wieder seekrank zu werden, habe aber

Durst, ja, muß etwas trinken, irgendwo habe ich eine Dose Bier, ja, in der Ecke zwischen der Matratze und dem Schott, sie aufzumachen ist schwierig, und es sprudelt bestimmt, beziehungsweise schäumt, IPA spritzt immer, es spritzt alles voll, kann nichts dagegen machen, nein, drücke die Spitze hinein, drehe das Gesicht weg, es spritzt, ah, spritzt! Keine Lust, es aufzuwischen. Wer soll mich hier schon dafür verurteilen. · · Stemme mich zwischen die Seitenwand der Koje und die Seitenwand des Schiffes, schätze sorgfältig das Verhältnis zwischen Dose in der Hand und Mund ab, trinke, ein heikles Manöver, schwer zu beurteilen. · · Ah. Das Bier schmeckt streng aus der durchlöcherten Dose. Aber kalt ist es nicht, da ich es hier unten aufbewahre und es in der Kabine immer sehr warm ist, angenehm für uns, nur nicht gut für das Bier, aber immer noch besser als gar nichts, jetzt, und auch besser, als nach oben in die Wohnkabine des Skippers zu gehen, zu dem Kasten Bier, den ich ihm netterweise abkaufen durfte, wo es nicht so warm ist, wo es ein bißchen kühler bleibt. Ich habe den Koch gefragt, ob ich es in seinem Kühlraum aufbewahren könnte, aber er hat gesagt, da würde es einfrieren, schlug mir vor, es irgendwo auf Deck abzustellen, da wäre es ganz bestimmt kalt genug, aber woher soll ich wissen, ob es nicht durch eine See über Bord gespült wird oder ob sich nicht eine durstige Seele daran vergreift? Jedenfalls bewahre ich es in der Wohnkabine des Skippers auf, ja, genau wie die Flasche Whisky, die ich ihm ebenfalls abkaufen durfte, was er nicht jedem an Bord erlaubt, denn Trunkenheit auf See ist teuflisch, für einen Seemann, so scheint es, Menschenleben könnten in Gefahr geraten und so weiter. Aber mir vertraut er soweit, daß er mir einen Kasten mit vierundzwanzig Dosen gegeben hat und eine Flasche Whisky. Vielleicht soll dieser Exportwhisky anders schmecken, er schmeckt nämlich kratzig und angebrannt, was mir bei dieser Marke zu Hause noch nie aufgefallen ist: oder vielleicht ist auch nur mein Geschmacksempfinden durch die Seekrankheit so angegriffen, daß nichts mehr so schmeckt wie früher. Auch das Bier hätte ich persönlich mir nicht ausgesucht, dieses streng schmeckende IPA, aber den Deckies scheint es zu schmecken, sie haben öffentlich darüber abgestimmt: sie bekommen zwei Dosen am Tag, ausgegeben zur Mittagszeit, ihre Ration, wie sie sagen, ich habe keine Klagen gehört, daß es ihnen zu wenig ist, und sie bezahlen es selber, es kostet auch nicht viel an Bord, ist steuerfrei, genau wie die Zigaretten und die Pralinen, aus irgendeinem Grund bewahrt der Skipper auch Pralinen in dem Zollverschlußschrank gleich draußen vor Molloys Funkraum auf, ich hatte eine Schachtel, nach dem Auslaufen, aber mein Magen hat mir nur zwei gegönnt. Aber das Bier trinke ich mit einigem Genuß, auch wenn es eigentlich nicht nach meinem Geschmack ist, der Geschmack nicht ganz nach mir ist, denn ich habe ständig Durst auf diesem Schiff, ich trinke, um meinen Durst zu brechen, einen Schluck gleich aus der Dose, bis ich das Klicken hinten in der Kehle spüre, das den Durst bricht, ich trinke es, um den Durst zu brechen, nicht, um betrunken zu werden. Um den Whisky tut es mir leid, ich hätte ihn nicht kaufen sollen, obwohl er mich nur ein paar Shilling gekostet hat, denn er mundet mir nicht: vielleicht kann ich ihn mit an Land, mit nach Hause nehmen oder ihn an Bord verschenken, die Deckies zu einem Abschiedsumtrunk einladen – Das ist das erste Mal, daß ich an das Ende der Reise gedacht habe! Es gibt also ein Ende! Es wird ein Ende geben! Ja, schon jetzt müssen wir wohl gut die Hälfte hinter uns haben. Dabei erschien sie mir – nicht endlos, das ist ein dummes Wort, sondern unendlich, obwohl ich drei Wochen als Zeitdauer kannte, als Einheit, weniger als ein Monat, den ich kannte, durchaus, aber während der ersten paar Tage auf See, während des Hinauslaufens auf die Nordsee, erschien sie mir unendlich, die Dauer der Reise, und schon sehr bald machte es mich unerwarteterweise traurig, für diese Dauer auf den Anblick von Land verzichten zu müssen, · · Und als der Skipper, weil das Wetter auf offener See so schlecht war, daß es sich wegen der dadurch gewonnenen Zeit lohnte, einen Lotsen an Bord zu nehmen, beschloß, durch die Fjorde zu laufen, war ich erleichtert, begeistert über die Aussicht, noch einmal Land zu sehen: obwohl erst drei Tage oder so vergangen waren, es war der vierte Tag. Und gespannt hielt ich von der Brücke aus Ausschau, an diesem ersten Tag, an dem ich wirklich das Gefühl hatte, daß ich die Reise möglicherweise durchhalten könnte, nicht über Bord springen müßte oder gar sterben, nach der ersten Erhebung am Horizont, der südlichsten Spitze der Lofoten, wie sie mir sagten: und etwa fünfzehn oder zwanzig Minuten lang sagten sie, sie könnten etwas sehen, und ich teilte mir den Horizont noch einmal in Sektoren auf und konnte trotzdem nichts sehen: bis ich endlich etwas sah, eine verschwommene Stelle weit voraus an Backbord, und begriff, um wieviel schärfer ihr Sehvermögen war, um wieviel besser den Sichtverhältnissen auf See angepaßt. Und als die Lofoten eine nach der anderen näherkamen, zunächst nur als große Felsen, gefiel es mir zum ersten Mal auf See, ich, der ich erwartet hatte, drei Wochen lang kein Land zu sehen, war erleichtert über diese visuelle Abwechslung, über die Variationen hinter meinem flachen, beschränkten Horizont und war froh. Und da erzählte mir der Skipper dann auch, daß wir möglicherweise auf dem Rückweg anlanden, in einem Ort namens Honningsvag, wo wir den Lotsen für die Rückfahrt durch die Fjorde an Bord nehmen wollen, falls wir Frischwasser übernehmen müssen: daß wir aber an diesem Tag wegen der Lotsen nicht in den südlichen Hafen einzulaufen brauchen, weil sie mit dem Boot zu uns in die Fahrrinne herauskommen. Und das taten sie auch, die zwei Lotsen, freundliche, aber ernste Männer, die uns in diesem Honningsvag wieder verließen, welches, wie ich sah, verglichen mit anderen Städten, nicht viel hermacht, wo wir aber hoffentlich auf der Rückfahrt trotzdem Halt machen, fast inständig hoffe ich, daß wir in Honningsvag wegen des Frischwassers anlegen, auch wenn es nur für kurze Zeit ist. · · Es war erstaunlich, als wir nach vierundzwanzig Stunden aus den Fjorden herauskamen und sie wieder anfing zu stampfen und zu schlingern, wurde ich sofort wieder seekrank, genau wie in den ersten paar Stunden auf See. Es war, als hätte mich die frühere Seekrankheit überhaupt nicht dagegen immunisiert, wenn man so sagen will, denn kaum fing sie nach einem ruhigen Stück zu schaukeln an, da ging es wieder los, wieder von vorne. · · Jetzt versuchen zu schlafen, das Bier hilft, ah. · · Ah.

grünblau · · · · · Mahagoni · · Bierdose · · das Holz · · die Politur, Laken, keine Kissen · · schlafen · · · · · keine Bewegung · · keine Bewegung! Das Schiff stampft nicht, schlingert nicht! Jedenfalls kaum. Also auf, nicht schläfrig, die Zeit · · Großer Gott, es ist sieben, ich muß zwölf Stunden durchgeschlafen

haben, mehr, erstaunlich mein Schlafvermögen, heute, hier, es muß einen physiologischen oder biochemischen Grund dafür geben, bestimmt, ja. Jetzt: was ist passiert, warum liegen wir still? Nicht im Hafen, wir müssen noch auf See sein, aber war die See nicht gestern abend aufgewühlt, war nicht weit und breit kein Land in Sicht? Festy, liegt Festy unter mir? Nein, und Mick schläft, traue mich nicht, ihn zu wecken. Aufstehen und nachsehen also, bleibt mir nichts anderes übrig, auf jeden Fall gut, zum Frühstück auf zu sein, jedenfalls mal was anderes, eine halbe Stunde noch, also hoch auf die Brücke, für ein Weilchen, also dann, anziehen, einfach jetzt, ohne Bewegung, ich sollte die Gelegenheit nutzen, die Unterhose zu wechseln, sonst faulen mir womöglich noch die Eier ab, ha, vor Dreck, noch keine Chance gehabt zu baden oder mich wenigstens gründlich zu waschen, bin dreckig, aber es gibt so vieles, was wichtiger ist als waschen, das ist wirklich unwesentlich, kaum von Belang. · ·
Also los. Frische Unterhose im Trockenschrank, meinem Spind, warm unter den Händen, warm auf der Haut, gut. Also: auch ein sauberes Hemd, Haare nach hinten streichen, fühle mich so munter wie seit Tagen nicht mehr, lila Pullover darüber – mein Mantel, als ich ihn sehe, erinnere ich mich, daß ich ihn mitgebracht habe: habe ihn aber nicht gebraucht: entweder ich bin im Warmen und brauche nur einen Extrapullover, oder ich bin draußen, in der Kälte, auf Deck,

im Ölzeug. · · · · · · · · · · Der Skipper begrüßt mich mit theatralischer Überraschung auf der Brücke, fragt, ob ihnen das seltene Vergnügen meiner Gesellschaft beim Frühstück zuteil wird, und schmunzelt, als ich nach steuerbord hinausluge und ganz in der Nähe Land entdecke. Er erzählt mir, daß wir uns in Sicherheit bringen mußten, weil sich das Wetter rasch verschlechtert hat: Nebel so dick wie Därme, sagt er. Wir sind jetzt im Lee des Landes in der Nähe von Vardö. Wir haben uns bei den Norwegern in Sicherheit gebracht, nicht an der russischen Küste, nicht aus politischen Gründen, sondern weil uns die norwegische mehr Schutz vor dem WNW-Wind bot. · · Jetzt warten wir darauf, daß das Wetter aufklart. Die Atmosphäre auf der Brücke ist ganz anders als sonst, der Skipper ist fast unbeschwerter Laune, obwohl er offensichtlich wegen des Wetters ungeduldig ist. Aber er kann nichts dagegen machen, also kann er sich entspannen und alle anderen auch. Heil, Butt, sagt der Rotbarsch, witzelt der Skipper plötzlich, Leck mich am Rotbarsch, antwortet der Heilbutt. Ich schütte mich aus vor Lachen, Stagg, der Wache hat, lacht nicht, rührt sich nicht, läßt sich nicht anmerken, ob er überhaupt etwas gehört hat: vielleicht hat er ja auch nichts gehört. Der Skipper zeigt mir auf der Karte, wo wir sind, und ich mache eine meiner seltenen Stichproben am SAL-Log, um zu sehen, wie weit wir seit unserer Abfahrt gekommen sind: ich komme auf 1642:

ich hatte Gelegenheit, mir die Zahl vor dem Auslaufen zu merken, denn ich starrte lange genug darauf, bevor ich in der ersten Nacht an Bord einschlief. · · · · · · Beim Frühstück ist der Chief ebenfalls gesprächiger als sonst, und er sagt zu mir, Wollen Sie sich nicht mal meine Maschinen ansehen? Wieso, mischt sich der Skipper ein, stimmt mit denen was nicht? Alle lachen, nur der Chief nicht. · · · · · · · · Ich wandere auf Deck hinaus, seltsam waagerecht ist es, trotz der leichten Dünung, stelle mich neben den Heckgalgen und schaue zum Land hinüber. Ziemlich flach, keine steilen Klippenabbrüche zum Meer hin, ein grünes Kap, überraschend für mich, der ich kein Grün erwartet hatte, zumindest diesen Farbton nicht, gelblichgrün, obwohl auch die See manchmal grün ist, ein dunkles, durchscheinendes Grün, ein bedrohliches Grün eigentlich, ja, bedrohlich. Keine Behausungen, keine Gebäude, keine Tiere auf diesem grünen Vorsprung, so weit ich sehen kann, kein Hafen, der muß hinter dieser Spitze liegen, hinter dem Meeresarm, achteraus an Steuerbord. Die Wolken, grau mit Schwarz durchschossen, ziehen rasch über den Himmel hinweg: sie bringen Regen oder sogar Schnee, würde ich sagen: ich kann nicht beurteilen, wie lange es dauert, bis es aufklart, aber wenigstens regnet es jetzt nicht, nebelig ist es auch nicht, und der Wind ist nichts im Vergleich zu dem von gestern nachmittag, als ich mich am Geländer festklammern mußte, auf dem Weg von der Brücke nach unten, um nicht in die bedrohlich grüne See geweht zu werden. · · Jack ruft nach mir, aus der Trankocherei, Jack, der interessante Sachen für mich aufhebt, Kuriositäten, die als Beifang im Netz hängenbleiben. Heute hat er einen Dornhai, den einzigen, den wir bisher gefangen haben, steif und starr, verbogen vom dem Eimer, in dem er gelegen hat, ungefähr zwei Pfund schwer, sieht genau wie ein Junghai aus, gefährlich genug für seine Größe. Jack schneidet ihm die Flossen ab, dann zieht er ihm die weiße und blauschwarze Haut ab, für mich, sagt er, weil er den Koch überreden will, ihn mir zu braten: Sie haben doch gesagt, Sie mögen Seeaal, sagt Jack, also, bitteschön. Jack war nicht dabei, als ich das gesagt habe, das weiß ich, also muß es ihm einer aus Festys Wache erzählt haben: und dann sagt er wortwörtlich: Den zu schlachten, war eine ganz schön dornige Angelegenheit! Nicht zum ersten Mal fällt mir auf, daß meine Bemerkungen wiederholt werden: schließlich gibt es kaum neuen Gesprächsstoff, jeder Neue an Bord ist eine Abwechslung: und ich habe ihnen eigentlich wenig Stoff geboten, wegen meiner Seekrankheit. Jack hat auch den größten Teil eines enormen Krebses, Beine fehlen hier und da, ein Spinnenkrebs, genau wie die Abbildungen auf den russischen Krebsfleischbüchsen, die sehr gutes Krebsfleisch enthalten, aber die Krebse sind nicht die gleichen wie die englischen. Und dieser Krebs ist rot, als ob er schon gekocht wäre: ich sage zu Jack, ich habe das Gefühl, daß er mich auf den Arm nehmen will, da ich weiß, daß Krebse erst durch das Kochen rot werden: aber er versichert mir, daß der Krebs genau so aus dem Meer gekommen ist, und wenn ich ihm nicht glaube, kann ich mir jeden Fang ansehen, bis wir den nächsten herausholen, und mich selbst überzeugen. Ich entschuldige mich, weil ich ihn unbeabsichtigt gekränkt habe, und um unsere beiderseitige Verlegenheit zu kaschieren, zeigt Jack mir auf dem Boden des Eimers etwas Braunes, Plattes, mit orangefarbenen Tupfern Gesprenkeltes, eine Scholle. Als er mit der Hand hineingreift, zappelt die Scholle zweimal, bis er sie bei den Kiemen packen kann: er sieht mich an, als ob er mir ein Geheimnis enthüllen will, und dreht den Fisch plötzlich um, um mir zu zeigen, daß die beiden Filets an der Bauchseite ausgelöst sind. Das mag ich so an Schollen, sagt Jack, Sie geben einfach nicht auf. Diese Grausamkeit, wie manche es nennen würden, obwohl eine solche Beschreibung eine falsche Vermenschlichung hineinbringt, widert mich nicht an, läßt mich nicht mit der Scholle fühlen: an Land wäre es vielleicht so gewesen, aber hier ist das Leben selbst der Grausamkeit so nahe, ist die See so gnadenlos, die Luft so schneidend, daß es mir sehr unbedeutend vorkommt, eine Scholle bis zum Abendessen eines Fischers am Leben zu halten, nichts, weswegen man den

Tierschutzverein einschalten würde, nein. Ja, ich frage Jack sogar, ob wir noch mehr Schollen gefangen haben, da ich selbst gern Filet zum Abendessen hätte, aber nein, wie mit dem einen Dornhai ist es auch mit der Scholle, sie ist die einzige, die auf der gesamten Fahrt gesichtet wurde. Jack erzählt mir, daß die meisten solcher Leckerbissen nie auf den Markt gelangen, wenn zum Beispiel ein Lachs gefangen wird, sind seine Aussichten, an Land zu kommen, sehr gering. Das Leben ist so hart, erkenne ich, daß solche Abwechslungen, solche kleinen Delikatessen sehr willkommen sind, sehr geschätzt. Gäbe es allerdings ein Dutzend Lachse oder einen Korb Schollen, sähe die Sache anders aus. · · Jack zeigt mir, wie sie die Lebern achtern in der kleinen Hütte kochen, in dieser ziemlich stinkenden kleinen Trankocherei. Jeder von ihnen zeigt mir gern seinen Teil des Schiffes, seine Aufgabe, jeder von ihnen, der Skipper, Duff, Festy, der Chief hat mich heute gefragt und jetzt Jack: wenigstens bedeute ich ihnen soviel, wenigstens verschaffe ich ihnen eine Erholungspause, Gesprächsstoff, wenigstens erlaube ich ihnen, sich ihrer eigenen Identität zu versichern, als Vergnügungsreisender. Ich interessiere mich allerdings nicht besonders für das Trankochen, vor allem, als ich erfahre, daß Lebertran aus fast allen verfügbaren Fischlebern gewonnen werden kann, nicht nur aus Kabeljaulebern, wie ich immer dachte. Und obwohl Lebertran sicherlich ein hochgeschätztes Erzeugnis ist, nicht nur von uns, sondern auch von Seevögeln und Fischen, tragen diese Fakten nicht dazu bei, mich mehr für die Methode der Gewinnung zu interessieren, die darauf beruht, drei Kesseln, die aus dem Leberzerkleinerer weiter vorn auf Deck aufgefüllt werden, kochendheißen Dampf zuzuführen. Auch die Geschwindigkeit, mit der die Lebern verarbeitet werden müssen und werden, das heißt, binnen einer Stunde oder so nach dem Tod, beeindruckt mich nicht allzusehr. Für manche Dinge kann ich mich einfach nicht interessieren: und im Augenblick gibt es sowieso keine Lebern zum Auskochen. Nur eine Spur mehr interessiere ich mich für den Schleppblock, gleich vor der Trankocherei, da er es ist, der mich mit seinem Krääangken so oft weckt. Eine deutsche Erfindung, sagt Jack, Man zieht nur hier an dem Hebel und der Trawl kann ungehindert ausrauschen. Er hält die Kurrleinen achtern von der Schraube fern, bis zum Hieven. Auf der letzten Fahrt ist er kaputtgegangen, hier, an dem Gußstück, und wir mußten uns mit einem Flaschenzug behelfen, was nicht so praktisch war. · · · · · Von drinnen hören wir die Glocke des Telegrafen und sind beide froh, daß es bald weitergeht. Jack sagt, der Skipper fährt zeitig los, er verläßt sich auf sein Glück, daß sich das Wetter, bis wir die Stelle erreicht haben, wo er schleppen will, soweit gebessert hat, daß wir wieder mit dem Fischen anfangen können. Er geht weg, etwa fünfundvierzig Jahre alt, einen Meter fünfundachtzig oder achtundachtzig groß, mit dem Bauch, den viele Fischer haben, weil sie nicht genug Bewegung bekommen und wegen der mehlhaltigen Speisen: obgleich sie in den Armen und Beinen kräftig genug sind, vom ständigen Heben und Halten, und die Fische enthalten soviel Eiweiß, daß sie es reichlich zu sich nehmen können, wenn sie wollen. · · · · Ich wandere über das Deck, auf die Fischkästen zu, klopfe mir auf den Bauch, den ich mir an Land zugelegt habe, weil ich mir nicht genügend Bewegung verschaffe, und der nun flacher geworden ist, weil ich mindestens die Hälfte der Zeit, die wir auf See sind, von meinem Essen nicht genug bei mir behalten habe, um ihn in Form zu halten. Das ist ein Vorteil, nehme ich an, die einzige wirksame Methode abzunehmen, die ich bis jetzt entdeckt habe, aber was für eine schmerzliche Methode! Aber nun habe ich die Seekrankheit überwunden, ich fühle, ich werde nie mehr seekrank werden, es wird mir möglich sein, jede Seereise zu unternehmen, die vielleicht noch auf mich zukommt, ohne davor noch einmal Angst haben zu müssen: wenigstens hat die Fahrt mir das gebracht. Seestern, auch rot, wie der Krebs, vielleicht war es falsch von mir, Jack nicht zu glauben, natürlich war es falsch von mir, bücke mich danach – aha! Sie schlingert! Allerdings nicht sehr. Wir fahren jetzt wirklich hinaus. Der Seestern ist rauh, wie Sandpapier fühlt er sich an, nicht so zerbrechlich, wie es das Klischee so gern behauptet, sondern eher derb, ein unbeholfener Entwurf, wulstige Ränder. Aber von der Farbe her zart, von der Schattierung her zart, das Rauhe fühlt sich angenehm an. Schleudere ihn weg, mit ausgebreiteten Armen segelt er aufs Meer hinaus. Was noch? · · Der eine oder andere Darm hier und da, verfangen an einem Hindernis auf Deck, nicht weggespült von den Tausenden von Wellen, die in den letzten beiden Tagen über uns hinweggebrochen sind: seilähnliche, rosafarbene Stränge, verdrehte Schnörkel Fischfleisch, eigentlich kein richtiges Fleisch, nur Fisch, Fischeingeweide, Fischinnereien: sicher alles schön eiweißhaltig, aber wir haben keine Verwendung dafür: ich vermute, daß auf den Fabrikschiffen diese Reste noch zu Fischmehl verarbeitet werden. Aber hier werden sie ins Meer gespritzt, ausgemustert, bis auf diese wenigen Überbleibsel, traurig, nein, Quatsch! Die Farben sind herausgewaschen, wenigsten das hat die See mit ihnen gemacht, hat Blutrot zu Rosa verwaschen, Purpur zu Flieder, Oxfordblau zu Cambridgeblau, Fleischfarbe zu Weiß. Das ist öde. · · Ah, eine Ginnie, mit den Ginnies muß ich mir besondere Mühe geben, um ihretwillen, denn das ist mein Name für sie, so kann ich dich nicht nennen, habe ich gesagt, als ich sie kennenlernte, ich nenne dich Ginnie. Besondere Mühe geben: aber auf den knochigen Grat am Rücken achten,

gefährlich: lebt sie noch? Ich glaube kaum, aber ich muß ihr diese Chance geben, ich muß, also vorsichtig, anheben, losmachen, eingeklemmt unter dem Fischkastenbrett, also anheben, vorsichtig hochziehen, vorsichtig hochnehmen, ja, aufpassen, Entschuldigung, muß dich treten, brauche beide Hände für das Brett, ach, kleine Ginnie, jetzt bist du frei, hebe dich vorsichtig auf, behutsam, an der Wurzel deines aufgesprungenen Schwanzes, so weiß auf der Unterseite, an die Reling, hinüber! Ja, sie geht nicht unter, ob sie schwimmt, kann ich nicht sagen, keine Bewegung, ach! Die Welle hat sie weggetragen. Kleine Ginnie. Auf jeden Fall habe ich mein Möglichstes getan, ich habe mich bemüht, das Richtige zu tun, so wie ich es sah, wie ich es sehe. · · · · ·
· · · Der Skipper ist wegen eines norwegischen Leinenfischers in einem kleinen Boot an Steuerbord beunruhigt, weil es so aussieht, als ob wir seine Leinen kreuzen werden. Er erzählt mir, daß solche Typen oft Monate später durch ihre Regierung vorstellig werden und behaupten, sie hätten an dem und dem Tag soundso viele Haken und soundso viele Meter Leine verloren, weil ihnen ein Trawler in die Quere gekommen wäre: und daß man das Gegenteil nicht beweisen kann, weshalb die Trawlereigner meistens zahlen. Für den Skipper sind die Leinenfischer eine Bedrohung, da man ihre oft über drei Kilometer langen Leinen nicht erkennen kann, denn sie sind nur am Anfang und am Ende mit einer kleinen Boje

markiert. · · · · Auf solchen Kleinigkeiten bauen Fischer ein Gespräch auf, sie holen soviel wie nur irgend möglich heraus. Dabei könnte ich stundenlang hier stehen, mir den Schaum von unserer Bugsee ansehen, wie er sich fächerartig ausbreitet, die Form der grünweißen Wellen, die wir machen, das Muster, das bei jeder Welle anders und doch immer verwandt ist, bei unserer Bugsee, und wie der Schaum wild aufkocht, um dann rasch wieder zu – Großer Gott, sie schlingert, mir wird wieder schlecht! Schon wieder! Nein, nicht schon wieder, ich kann es nicht glauben! Aber es läuft nach dem gleichen Muster ab wie früher – Gewöhnung, Ruhe, dann wieder seekrank! O nein! Nein, aaaah, der Solarplexus knirscht mir auf den Rippen oder so! Nach draußen also, sollen sie ruhig lachen, nach unten, die falsche Seite, ich habe mir die Wetterseite ausgesucht, egal, mir ist schlecht, mir ist schlecht, kann es nicht unten halten, aaaaaaaaaagh! · · · · · Erleichterung, weiß dabei aber, daß es noch nicht vorüber ist, nein, da kommt noch was nach, den Niedergang hinunter alles verdreckt, hoffentlich wäscht eine See es weg, wäre möglich, obwohl das Wetter dafür noch nicht schlecht genug ist, noch nicht, nein, ich hoffe fast, das es schlechter wird, damit mein Dreck von dem Messing und den Teakstufen, die nach unten führen, abgewaschen wird: die Wellen kamen gestern höher als heute, einmal, als ich auf der Brückenleiter stand, donnerte auf der anderen Seite des Schotts nur wenige Zentimeter entfernt eine Welle an mir vorbei und neben mir her, ein Brecher, der mich hundert Meter weit nach achtern geschleudert hätte, wenn er mich erwischt hätte, so schien es mir. Eine solche See würde mein Erbrochenes von der Treppe entfernen, mit der Rückströmung durch die untere Tür, aber davon ist noch nichts zu sehen, die Wellen spülen kaum durch die Speigatten, wenn sie schlingert, wie jetzt: aber mir reicht es, ich muß wieder würgen, das Schlingern, ja, ich spüre es wieder, aaaaoaoagh, neiiin, speiii! Ein heftiges Würgen, aber sehr viel weniger als beim letzten Mal, bin schon fast unten bei dem farblosen Zeug, das Zwerchfell, oder was es ist, tut mir jedesmal höllisch weh, und wenn ich darauf drücke, tut es auch weh. Ich sollte mich bewegen, mich über die Reling erbrechen, das wäre das mindeste, noch einmal würgen, und ich kann unter Deck gehen, schlafen oder wenigstens sterben, obwohl ich doch gerade erst aufgestanden bin, also nach unten, ist mir egal, ob ich in das Erbrochene trete, in meine eigene Kotze, nach links durch die Tür, die Lücke, dafür müßte es ein Seemannswort geben, schiebe das schlappe Seil zur Seite, das aus irgendeinem guten Grund immer quer von oben nach unten hängt, aufs Deck hinaus und wieder an die Reling, hart, kalt, schwarz-rostiger Stahl, der den Seewasserkorrosions- und Eisengeruch abgibt, der zusammen mit Dieselöl den besonderen Geruch eines Schiffes ausmacht, der mir zuerst einfällt, wenn ich mich an die Seekrankheit auf der Überfahrt zu den Scilly-Inseln erinnere. Den Eindruck habe ich zumindest, ich verbinde den Geruch mit Seewasser, das Eisen korrodiert, aber vielleicht kommt der Geruch gar nicht daher, von diesem chemischen Prozeß, ich weiß es nicht, ich kann es nicht wissen, ich war... das letzte Mal, aaaaagh! Nicht so schlimm, diesmal, nein, obwohl ich vom Kotzen schon fix und fertig bin, stelle ich fest, daß ich mich verzweifelt an die Reling klammere, so daß es wohl anscheinend doch nicht wahr ist, daß man am liebsten sterben würde, wenn man seekrank ist, nein. Einigermaßen geht es wieder, also nach unten – oh, sie stampft jetzt, sie stößt auf die großen Wellen, die rauhe offene See, denn der grüne Streifen Land ist nur noch ein grauer Strich am Horizont, ah, nach unten, ausruhen, ausruhen, ausruhen.

grün · · · · · grün · · grün die grüne Nutte · · · · · · · grüne grüne Nutte · · · · · Es muß sein · · Nein · · es tut zu weh, ich kann da nicht durch. · · · · · · · Ich muß. · · · · · · · · · Habe sie in einer Kneipe aufgegabelt, ging sogar zur Bank in der Mittagspause wegen dem Geld · · ging zur Kneipe zurück · · · · · · wie erbärmlich! · · Sie trug eine grüne Baskenmütze und eine grüne Kostümjacke, und ich habe sie in einer Kneipe aufgegabelt und sie mit zu mir genommen, damals, am frühen Nachmittag, und sie wollte die Heizung anhaben und · · · · · · · · · Ich war zu der Zeit sehr down. · · Entschuldige mich vor mir selbst, aber schließlich wird ja sonst nie jemand davon erfahren. · · · · · · nur Terry, ich mußte jemandem davon erzählen, der schon wußte, wie tief ich gesunken war. · · Also drehte ich die Heizung an, und sie zog sich aus bis aufs Fellchen und stand nacktärschig und fröstelnd vor dem Gasfeuer, mit dem Rücken zu mir, als ich mich auszog · · · · · und ich · · kriegte · · · · · · · ihn · · · · · · · · · · nicht · · · · · · · · hoch · · · · · · · · · · · · Inwiefern ist das von Belang? Wozu solchen Schmerz noch einmal durchmachen? · · · · · Denn ich wußte ja, daß es wahrscheinlich so kommen mußte, wußte, daß es eigentlich keine Antwort war, und mein Körper spiegelte das einfach wieder, ach, damit soll nicht gesagt sein, daß er sich nicht bemüht hätte, daß er nicht zu mehr als seinem normalen Umfang angeschwollen wäre, denn das ist er, saft- und kraftlos, aber richtig hoch kam er nicht, so daß es ihm unmöglich war einzudringen, nein, das ist nicht wahr, eingedrungen ist er, ein-, zweimal, aber die Versuche, einen regelmäßigen Rhythmus aufzubauen, endeten damit, daß er herausrutschte und keine Befriedigung zu erlangen war, und sie wollte es nur endlich hinter sich bringen und gehen, weil sie es nicht gern bei anderen Leuten machte, und sie sagte andauernd Komm schon, gib Gas. · · · · · · · · Und ich konnte nicht. · · · · · · Ihre Füße, ihre dreckigen Füße haben mein Laken dreckig gemacht, das fiel mir hinterher auf, habe es gewendet, weil die Woche noch nicht zu Ende war, das Bett noch nicht frisch bezogen wurde. · · · · · · Obwohl sie so schnell wie möglich gehen wollte, war sie doch eine ehrliche Geschäftsfrau, sie wollte mir etwas geben für mein · · zwei Pfund habe ich, glaube ich, bezahlt, also machte sie sich von Hand an meinem schlaffen Glied zu schaffen, bis sich die Spitze des Kondoms, das sie mitgebracht hatte, trübe füllte. · · Es war nicht besonders schön, das weiß ich noch, kein Wunder auch, unter den Umständen. · · · · · · Und sie zog sich wieder etwas über den zartgliedrigen, schmutzigen Körper. · · · · · · · · · Ah, was für eine Erleichterung, das loszuwerden! Es ist schon lange her, daß ich mir erlaubt habe, an die grüne Nutte zu denken, seit Terry mir von meinem herunterhängenden linken Mundwinkel erzählt hat, vielleicht, von dem Zucken, über ein Jahr ist das jetzt her, ich war zu der Zeit sehr down, bin vielleicht in der Zwischenzeit noch tiefer abgesackt, habe es aber auf diese Weise nicht noch einmal probiert, vielleicht aus Angst vor einem erneuten Versagen, nein, mit Sicherheit, weil es keine Antwort ist, ich wußte, daß es keine Antwort war, noch bevor ich es ausprobierte, aber jetzt weiß ich es noch besser, so banal, wirklich, nach Daedalus, und doch kommen wir so langsam voran, so langsam! Ach. · · Und Terry war verständnisvoll, ich hätte es keinem anderen erzählen können, aber ihm mußte ich es erzählen. Und einmal habe ich die grüne Nutte auf der Straße gesehen, zufällig, nur ein einziges Mal, und sie hat mich angesehen, aber nicht erkannt, jedenfalls hat sie sich nichts anmerken lassen, und ich habe schnell weggesehen, aus Scham, ja, aus Scham! · · Das hätte ich nicht gedacht nach Daedalus, nein, nein.

Während ich bei der Ölgesellschaft arbeitete, bekam ich den Anruf über meinen Lehrer. Sie hatten mich früher schon ein-, zweimal angerufen, um eine Stunde abzusagen, weil er erkrankt war, und damit rechnete ich auch diesmal, als ich die Stimme der Sekretärin hörte. Ich habe eine schlechte Nachricht für Sie, sagte sie: und ich stutzte. Dann erzählte sie mir, daß er am Morgen tot neben seinem Bett aufgefunden worden war, daß er einen Herzanfall erlitten hatte, als er aus dem Bett steigen wollte. Im Geiste sah ich ihn sofort vor mir, die plumpe, kurze Gestalt, dreckig und aus irgendeinem Grund im zu engen gestreiften Flanellpyjama, wie er sich aus dem Bett hievte und auf dem Fußboden zusammensackte. Mich berührte es merkwürdig wenig, damals, ich war enttäuscht, daß meine Griechischstunde am Abend ausfallen mußte, und es war mir sogar ein bißchen peinlich. Später jedoch spürte ich ihn, seinen Tod, und ich erinnerte mich daran, was er mir bedeutet hatte. Ob es seine Klugheit oder ob es nur ein Zufall war, wußte ich nicht zu sagen, aber er hatte genau den richtigen Weg gefunden, mich zu fleißiger Arbeit anzuhalten: ich kam zu ihm mit dem festen Vorsatz, ohne jegliche Vorkenntnisse in neun Monaten das kleine Latinum nachzuholen, und sein Pessimismus hinsichtlich meiner Fähigkeit, dies mit einundzwanzig noch zu schaffen, ein Alter, in dem, wie er sagte, die Merkfähigkeit bereits nachläßt, bestärkte mich nur in meiner Entschlossenheit. Ich glaube, ich nahm bei ihm drei Stunden die Woche, zwei abends um sechs und eine Samstag morgens, während ich tagsüber bei der Ölgesellschaft arbeitete. Ich hatte um fünf in Holborn Feierabend, fuhr mit der Central Line bis Holland Park, trank etwas und aß ein Käsebrötchen in einem Lokal, das Castle hieß, bevor ich zu der großen Villa ging, die in ein Paukstudio umgewandelt worden war. Er erwartete mich in seinem kleinen Klassenzimmer, oder gelegentlich mußte ich auch warten, bis die Stunde des Schülers vor mir beendet war. Er war klein, so fett, daß er fast aus seinem großen Tweedanzug und der schnupftabakfarbenen, bekrümelten Weste platzte, und über dem Knoten war der grüne, glänzende Stoff seiner Krawatte fadenscheinig, wo er ihn mit den Kinnstoppeln abgewetzt hatte. Sein Alter erfuhr ich nie, doch nach allem, was er über Oxford erzählte, wo er summa cum laude abschloß, und über Gilbert Murray muß er weit über siebzig gewesen sein. Sein Schreibtisch war meistens unaufgeräumt, aber zwei Requisiten verliehen ihm für mich Beständigkeit, zum einen die Rangordnung der dicken, schwarzweißen Korrekturbleistifte, die er in der Reihenfolge ihres Abnutzungsgrades auf dem Schreibtisch arrangiert hatte, und zum anderen sein Plan über die gehaltenen Stunden, der eine Akkordabrechnung seiner Einnahmen darstellte und den er mit zwei oder drei kleinen, braungelben Unzendosen Dr. Rumney's Pure Metholyptus Schnupftabak beschwerte, damit er nicht wegflog. An letzteren vergriff er sich nach einer bestimmten Hackordnung, an die er sich genauso strikt hielt wie an den Gebrauch der Korrekturbleistifte, und obwohl ich zunächst sein Angebot höflich ablehnte, bestand er doch einmal, als ich erkältet war, darauf, daß ich mir eine Prise nahm, weil Schnupftabak nun einmal dagegen gut sei, gegen Erkältungen: und von da an schnupfte ich mindestens eine Prise pro Unterrichtsstunde, ich mochte den Geruch, kaufte mir sogar selbst eine kleine Dose Dr. Rumney's: obwohl ich sie nur vor mich hinstellte, wenn ich meine Lateinaufgaben machte, eher zur Mahnung, um ganz bei der Sache zu bleiben, als aus Gewöhnung. Nachdem er gesehen hatte, wie ich lernte, machte er mir das große Kompliment, mir in allem Intelligenz zuzubilligen, manchmal gestand er mir sogar mehr zu, als ich besaß, so daß ich ihn bremsen

mußte, wenn er mir etwas noch einmal erklären sollte. Aber die ganze Zeit blieb er zutiefst pessimistisch, was meine Aussichten anging, im Sommer die Prüfung zu bestehen: und nachdem ich mich zu drei verschiedenen Prüfungen angemeldet hatte, in der Hoffnung, bei einer von ihnen Glück zu haben, und alle drei Prüfungen ohne große Schwierigkeiten bestanden hatte, auf jeden Fall mit einer Leichtigkeit, die mich selbst überraschte, sagte er, er wäre überzeugt gewesen, daß ich bestehen würde: und auf meine Vorhaltungen hin, daß einiges von dem, was er mir beigebracht hatte, in der Prüfung nicht abgefragt wurde und nicht einmal in irgendeinem Lehrplan auftauchte, lächelte er nur leise und sagte, es sei gängige Praxis, mehr Stoff als verlangt zu lehren, um für alle Eventualitäten gewappnet zu sein, und ich wolle mich doch gewiß nicht darüber beklagen, daß ich zuviel wisse? . . . . .
Ich habe versucht, ihn nach dem Unterricht besser kennenzulernen. Für gewöhnlich war ich mit meiner Abendstunde sein letzter Schüler, und ich habe ihn öfter auf ein Gläschen eingeladen: einerseits habe ich ihn respektiert, andererseits brauchte ich aber auch jemanden, den ich so respektieren konnte, damals, das weiß ich noch; will sagen, ich mißtraue meiner Bewunderung für ihn bis zu einem gewissen Grad, sie war nicht ganz koscher. Normalerweise hat er abgelehnt, ziemlich unhöflich sogar, aber einmal – vielleicht war es kurz vor der Prüfung – hat er mir

erlaubt, ihn in ein Lokal zu begleiten, wo man ihn kannte und wo er einen speziellen Käsetoast bekam, mit Bier zubereitet, im Grunde schwamm der Toast in Bier, was ich überhaupt nicht kannte, obwohl er mir sagte, diese Zubereitungsart sei weit verbreitet. Ich glaube, wir haben Bier getrunken. Ich habe keinen Käsetoast gegessen. · · · · · Einmal habe ich versucht, ihn dazu zu bringen, persönlich beziehungsweise wie eine Vaterfigur mit mir zu reden, da ich mich gerade wieder mit einer Frau eingelassen hatte, damals: aber er sagte mir, er hätte sich noch nie für Frauen interessiert, hätte nie heiraten wollen, und damit war das Gespräch beendet. Er hatte keinerlei moderne Literatur gelesen, und als ich ihn bat, mir den griechischen Sinnspruch zu den *Vier Quartetten* zu übersetzen, erzählte er mir, er hätte noch nicht einmal Eliot gelesen, den ich zu der Zeit schon für einen Klassiker hielt, ja sogar für altmodisch. Er sagte auch, nichts, was ein junger Mensch schreibe oder zu sagen habe, sei es wert, gelesen oder gehört zu werden, und ließ gerade noch eine Ausnahme für Genies gelten, als ich schon mit dem Namen Keats herausplatzen wollte: diese Aussage, die ich heute als sehr wahr begreife, beunruhigte mich viel mehr als die Herabsetzung sämtlicher modernen Schriftsteller durch diesen Mann, den ich so verehrte. · · Und doch interessierte er sich dafür, was auf der Welt vor sich ging, auf altmodische Weise: einmal sagte mein Lehrer, nachdem ein stiller junger Inder nach dem Unterricht gegangen war, als erstes zu mir, daß ich gerade den Erben aller Reichtümer eines großen Maharadschatums gesehen hätte – was, wie er anklingen ließ, eine Ehre für mich war – falls der junge Mann den Tag mit seiner angegriffenen Gesundheit noch erlebte: mich überraschte seine Ehrerbietigkeit vor und sein Interesse an der Aristokratie oder dem Reichtum, woran auch immer. Ich bin mir sicher, daß der Inder für seinen Unterricht auch nicht mehr bezahlt hat als ich. · · An dem Morgen, an dem eine meiner Prüfungen stattfand, ungefähr um neun, ging ich, bevor ich das Prüfungsgebäude betrat, noch rasch in die Herrentoilette neben dem Rathaus in Kensington, und der Toilettenmann sagte: Tja, die wär' nun also hinüber. Ich nickte bloß, da ich für Konversationen im Klo nichts übrig hatte, und merkte erst später, daß sie an dem Tag Ruth Ellis gehängt hatten. · · · · · Auf seine Beerdigung bin ich gegangen, auf die meines Lehrers, draußen auf dem Streathamer Friedhof, diesem weitläufigen Gelände mit den weißen Steinen, wo meine Eltern begraben sind. Mein Lehrer sollte allerdings kremiert werden, und ich kam bei der Kapelle an, als gerade die vorherige Trauerfeier zu Ende ging. Ein großer, schmuddeliger Geistlicher nahm ein Namensschild vom Anzeigebrett, drehte es um und steckte es wieder in die Halterung: der Name meines Lehrers stand darauf, und ich erfuhr zum ersten Mal, daß er mit Vornamen Lucius hieß: seine Eltern hatten ihn von der Taufe an zum Lateinischen hingelenkt. Der Geistliche fragte mich, ob ich zu ihrer Trauergemeinde gehörte, wobei er auf das Schild zeigte, und ich merkte, daß er den Namen für die Grundform von Lucy hielt: ich wies ihn auf seinen Irrtum hin, in scharfem Ton, ich konnte nicht anders, ich wunderte mich, wie ein Mann, dessen Berufung, wie ich annahm, ein Lateinstudium mit einschloß, einen solchen Fehler machen konnte, und überlegte dann weiter, daß es wahrscheinlich auch in der Kirche Unteroffiziere und Feldwebel geben mußte, daß nicht alle gebildete Männer waren, falls es überhaupt welche gab, unter den Männern Gottes. Er leierte die Trauerfeier auch noch mechanisch herunter, dieser Mann Gottes, immer wieder blieb er stecken, und er mußte nach unten schauen, als er zu der ersten Stelle kam, wo er den Namen meines Lehrers einfügen mußte, und er sprach das c in seinem Vornamen weich aus, wohingegen ich es im Stillen hart ausgesprochen hatte, so wie er es mich gelehrt hatte, und auch das wirkte auf mich wie ein Affront dieses Geistlichen gegen den Mann, den ich respektierte. Es waren noch andere Trauernde anwesend: eine Frau, die vielleicht seine Schwester hätte sein können, eine Nichte vielleicht und ein etwa vierzehn Jahre altes Mädchen, das mich lange ansah. Auch der Direktor des Paukstudios war da, er nickte mir zu, nachdem der erstaunlich kleine Sarg auf Rollen durch die mit Vorhängen eingerahmte Öffnung am anderen Ende geglitten war. · · Ich bedauerte, daß ich meinen Lehrer während der letzten Monate weniger gut gekannt hatte als zu der Zeit, als ich noch so fleißig für mein Latinum gelernt hatte: er hatte mir bis zur Zwischenprüfung bei meinem Latein geholfen, zusätzlich zu dem Kurs am Birkbeck College nahm ich weiterhin Privatstunden, und als ich das Grundstudium hinter mir hatte und mit Latein nicht mehr weiterzumachen brauchte, schlug er mir vor, Griechisch zu lernen, was, wie er mir immer gesagt hatte, die edlere Sprache mit der edleren Literatur sei: also ging ich darauf ein, für diese kurze Zeit, bis er starb, nachdem er mir nur ein halbes Dutzend Stunden gegeben hatte. · · · · · · · · Meine Methode hat einen Fehler, den muß sie haben, so scheint es zumindest. · · Ich erschaffe mir meine eigene Welt nach dem Bild dessen, was gewesen ist, in der Vergangenheit: aus einem fehlerhaften Gedächtnis heraus, aus Erinnerungen, die nur bruchstückhaft sein können: das hier ist nicht unbedingt die Wahrheit, könnte sogar völlig irreführend sein, im besten Fall ist es nur eine Annäherung, eine Darstellung. · · Ich sehe jetzt, daß die Erinnerungen an meinen Lehrer beziehungsweise an das, woran ich mich bei ihm erinnern will, sehr sentimental sind, schließlich war er ein unbeherrschter, ichbezogener alter Mann, der in mir wahrscheinlich nichts weiter sah als einen Eintrag in seiner Einnahmenliste. · · · · · · · · · · Das ist alles nur eine Flucht: das ist keine Auseinandersetzung. · · · · · · · · · · Oder doch

Am Horizont, durch ein Fernglas, zeigt Scouse mir ein Schlachtschiff, ein russisches vermutlich, das sich sehr schnell fortbewegt, für ein Objekt auf See zumindest, man kann sehen, daß es sich bewegt, obwohl es bestimmt einige Kilometer entfernt ist: und während ich noch hinschaue, blitzt es vor ihm auf, was ich Scouse aufgeregt berichte, und wir hören beide das Krachen der Geschütze, sehr schwach nur und Sekunden später. Sogar der Skipper scheint sich dafür zu interessieren, denn er läßt die Fischlupe kurz aus den Augen. Ich aber halte das Glas länger darauf gerichtet, weil es mich mehr interessiert als die anderen. Ein Kreuzer wahrscheinlich, er wirkt irgendwie sehr altmodisch, läßt mich an die Heftchen und Sammelbände aus meiner Kriegskindheit denken. Für mich ist er keine Bedrohung, gehört er keinem Feind: für mich ist er nichts weiter als ein Schiff, hier draußen, auf See.

Brechung oder Spiegelung? In diesem Regentropfen, der sich auf der Außenfläche der dicken Scheibe wölbt, sehe ich von innen das Deck und darunter die See, gespiegelt oder gebrochen, eingeschlossen in diesem einen Blick durch das Fischaugenobjektiv: sogar die Bewegungen werden eingefangen, wie die Fische durch die Luft fliegen, die Rutsche hinunterpurzeln. · · · · · Stundenlang könnte ich mir dieses Bild ansehen, sehe ich mir diese Bilder an, das Schlachten, das Hieven, das Fieren, das Dampfen. Das Fischen. Und das Kielwasser, das Kielwasser, immer und immer wieder, unaufhörlich, immer gleich und doch nie gleich, die Bewegung, in Bewegung!

Eine Regenbö: das heißt, ein grauer Fleck in Meereshöhe, der bis hoch in den Himmel hinaufreicht, von Osten wahrscheinlich, grob geschätzt: was ich mittlerweile als Regenbö kenne, worüber ich mich freue, weil ich das Wetter schon von weitem kommen sehen kann, wie man es an Land nicht sieht, wenigstens in der Stadt nicht, auf dem platten Land allerdings vielleicht doch, wenigstens ist da die Wahrscheinlichkeit größer.

Der russische Kreuzer ist weg, sein Schornstein und sein schmutziger Qualm, endlich, wie in allen Kinderbüchern, die beweisen wollen, daß die Erde rund ist: und er trifft zu, dieser – nicht Beweis, dieses Indiz für die Rundheit der Erde: solipsistisch, ich habe mich jetzt selbst davon überzeugen können, daß Teile von Schiffen, die unteren Teile, zu einer bestimmten Zeit hinter dem Horizont sind, und je näher sie kommen, desto mehr ist von ihnen zu sehen, von oben nach unten: und umgekehrt natürlich genauso, wenn sie sich entfernen: es gibt Gesetze, die solche Dinge regieren, die Dinge akzeptieren die Regierungsgewalt der Gesetze.

Der zehnte Fangtag, und seit Vardö haben wir gute Fänge gemacht. Aber der zehnte Tag: fünf Tage Hinausfahrt, zehn Tage Fangen, fünf Tage Rückfahrt machen zusammen die Reise aus. Aber der Skipper meint, wir müssen die Zeit wieder herausholen, die wir vor Vardö verloren haben: und die Fänge sind gut im Augenblick, hauptsächlich Kabeljau, aber schöne große Fische, und die üblichen Rotbarsche und ein paar Schellfische.

Jetzt füllt die graue Regenbö ein Viertel unseres Gesichtskreises aus, neunzig Strich auf unserem Kompaß: der Skipper starrt nach Osten, nach vorn auf dieser Fangfahrt, wir schleppen von Westen nach Osten, hieven, wenden und schleppen wieder von Osten nach Westen, dabei tasten wir uns dicht an einem gefährlichen Flecken des weißen Duffs entlang, wie der Skipper mir erzählt, ein schmaler Grenzbereich, wo sich sowohl Nützliches als auch Nutzloses findet und wo es schwierig ist, das eine ohne das andere ins Netz zu bekommen.

Schnee auf See, große weiße fette Flocken, die sich im Wind flegeln, die aus dem Grau, das uns gepackt hat, herangeweht kommen, so weit ich sehen kann, Grau und wirbelndes Weiß. Anders als der Schnee zu Hause, an Land, kann dieser hier nirgendwo liegenbleiben, die Flocken verschwinden im Niedergehen auf der dunklen, wogenden See, die See schluckt sie, sie nimmt sie so anonym auf wie der Dorsch den Pomuchel verschlingt, jeder trägt seinen Teil dazu bei, den anderen wachsen zu lassen, kein gutes Bild. Außer an Deck, wo sich hier und da schon die ersten Nester bilden, winzige Wehen, und das so bald, nachdem es angefangen hat, Schnee hängt an den Kurrleinen und an der Windseite von fast allem, helldunkle Fischkästen am Nachmittag des kurzen Polartages. · · Die schlachtenden Fischer bekommen Schnee ins Gesicht, wenn sie ab und zu zur Brücke hinaufblicken. · · Und der Skipper, auch er denkt natürlich das gleiche wie die anderen. · · · · · Plötzlich dreht sich der Skipper zu Duff um und sagt: Das war's dann wohl: er schwingt den Telegrafen hin und her, und gibt das Zeichen für den letzten Fang dieser Fahrt.

Ich frage Duff, wieviel wir haben, nachdem der Skipper die Brücke verlassen hat, um zum ersten Mal seit zehn Tagen eine ganze Nacht durchzuschlafen, und er sagt, vierhundert Korb, keine üble Ausbeute: was sie allerdings dafür bekommen werden, hängt davon ab, wie viele andere Trawler zum selben Markt wollen, zur Auktion am selben Morgen. Darüber werden sie sich jetzt auf den vier, fünf Tagen Rückfahrt zum Hafen Sorgen machen, denn ihr Verdienst hängt unmittelbar von dem Preis ab, den sie für den Fang erzielen können und auf den sie keinen Einfluß haben. Scouse, der ebenfalls Wache hat, ist froh, daß wir umkehren, daß die Fahrt nur einundzwanzig Tage dauert und nicht länger, sagt mir, daß er sich schon darauf freut, seine Frau wieder zu vögeln. Und er sagt, Bin mal gespannt, was sie wohl diesmal von mir haben will. Jedesmal, wenn er zu Hause ist, bittet ihn seine Frau offenbar um etwas Neues für den Haushalt, und meistens bekommt sie es auch. Nach der letzten Fahrt wollte sie einen Grill, sagt er, Und da habe ich gesagt, Willst mir wohl Feuer unterm Hintern machen, was?

Scouse, Duff und ich sehen uns das letzte Schlachten dieser Fahrt an: die letzten paar Rotbarsche werden unausgenommen in den Wäscher geworfen, die letzten Heilbuttbastarde kullern die Rutsche hinunter, und die letzten Kabeljaus und Schellfische, gefällig olivgrün und silbrig, dümpeln im meerschwarzen Wasser, werden durch die Bewegungen der rauhen, wogenden See über den Rand der Rutsche gedrängt und verschwinden nach unten, nach unten. Der Schnee stöbert in dem Licht, das von der Brücke auf die Fischkästen fällt, aus dem Bereich der Lampen, die über den Wäschern hängen, treibt der Schnee hinaus in die bitterschwarze Polarnacht. Hier auf der Brücke ist der Schnee nicht kalt, ich kann es mir leisten, diesen neuen Eindruck, Schnee auf See, zu genießen: aber dort, auf Deck, steht Stagg, von der Kälte gebeugt vielleicht, und es dauert nicht lange, da schickt Festy den alten Mann hinein. Jetzt ist nur noch ein Dutzend Fische übrig. · · · · · · Keiner mehr · · · · · · Festy spritzt selbst das Deck ab, die anderen läßt er gehen. · · · · · · Das Deck ist leer, die Bretter der Fischkästen warten auf morgen, dann werden sie von den Stützen abmontiert. · · · · · · Wellen spülen durch die Speigattöffnungen, grün, weiß, schwarz. · · · · · · · · Duff dreht sich zu mir um und sagt: Wenigstens haben Sie ein bißchen was vom Wetter mitgekriegt, wenigstens sind Sie nicht einer von den Vergnügungsreisenden, die im Juli mitfahren und sich dann wundern, wieso man soviel Aufhebens darum macht!

Ich werde vielleicht keine Gelegenheit mehr haben, das Nordlicht zu sehen, die Aurora borealis, wenn wir weiter nach Süden kommen, denn wir fahren jetzt nach Süden. Aber vielleicht sehe ich es ja doch noch, vielleicht, auf der Heimfahrt. Heim. Was bedeutet das für mich? · · Nein. · · · · · Ich sollte schlafen gehen, mich in die Koje legen, dort überlegen, vielleicht, wenn ich kann, wenn ich darf, wie man so schön sagt. Abwarten.

Heim. Das bedeutet sie. · · · · · · · · · Gut, für den Anfang, daß ich an sie denke, an Ginnie, in Verbindung mit daheim, daheim nicht im Sinne von meinem Heim, denn ich habe kein Heim: nur meine Mietwohnung und das Haus meiner Eltern: aber keines von beiden ist wirklich ein Heim für mich. Ich kann mir allerdings eine Vorstellung von meinem Heim machen, ich kann sehen, daß es erstrebenswert ist, ein Heim zu haben. Was sie für mich bedeutet, die das Heim zum Heim macht: mit mir. Dabei will ich es belassen.

Mahagoni · · · · · · · · · das dunkelrote Mahagoni · · Mahogany Hall Stomp, später Louis, glaube ich · · ja, mit einer Combo, die er seine All-Stars nannte, glaube ich, Bigard, Hines, Cozy Cole am Schlagzeug, keiner von ihnen wirklich ein Star, vom Niveau her nicht zu vergleichen mit seinen Hot Five oder Seven, obwohl Hines später auch bei den Seven mitgespielt hat, vielleicht sogar schon von Anfang an, ich kann mich nicht erinnern, aber ich kann · · ja, mir den Sound vom Mahogany Hall Stomp vergegenwärtigen, habe es mir so oft angehört, es fing mit vier Stop-time-Akkorden an, es stampfte wirklich, dann ein Chorus, aus dem man Louis heraushörte, scharf und klar, spielte noch gut, glitt hinein in sein erstes Solo, allerdings eher mittelmäßig für ihn, dann die Posaune, weiß nicht mehr, wer das ist, aber er versucht, einen so schrägen Ton anzuschlagen, daß es schon grotesk wirkt, eher schief als schräg, ha, abgelöst von Bigards dünner, manierierter Klarinette und Hines' hochtrabendem Klavier und der weitere Abstieg zu irgendwelchen plumpen Banjoriffs: dann plötzlich Louis' zweites Solo, sauber, scharf geblasen, genau wissend, wohin jede Variation gehen soll, perfekt, unverwechselbar, herrlich in seiner Unausweichlichkeit, sogar der lang angehaltene hohe Ton, der bei einem Spieler mit weniger Selbstvertrauen aufgesetzt wirken würde, klingt richtig: und die Begleitmusiker, die nur das Schlagzeugbreak herausreißt, von dem aus Louis in den Schlußchorus überleitet, wieder stampft die Stop-time, und eine vollendet ausgeführte kurze Koda. Allein um Louis' willen lohnt es sich, das Stück im Kopf zu haben, wie sehr fehlen doch die Ensemblequalitäten der Five, und noch mehr die telepathischen Doppelbreaks mit Joe Oliver, als Louis im Schatten des Meisters in dessen Creole Jazz Band zweite Trompete spielte. · · · · · Ich habe 78er gesammelt seit · · der Zeit mit Dorothy, es gab immer wieder Anlaß zu Meinungsverschiedenheiten zwischen uns, daß ich soviel von dem bißchen, was ich verdiente, für Schallplatten ausgab, für Jazzscheiben, womit sie nichts anfangen konnte und wollte, und einmal habe ich sogar drei Pfund fünfzehn für die Abschriften von Jelly Roll Mortons Aufnahmen aus der Kongreßbibliothek bezahlt, wo er spielte und von seinem Leben erzählte: was sie völlig sinnlos fand · · wohingegen ich ihn verehrt habe, Jelly Roll, mich wie ein Literaturwissenschaftler mit den sexuellen Anspielungen in seinen kreolischen Texten beschäftigt habe, in seinem Namen und in den Titeln vieler seiner Kompositionen. · · Vielleicht war es das, was sie nicht ausstehen konnte · · Aber wahrscheinlich war es das Geld · · natürlich · · Und ich liebte den Jazz mehr als sie, das sehe ich heute, natürlich, dadurch blieb ich mir selbst treu, durch den Jazz beziehungsweise durch das Leben, das die Männer führten, die Jazz spielten, erkannte ich, was ich werden mußte, ein Künstler, im weitesten Sinne, allerdings kein Maler, kein Jazzer · · und das half · · · · · · oder vielleicht habe ich mich mit der Kunst auch nur getröstet · · nein, denn ich wollte es schon, als ich noch in sie verliebt war, widerstreitende, wetteifernde Empfindungen · · vielleicht · · mit Sicherheit · · ja, diese Platten haben es mir gezeigt, die Parlophone New Rhythm Style Serie, blau, weiß und gold, Hot Fives, Hot Sevens, Meade Lux Lewis, *Boogie-Woogie Prayer*, Albert Ammons, Pete Johnson, ach, Mortons Red Hot Peppers auf pflaumenfarbenen und goldenen HMVs, korrekt etikettiert (wenn auch nicht im Sinne der Plattenfirma) als Tanzorchester, alle mit seltsamen Tantiemenmarken: die meisten schwarzen und goldenen Brunswicks von Joe Oliver, so schmucklos wie bei einem x-beliebigen Tanzschuppenmusiker. · · Dann später die Spezialserien, Jazz Collector, Jazz Selection, golden, · · Melodisc, ja, lila und gelbe Melodiscs, Leadbelly, wie er *Ain't You Glad* singt, andere lila und · · golden? Das merkwürdige Schlagzeugsolo von Baby Dodds, eine ganze Platte nur Schlagzeug von Baby Dodds, wieviel er von Dynamik verstand, wie er auf der Platte die Spannung durchhalten kann! · · Tempo, Cow-Cow Davenport, Klavier, · · andere Tempo-Scheiben fallen mir nicht mehr ein, · · Vocalion Origins of Jazz, eine spätere Serie, als die Dinge allmählich in Bewegung gerieten. · · Und das französische Label mit den Initialen AF ... · · weiß nicht mehr, hatte nur eine, das Johnny Dodd Memorial mit den Chicago Feetwarmers, *Lady Love* auf der einen Seite und auf der anderen · · weiß nicht mehr · · Jazz Man mit noch mehr Morton, seltenen Mortonstücken, kurz bevor er starb, das arme Schwein. Hot Jazz Club of America, die eine oder andere Columbia · · Vogue · · Esquire · · · · · · Der Jazz jener 78er läuft mir durch den Kopf wie · · · · · was kümmert mich die Metapher, die Sache selbst, die ist wichtig, sie sind mir geblieben, während mir die sogenannten Meisterwerke der englischen Literatur, die sie im College in mich hineinstopften, nur Blähungen der Enttäuschung verursacht haben. ·

· · · · · · Der Jazz war sehr wichtig für mich, für meine Entwicklung, obwohl das irgendwie das falsche Wort dafür ist, ja, das falsche Wort. Ganz bestimmt lag es am Jazz, daß ich allmählich begriff, worum es ging in der Kunst, an Jelly Roll und Louis und am meisten von allen an King Joe, allmählich verstand ich, was ich machen wollte, machen sollte, damals, ich fand mich damit ab, daß mich, wenn ich Glück hatte, zum Schluß womöglich der Erfolg ruinieren würde wie Louis, oder daß ich, wenn ich Pech hatte, schließlich an Kälte und Armut eingehen würde wie Joe: diese letzten jämmerlichen Briefe an seine Schwester, er hätte nichts anzuziehen, er könnte sich keinen Mantel leisten, die Klagen über seine Arbeit als Hausmeister in einem Billardsalon, seine Parodontitis, seine Herzbeschwerden, darüber, daß er nicht mehr spielen könnte: die beiden Begleitmusiker von Louis, die sahen, wie ihr ehemaliger Bandleader an der Straßenecke irgendwelchen Kram verhökerte, und ihn aus Erschütterung nicht ansprechen konnten, seine Würde, der Adel, der sich in seinem Namen widerspiegelte, und vor allem die Verantwortung seinem Talent gegenüber, das alles war es, was die nackten biographischen Fakten seines Lebens, ganz zu schweigen von King Joe Olivers Spiel mir gaben, mir bedeuten, noch heute, und was mir geblieben ist, so daß er mir jetzt wie ein Vorbild für mein Leben vorkommt, für alles, worauf ich stolz bin und zugleich auch für alles, was ich fürchte: so daß ich heute alten Männern, die an der Straßenecke irgendwelchen Kram verhökern, etwas geben kann oder alten Männern, die betteln, und übrigens auch jungen Männern, denen es dreckig geht und die so tief gesunken sind, daß sie um eine Tasse Tee oder eine Schachtel Zigaretten oder einen Schnaps betteln müssen, es ist im Grunde gleich, ich gebe ihnen etwas, weil es für mich dasselbe ist, als gäbe ich mir selbst etwas, mit Wohltätigkeit hat es nichts zu tun, denn so sehe ich mich selbst enden, auf der Straße verreckend, in der Kälte, ohne Mantel und, was das Schlimmste ist, nicht mehr imstande zu spielen. · · · · · »Sobald das Wetter wieder zu meiner Kleidung paßt«, das ist ein Satz, an den ich mich erinnern kann, »Wetter wieder zu meiner Kleidung paßt«, was für eine Konstruktion, in Joes Brief an seine Schwester, »Sobald das Wetter wieder zu meiner Kleidung paßt, will ich in New York mein Glück versuchen.« Und seine Schwester mußte das Geld für die Miete nehmen am Ende, um seine Leiche nach New York überführen zu lassen, anders ist er nicht mehr dorthin gekommen, nach New York, am Ende. Aber in dem, was er gemacht hat und wie er es gemacht hat, in seiner Treue dem gegenüber, was er war, was in ihm steckte, was ihn ausmachte, darin war er mein Vorbild. · · · · · · · · · Und all die anderen, wie sie es gemacht haben, wie sie sich ganz auf alles eingelassen haben, was um

sie herum vorging, nicht nur die Kunst, auch die Prohibition, die Gangster, Pinetop Smith wurde in einer Flüsterkneipe erschossen, Louis heiratete Lil, Sex und Liebe wurden so ungeheuer wichtig genommen, zu Recht, wie ich fand, da ich genauso in allem aufgehen wollte, in allem, ich, der ich damals Bankangestellter war und verlobt mit einer Dorothy, einer Spießerin. · · · · · ·
· · Dieses Interesse für Jazz war sowohl eine Geste gegen Dorothy und ihresgleichen als auch ein Beispiel für das, was ich machen mußte, was ich tief in mir vergraben fühlte, etwas Kleines und Stilles, dem ich treu sein mußte, dem ich nur auf Kosten meines ganzen Selbst untreu werden konnte: und dieses Vorbild gab mir auch Hoffnung, in dieser Lage, in meiner Lage, daß diese Männer schöpferisch waren, wo sie nur konnten, wie sie nur konnten, oft unter Umständen, die jeglicher schöpferischen Arbeit abträglich waren, während sie gleichzeitig immer noch an allem anderen in ihrem Leben teilhatten, Kunst und Leben untrennbar miteinander verwoben.
· · · · · · · · · · Zog durch die Londoner Jazzschuppen, damals, auf der Suche nach diesem Leben, wurde enttäuscht, natürlich, obwohl ich immer noch meine, daß der Jazz gut war, die Jungs, die versuchten, wie Joe und Johnny und Honore Dutrey zu spielen und Töne hervorbrachten, die besser waren als alles, was sich die kommerziellen Bands damals so zusammenspielten, in dem komischen Keller in der Oxford

Street zum Beispiel und in der Krypta einer Kirche hinter dem Marble Arch und in einem anderen Club in der Gerrard Street, schöne Zeiten waren das eigentlich, wenn ich es mir heute recht überlege, wenn auch nicht das, was ich suchte, nämlich Flüsterkneipen, natürlich, und Badewannengin und Gangsterbräute. Die einzige Frau, die ich da aufgerissen habe, war jüdisch, eine Jüdin, natürlich aus Golders Green, die Jazz toll fand, die selbst versucht hat wie Bessie Smith zu singen, keine schlechte Stimme, aber nicht die Erfahrung, wie Bessie zu singen, nicht die Lebenserfahrung. Ja, sie durfte bei einer Band vorsingen, in der Great Windmill Street, Rochelle, so hieß sie, und als sie ankam, sagte der Manager, Geh erst mal in den Probenraum und sing dich ein, da ist auch ein Pianist, wir kommen erst später dran. Und das hat Rochelle gemacht, und nachdem sie ein paar Lieder gesungen hatte, kamen sie rein und sagten: Nein, sie könnten sie in der Band nicht brauchen: und das war ihr ganzes Vorsingen, sie hatten es extra so gedreht, damit sie nicht nervös wurde, aber sie fand, man hätte sie reingelegt, und sie hat geweint. · · Rochelle war meine einzige Jungfrau, glaube ich, wenn man Dorothy nicht mitrechnet, die nicht zählt, weil das irgendwie das einzige war, was sie mir gegeben hat, obwohl es sich für mich überhaupt nicht gelohnt hat, sie hat es mir gegeben, weil ich ihrer Spießigkeit Vorschub geleistet habe, dafür müßte es einen besseren Ausdruck geben, dafür, daß ich mir selbst untreu geworden bin. · · · · · · Habe Rochelle kennengelernt, als sie sechzehn war, Küsse, leidenschaftliche Manipulationen von Hand, dann eine Unterbrechung, weil ihr Vater nicht wollte, daß seine Töchter mit Nicht-Juden gingen, es gab nämlich noch eine, eine ältere, die sich einbildete, etwas von moderner Kunst zu verstehen: und dann, drei Jahre später, als Rochelle neunzehn war, ja, trafen wir uns eines Tages in der Mittagspause im Britischen Museum wieder, kamen für etwa zwei Wochen zusammen, für zehn Tage vielleicht, in denen ich sie nur ein einziges Mal nahm, auf dem Fußboden in ihres Vaters Salon (wie er sagen würde), eine befriedigende Note, das, als er nicht da war, es war kurz vor ihrer Periode, sie hat Gynomin genommen, und ich habe aufgepaßt, dreifach abgesichert. Für mich war es etwas Didaktisches, eine Unterweisung der Jugend, ich hatte nicht viel davon. · · · · · · Rochelle. Sie war in Ordnung, ich wünsche ihr das Beste, keine Bitterkeit hier, und ich hatte sie nur ein einziges Mal, man hat nichts gemerkt, ich spürte keine Sperre. Ich hatte nur ihr Wort dafür, daß sie Jungfrau war, und was ist denn schon eine Jungfrau, was ist der Zweck, was die Bedeutung? Für mich gibt es keine, für niemanden eine, jedenfalls keine große, vielleicht war sie auch gar keine, na und? · · · · · · Rochelle: ich wünsche ihr das Beste. · · · · · · · · · Aber Jazz war damals wichtig für solche Sachen, und außerdem, da die Erwachsenen und die Spießer ihn haßten, verachteten, mich seinetwegen verspotteten, hob er mich heraus aus der Masse, war es das erste wirkliche Martyrium, das ich für eine Minderheit auf mich nahm, willentlich, er verkörperte meine relative Isoliertheit, und ich wußte, darin irrte ich mich nicht, darin bin ich seither mehr als bestätigt worden, daß Jazz eine Kunst ist, eine große, nein, eine wichtige ... · · · · · vorüber und vorbei dieser Kampf, er ist ausgestanden, es gibt andere Dinge, wichtigere Kämpfe für diese Generation, für meine · · Schlafen · · · · · Nie schwierig einzuschlafen, für mich. · · · · · Schlafen.

Ich bin plötzlich wach, klar, Sinn und Zweck dieser Reise haben sich erfüllt. Ich weiß nicht, warum. Woran habe ich letzte Nacht gedacht? · · Joe Oliver · · · · · · Jazz · · · · · · · · Rochelle. · · · · · · · · · · Nichts, was es hätte hervorbringen können. · · Aber alles, was sich auf der Fahrt langsam angestaut hat, all das Denken, das kollektive, akkumulative, muß zu dieser plötzlichen Befreiung geführt haben, die ich jetzt verspüre, bin erleichtert, um all das Denken erleichtert. · · · · · · · · · Ich steige hindurch, den Niedergang hinauf, ziehe mich kräftig mit den Armen nach oben, spüre aus irgendeinem Grund die Stärke meiner Erlösung an der Kraft in meinen Armen, die Entschiedenheit, die Entschlossenheit, mich durch diese Luke zu hieven an dem senkrechten Messingpfosten und gleich weiter voran durch den Kombüsenkorridor, an die Luft · · und es ist kalt · · · · · klar, der Sturm hat sich gelegt, jetzt gibt es nur rauhe Wellen, die wir entschlossen durchpflügen: es schneit nicht mehr, keine Spur Schnee mehr zu sehen hier draußen auf dem Seitendeck, auch keine Spur mehr von der Regenbö, das Wetter ist klar, schneidend kalt, werde nicht lange hierbleiben, aber wie wir uns durch die Wellen pflügen, mit zwölf Knoten, schneller als beim Schleppen, das ist belebend, ja, das ist das Wort, oder wiederbelebend, in der Kälte, hier, an der Reling, am Schleppblock beziehungsweise an der Stelle, wo der Schleppblock gewesen ist, denn ich sehe jetzt, daß er abgebaut worden ist, daß er mich beim Schlafen nicht mehr stören kann, was er allerdings in letzter Zeit sowieso nicht mehr gemacht hat, denn ich hatte mich daran gewöhnt, man gewöhnt sich an alles mit der Zeit, an alles, bis auf die Seekrankheit. · · · · · Wind in meinem Gesicht, in meinen Haaren, fährt mir durch den Bart, Bart ist jetzt lang genug, daß er hindurchfahren kann, nicht mehr so stachelig, weicher. · · · · · Und nicht so viele Möwen, Seevögel · · · · · Jetzt kann ich es sogar genießen beziehungsweise mich darauf einstellen, auf das

Stampfen und Schlingern, die heftigere Bewegung, jetzt, bei dieser Geschwindigkeit, dieser stärkeren Geschwindigkeit, stampft sie heftiger, schlingert sie heftiger, bei unserer Heimwärtsgeschwindigkeit, sie stampft, stampft und schlingert, stampft. · · · · · Sie stampft, rast an einer kalten Küstenlinie vorbei durch diese grauen Wellen unter dem grauen Himmel, schon jetzt ist es wahrscheinlich eher die norwegische als die russische Küste, die ich sehe, um soviel näher der Heimat, ach, von Gletschern gleichmäßig abgeschliffen, womit nicht gesagt sein soll, daß die Gletscher damals norwegisch oder russisch gewesen wären, die Politik der Geologie oder was auch immer, egal, auch keine Unterschiede in der Atmosphäre über diesen gleichförmigen Höhen: aber die Gipfel schneebefleckt, weiß gesprenkelt vom Guano des Sturms, und, ja, ich kann Schaum gegen den Fuß der Klippen schlagen sehen, das Weiß ist anders als der Schnee vor dem schwarzen Fels, wir müssen innerhalb der Fischereigewässer sein, daß man die Brecher sehen kann, aber das dürfen wir auch, wir fischen ja nicht mehr, nein, aber auf jeden Fall laufen wir sowieso nach Westen, von Osten her, auf die Fjorde zu, ich hoffe, er fährt durch die Fjorde, hoffe, das Wetter ist rauh genug, daß es sich für ihn lohnt, durch die Fjorde zu fahren und oh, vor allem in Honningsvag einzulaufen! Falls das der Ort ist, ja, irgendein Land unter den Füßen, ruhig ruhig, keine Bewegung, ein Ende der

Bewegung, von zwei Wochen Bewegung! · · Falls er anlegt. · · · · · · Welche Haushaltsgeräte hat die Queen am liebsten? sagt Scouse, der heraufkommt und sich neben mich über die Heckreling lehnt. Wann laufen wir ein? lautet meine Gegenfrage. Philips, sagt Scouse und dann, Wenn ich Dienstagnacht nicht mit einer Titte in jeder Hand einschlafe, dann muß sich an Bord einer bücken. · · Dienstag! Heute ist · · Freitag. · · · · · · Vier Tage! Heute nicht mitgerechnet, heute schon abgerechnet. · · Und vielleicht schlafe ich Dienstagnacht mit ihr! Falls ich sie anrufen kann, wenn wir einlaufen, falls ich es kann · · In meinem Kopf brodelt es! · · · · · · Ich könnte bei ihr liegen, ihre süßen, vollen Brüste in den Händen halten, schon Dienstagnacht! Endlich sehe ich den wahren Sinn und Zweck dieser Reise, dieser Prüfungen, dieser Überlegungen! · · Und ich habe es geschafft! Seht, wir haben es geschafft. Lawrence' Worte fallen mir jetzt ein, ich fühle das Gedicht! · · · · · · Scouse erzählt weiter, was er unternehmen will, wenn er an Land ist, glaube ich, denn ich höre nicht zu. Ich kann nur noch an Ginnie denken · · an ihre Wärme und die süße Weichheit: · · · · · · Dienstagnacht.

Wir stoßen sehr plötzlich auf Honningsvag, jedenfalls kommt es mir so vor, gleich nachdem wir in die Fjorde eingefahren sind, hatten nur für kurze Zeit schwarze, schneebedeckte Kliffs an

Steuerbord und Backbord, wo das Festland liegt: oder vielleicht kommt es mir nur deshalb so vor, weil ich zu lange den Blick, die Augen auf die zwei silbernen Kugeln geheftet habe, die zu einem Radarfrühwarnsystem wie dem in Fylingdales gehören und die sich auf einem Berggipfel im Kreise drehen, das Silber heller als der Schnee, der Schnee gestreift von den Drähten der Seilbahn, die an der Bergflanke nach oben laufen: so nah an Rußland, wie sie sein dürfen, diese bedrohlichen Kugeln, oder so nah, wie sie sein müssen. · · All die Arbeit, all das Material, das sie unter großen Schwierigkeiten den Berg hinaufgeschafft haben: für den Krieg machen sie sich solche Mühe, nehmen sie solche Beschwerden auf sich. · · So daß ich, da mein Blick darauf ruht, nicht sehe, wie die kleine Stadt langsam an Steuerbord auftaucht, drehe mich plötzlich um, und da liegt sie, die Häuser klettern vom Hafen mit dem Landungssteg, den Schuppen und Öltanks aus halb einen Hügel hinauf: die Häuser sind in überraschend frischen Farben gestrichen, in ungewöhnlichen Farben, Rotbraun, Terrakotta, Jeansblau, sattes Ocker: und ich merke, daß ich bestimmte Farben entbehren mußte und übersättigt bin von Grau, Weiß und Silber, kalten Farben, ich sehne mich nach warmen Farben. Genauso wie ich mich wieder nach Obst sehne, vielleicht kann ich mir hier Obst kaufen: der Skipper sagt, es müßte gehen, sie nehmen englisches Geld an: ich habe drei Pfund mit, das weiß ich, ich dachte nicht, daß ich Geld brauchen würde, habe nicht viel mitgenommen, hatte nicht viel mitzunehmen, Obst wird hier teuer sein, ich muß Obst haben, aber was für Sorten werden sie hier wohl haben? · · Es spielt keine Rolle, obwohl mir säuerliche Früchte lieber wären, ich habe fast das Gefühl, als könnte ich wieder eine Zitrone essen, als käme mir ihre Säure gerade recht. Duff sagt, hier gibt es auch billige Feuerzeuge, die Männer kaufen billige Feuerzeuge ein und versuchen sie an Land zu schmuggeln, ein kleiner Betrug, und wem tut das schon weh, und wieso sind Feuerzeuge in England überhaupt so teuer? Plötzlich merke ich, daß ich ihr etwas kaufen möchte, ein Geschenk, das ich ihr nach Hause mitbringen kann, und ich freue mich so, daß dieser Wunsch nicht kalkuliert ist, sondern natürlich und spontan, der Wunsch, etwas zu geben, denn ich habe zu oft kalkuliert, zu oft war ich unnatürlich, unspontan: und das ist das Beste, was sie mit mir gemacht hat, Ginnie, daß ich jetzt natürlicher bin, was auch immer Natürlichkeit sein mag, aber ich weiß, was ich meine, denn bei allen vor ihr, bei allen anderen hätte ich das nicht gefühlt, sie erlöst mich, Ginnie. Was kann ich ihr also kaufen? · · · · · Wir schwingen herum, schieben uns langsam in den Hafen, stoßen sanft an die alten Autoreifen am Landungssteg, ein Mann macht uns an den Pollern fest und der Chief erscheint auf Deck, zum ersten Mal sehe ich ihn auf Deck, um das Anbordgeben der Frischwasserleitung durch denselben Mann zu überwachen: welcher hinterher auf die Brücke kommt, grüßt und vom Skipper freundlich begrüßt wird, und ich frage, wieviel Zeit wir haben, als ich sehe, daß Scouse und ein Maschinist und Mick und Festy und der Deckshelfer bereits über die Heckreling steigen und an Land klettern. Zwanzig Minuten, sagt der Skipper, Länger nicht, länger nicht! · · · · · Mir fällt kurz ein Rohr auf der anderen Seite des Landungssteges auf, aus dem langsam Wasser rinnt, das bewirkt, bewirkt hat und weiter bewirken wird, daß sich ein großer Halbkreis kleiner Wellen auf der ruhigen Wasseroberfläche bildet. Ruhiges Wasser, stilles Wasser, das ist es, was mir gefällt. · · Duff geht mit mir an Land. Ich stampfe mit den Wasserstiefeln auf, trocken ist der Boden nicht, überall gibt es Pfützen und Matsch, aber er ist fest, der Landungssteg, und er bewegt sich nicht. Duff lächelt über meine einfache Reaktion und führt mich über den Landungssteg zu einer Straße, die naß und eisig ist, in deren Fahrspuren festgebackener, durchscheinender Schnee liegt, an Autos vorbei, ja, Autos mit Schneeketten an den Reifen, durchaus vertraute Objekte trotz der Ketten, drei oder vier von ihnen bewegen sich auf der kalten breiten Straße dieser Kleinstadt mit ihrem ach so festen Boden fort, den man allerdings nicht sehen kann. · · · · · · Duff zeigt mir den Laden, wo es die Feuerzeuge gibt, einen Geschenkartikelladen, in dem sich acht oder zehn Mann von unserer Besatzung drängen und wo sie sehr fehl am Platze wirken zwischen den ordentlichen Verkaufstischen, auf denen alle möglichen hübschen Kleinigkeiten ausgestellt sind. Das Mädchen hinter der Theke macht ein ängstliches Gesicht, der Mann, der Besitzer vielleicht, sieht so aus, als ob er Wut herunterschluckt. Ich sehe mir rasch an, was es zu kaufen gibt, und entdecke zum Glück etwas, was ihr wohl gefallen könnte: ein flaches, kurzes Messer, ein Beilchen für Käse oder vielleicht Butter, aus Edelstahl, mit einem schwarzen Kunststoffgriff, ein ansprechendes Design, finde ich: also nehme ich es, ich bin als erster bei dem Mädchen, gebe es ihr mit einer Pfundnote. Sie ist die erste Frau, die ich seit mehr als vierzehn Tagen sehe, aber sie läßt mich kalt, sie erregt mich nicht. Sie packt mir das Beilchen ein, gibt mir das Wechselgeld in Kronen zurück, ich zähle es nicht nach, es spielt keine Rolle, ob ich einen fairen Wechselkurs bekommen habe, denn mir hat das Einkaufen Freude gemacht, mir gefällt, was ich gekauft habe. · · Obst. · · · · · Ein Laden, Orangen, gelbe Äpfel! Dosen! Ja, nichts wie rein, kaufen, Frau, Frau läßt Mann holen, als ich frage, ob jemand Englisch spricht, er kommt, fragt mich höflich, aber barsch, ob er mir helfen kann, und ich gebe ihm meine ganzen Kronen und nehme mir Orangen und Äpfel und eine Dose israelischen Grapefruitsaft, mir tut der Mund weh, hinten wird mir die Zunge trocken, so dürstet es sie nach Grapefruitsaft, der am besten den Durst stillt, der ihn am besten befriedigen kann, meinen Heißhunger auf Obst; nehme die Orangen und die eingewachsten Äpfel und die Dose, lächele dankbar den Mann an, der förmlich nickt und sich barsch verabschiedet. Festy und Johnny stehen draußen, lachen, als sie meine Einkäufe sehen, zeigen mir die Feuerzeuge, die sie für ein paar Shilling das Stück erstanden haben. Wir gehen langsam zurück zum Schiff, ich esse im Gehen einen Apfel, nicht meine erste Wahl, ich hätte lieber zuerst den Grapefruitsaft gehabt und danach die Orange, aber bei beiden wäre es einigermaßen schwierig gewesen heranzukommen, also beiße ich im Gehen in den gelben Apfel mit der dicken Schale, weiß Gott, wo sie herkommen, wo sie gewachsen sind, und sie sind auch nur passabel, verglichen mit Äpfeln im allgemeinen, aber mir sind sie sehr willkommen, es gibt keine anderen, mit denen sie sich vergleichen ließen, das Verlangen nach Säure kann er allerdings nicht befriedigen, nach Obstsäure, dafür muß ich erst einen Büchsenöffner haben, wieder an Bord des Schiffes, fünf Minuten zu früh, hätte fünf Minuten länger an Land bleiben können, muß aber diese Dose aufkriegen…

Der Schnee bleibt auf manchen Hängen nicht liegen, er gehorcht Gesetzen, die ich nicht zu verstehen wünsche: äußere mich nur zu den Mustern, deren Entstehung willkürlich ist beziehungsweise von mir als willkürlich bezeichnet wird, dabei aber ein Muster ist, welches sich an die strengen Gesetze von Orientierung und Wind, Regen und Gefälle hält, unwandelbare Gesetze, außer wenn sie verändert werden, das riesige rationale Durcheinander, das die Natur ist, ach, was rede ich denn da? Hier zwischen bockt sie nicht. · · · · · · Die Berge! · · Sie verändern sich nur langsam, aber für mich lohnt sich das Anschauen doch, alles ist jetzt neu für mich, der ich kaum mehr anzuschauen hatte als die See, zu lange schon. Ich starre auf diese Felsen, diese gletscherzermalmten Höhen, die sich langsam verändern, während wir durch die Fjorde laufen, nicht ins Festland hinein, sondern eigentlich zwischen den Inseln und dem Festland hindurch, geschützt vor der rauhen See draußen, im Stillwasser, wie sie es nennen.

Ein schwarzer Fleck vor uns zieht über den flaumgrauen Himmel und die puderweißen Rinnen, aus dem Schornstein des Schiffes vor uns kommt er. Duff sagt mir, es ist ein griechisches Holzboot, das mit Kohlen heizt, so ein Dreck, auf dem Weg ins Mittelmeer, nachdem es russisches Weichholz geladen hat. Ich wundere mich, wie er soviel wissen kann, es ist weit von uns ent-

fernt, für mich, aber zweifellos hat er recht. · ·
Zum ersten Mal fällt mir auf, daß Duff am kleinen Finger der rechten Hand das oberste Glied fehlt, frage ihn, wie er es verloren hat, erwarte, eine grausige Geschichte zu hören, vielleicht im Zusammenhang mit einer losgerissenen Kurrleine: aber nein, er ist in eine Kneipenschlägerei geraten, ging k.o., wachte auf und es war weg, ein Augenzeuge erzählte ihm, sein chinesischer Gegner oder jedenfalls einer von den anderen hätte es ihm abgebissen. Scouse sagt, er hätte das fehlende Glied schon immer mit derselben Geschichte erklärt: es gibt keinen Grund zu glauben, daß er lügt: ich bemühe mich, ihm zu glauben: ich glaube ihm.

Manchmal sind wir dicht bei der Küste, an einem sandigen Meeresarm, umringt von steilen Felsen, mit einem Haus auf einer grasigen Mondsichel, zu dem es außer über das Meer keinen Zugang zu geben scheint: oder wir sind zwanzig Meter von einer Klippe entfernt, deren senkrechte Wand einem das Gefühl vermittelt, sie ginge unter dem Meerespiegel noch unendlich tief weiter: andere Male ist das Land weit weg, Felsen und steinige Inseln, Felsnasen, die steil im Meer stehen, und noch weiter entfernt Schnee auf den höheren Felsen, Vorsprüngen.

Wir holen auf. Das schwarze griechische Schiff macht einen halben Knoten weniger als wir, also holen wir es langsam ein. Sichtbar verringert sich der Abstand erst nach einer Weile, von Stunde zu Stunde oder so. Immer wird der Blick nach vorne vielleicht durch den Dunstschleier aus seinem Schornstein verdorben, durch sein schmieriges Kielwasser.

Jetzt sind die Felsen für mich nur noch Formen, daß sie Felsen sind, hat keine Bedeutung, sie fallen lotrecht ins Meer, aber woher will ich das wissen, vielleicht steigen sie auch heraus, alles ist nur für mich relevant, nur für mich relativ, nur mit meinen Augen zu sehen, Solipsismus ist die einzige Wahrheit: kann nur die einzige Wahrheit sein: etwas ist nur so, weil ich es mir so denke: wenn ich es nicht denke, dann ist es nicht so: das muß die einzige Wahrheit sein: es ist keine Frage des Glaubens.

Ich stehe in der Nähe des Heckgalgens, sehe nach vorne über das Deck (auf dem nun Bobbins aufgereiht sind wie Perlen von einem Kind) zu unseren Bugwellen, die sich zur unfreundlichen Küste hin ausbauschen, der griechische Kohlenbrenner ist jetzt noch näher, wir werden ihn, von ihm aus gesehen, an Backbord überholen, wenn wir nicht durch zu enge Fahrrinnen manövrieren müssen, bald.

Niemand zu sehen, das Deck merkwürdig ruhig, auf dem es erst vor kurzem noch soviel Bewegung gab. Die Deckies schlafen an diesem ersten Tag seit zehn Tagen, an dem sie nicht achtzehn Stunden am Tag Wache schieben müssen, das Deck menschenleer, nicht einmal viele Möwen, während wir uns durch diese schmalen Fjorde pirschen. · · · · · · · · · Der Name in griechischen und lateinischen Buchstaben am Heck, aus dem Schornstein quillt schwarzer Qualm landwärts, eine Brise vom Meer, quer über uns hinweg, als wir näherkommen.

Die Sonne geht unter, will untergehen, ist nun, von uns aus gesehen, an Steuerbord, quer verschmiert mit Schwarz, jetzt zeigen die Finger der Fjorde mit ihr genau auf uns, immer noch verschmiert, eine trockene Komposition, dann wieder gibt die Sonne dem Bitten der schwarzen Berge nach, erfüllt die Luft mit stellvertretender Röte, zerplatzt, zerplatzt, als wir in stilleres Wasser laufen, der rotgoldene Wein des griechisch-schwarzen Sonnenuntergangs, untergehende Sonne, Sonnenuntergang, untergehende Sonne.

Das schwarze Schiff fällt nach achtern zurück, das letzte Sonnenlicht funkelt viereckig in einem Backbordfenster der Brücke. · · · · · Das Licht, das einfach nur ist, hebt jetzt die dunkleren Felsnasen aus dem dunklen Meer hervor, aus dem meerdunklen Himmel, eine weiße Linie, eine lichtere Linie, aus irgendeinem Grund in Höhe des Meeresspiegels an die Grundlinie des Landes am Horizont gezeichnet, auch über die Zwischenräume hinweg, seltsam, eine Linie.

Autoscheinwerfer bewegen sich über den Schenkel des Fjords vorwärts. Nach Hause, jemand fährt nach Hause, vielleicht, genau wie wir, wie ich. Ich, der ich seit Wochen keine Autoscheinwerfer mehr gesehen habe, sehe sie und freue mich, fast ermutigen sie mich, wo auch immer sie hinfahren, denn ich weiß ja nicht, wohin sie fahren. · · · · · · · · · Der Lotse sitzt schweigend da, er redet nicht wie der andere, der uns auf der Hinfahrt durch die Fjorde geleitet hat. Er sitzt da, eine seemännische Gestalt mit seiner Mütze und der litzenbesetzen Jacke und schweigt.

Querflöte und Cembalo sachte aus dem Lautsprecher neben dem SAL-Log, zarte, harmonische Klänge, so seltsam, daß man sie hier hört, daß Molloy sie überhaupt anläßt, in diesem Umfeld, zu dieser Zeit, da das Radar bernsteinfarben leuchtet, die Musik eine Freude, meine eigene, meine geheime Freude, ich lasse mir nicht anmerken, daß ich zuhöre, wirklich nicht, genau wie damals, wenn ich mit Martin in ein Konzert gegangen bin, der mir das wenige beigebracht hat, was ich von Musik verstehe, der es versucht hat · · – Nein, ich brauche solche Rückblenden nicht mehr, solche Autopsien an der Vergangenheit, das habe ich alles hinter mir, nein, nicht alles, nur einen Teil, es gibt soviel, aber das, was ich wollte, habe ich erreicht, ich habe mich von meiner Vergangenheit befreit, von den Dingen, die mir weh getan haben, oder zumindest von so vielen, daß ich das Gefühl habe, sie hätte etwas gebracht, diese Fahrt aufs Meer hinaus, ich muß das Netz nicht mehr auswerfen, ich fahre jetzt heim, diese Musik kann ich um ihrer selbst willen genießen, nicht wegen ihrer Assoziationen, eine willkommene Erleichterung, daß ich natürlicher werde und irgendwie entspannter, daß ich – · · · · · · · · · · Das Stück hört auf, Koda, Auflösung. Ich muß tief durchatmen. Ich richte mich an dem Messinghandlauf auf, spüre den gebogenen Abdruck noch tief in meinem Unterarm, lehne mich zur Funkraumtür hinüber und frage Molloy: er sagt, es ist Radio Tromsö, einige hundert Meilen weiter südlich: und dabei fällt ihm die neue Brücke in Tromsö ein, und er findet, daß ich sie mir ansehen muß, also sagt er es Scouse, und Scouse ist ebenfalls der Meinung, daß diese Brücke ein Wunder ist, ja, er gebraucht das Wort Wunder, das ich sehen muß, es ist wichtig, daß ich mir alles ansehe, was ich womöglich nie mehr wiedersehen werde, meint er, dann sagt er Dafür lohnt es sich aufzustehen, und er überschlägt, daß wir ungefähr um zwei Uhr früh darunter durchfahren, und ich bin nicht sehr versessen darauf, um zwei Uhr morgens geweckt zu werden, um mir eine Brücke anzusehen, im Dunkeln, aber was kann ich sagen, wenn sie darauf bestehen, mir diesen Gefallen zu tun, mir etwas zu geben?

In der Mannschaftsmesse sitzen vier beim Dominospielen, andere schauen zu, Geld auf dem Tisch, vertieft ins Spiel, konzentriert. Käse, Brot, Margarine auf einem anderen Tisch, und eine Pastetenform, in der ehemals getrocknete Aprikosen vor sich hin dümpeln, die haargenauso aussehen wie die Ohrmuscheln von einer Rothaut. Anschläge an den Wänden erklären mir, wie ich aus den Lebern den meisten Tran gewinnen kann, wie ich die Rettungsinsel benutzen muß und daß ich auf meine Kameraden achtgeben soll, wenn ich springe.

Merkwürdige Sachen liegen in der Heckkabine verstreut. Ich bemerke Festys Armbanduhr in seiner Koje, als ich nach oben klettere. An Bord herrscht uneingeschränktes Vertrauen, von seinen Kameraden wird man nicht bestohlen und stiehlt man nicht.

Ein Bogen aus Stahl oder Beton, ich kann es nicht unterscheiden, schmal, schlank, von rotem Licht hervorgehoben, keine besonders anmutige Form: vielleicht steckt das Wunder in der Schmalheit, ich kann es nicht sagen, natürlich nicht, worin sie das Wunder sehen. Ich drehe mich nach der Stadt um, wieder einmal mit willkürlichen Mustern besprenkelte Bergflanken, von Straßenlaternen, zurück zum Bogen der Brücke, verberge meine Enttäuschung vor Scouse.

Fast könnte ich mir jetzt einbilden, auf einer Kreuzfahrt zu sein, wie ich hier so stehe in der hellen nördlichen Morgensonne, nachdem ich zu zivilisierter Stunde, um elf Uhr, aufgestanden bin, und mir kostenlos die Landschaft betrachte, wofür die Touristen im Sommer Geld bezahlen müssen, obwohl die Aussicht jetzt genausogut ist, bestimmt, mindestens genauso eindrucksvoll. Im Laufe der Nacht hat es uns nach Süden verschlagen, in etwas gemäßigtere Breiten, wo die Berge weniger kompromißlos sind, die Hänge sanfter und das Gras bis hinunter in lange versunkene Täler reicht: fädchendünne Lärchen hier und da und Vliese von Föhren, ach, es ist lange her, daß ich einen Baum gesehen habe, egal welchen, wie anders, warm, menschlich sie die Landschaft machen. · · · · · · · · · Die Landbuckel, Inseln, Felsnasen, Stümpfe, Berge, denen die wandernden Gletscher die Formen diktiert haben, die abschmelzende Eiskappe, nach Süden zu, sagen diese Formen mir, so hat uns das mächtige Eis zermalmt. · · · · · · · · · Und jetzt sind allmählich auch öfter mehr als nur vereinzelte Bauernhöfe zu sehen, Gruppen von Holzhäusern, auch sie hell gestrichen, Hochlandhöfe, lang und eingeschossig. Und hier fließt Süßwasser! Die Wasserfälle, an denen wir ab und zu vorbeikommen, fließen noch, im tiefsten November sind sie noch nicht eingefroren, noch etwas, was ich lange nicht gesehen habe, was mich begeistert, weil es so neu ist, so frisch, fließendes Wasser, die Fälle, die Fälle! · · · · · · · ·

Jetzt starre ich auf das Log, sehe, daß wir knapp zweitausend Meilen zurückgelegt haben, Seemeilen natürlich, und rechne mir aus, daß es bis nach Hause noch einmal tausend sind. Der Skipper sieht, wie ich nachsehe, wie ich rechne, grinst, jetzt in seiner etwas steiferen Überfahrtskluft, sagt Ganz schöne Fahrerei für so ein bißchen Fisch!

Möwen folgen uns noch immer, in Erwartung von Eingeweiden: die Schmarotzerraubmöwe reitet dick und fett auf den Wellen, an uns vorbei, inspiziert unser Kielwasser, steigt hoch, daß die weiße Zeichnung an den graubraunen Flügeln aufblitzt, schwingt sich nach vorn, die Augen immer noch auf das Kielwasser gerichtet, überholt uns und wassert wieder: der Eissturmvogel bleibt längere Zeit neben uns, er segelt wenige Zentimeter über den Wellen und neigt sich zur Seite, wie das Meer es bestimmt, weißer Kopf, die Augenbraue wie mit dem Bleistift gezogen: die Heringsmöwe, keine Heringe hier, auch haben wir momentan sonst nicht viel zu bieten, schlägt dumpf klatschend mit den kräftigen Flügeln, um uns einzuholen, kreist, krängt unbeholfen im Wind, stechende Augen, gefährlicher Schnabel: aber vor allem die Dreizehenmöwen, kleiner als alle anderen, bescheiden, zarte gelbe Schnäbel, manche mit einem Fleck hinter dem Auge, der sie als Jungvögel kennzeichnet, das Auge selbst rot umrändert, soweit ich bemerkt habe, die einzigen Vögel, die landen, nicht so nah, daß man sie anfassen könnte, aber sie landen auf dem Schiff: ich sehe keine Sturmmöwe, weder die Silbermöwe noch die Mantelmöwe, nicht die Polar-, nicht die Eis-, nicht die Rosen- und vor allem nicht die Elfenbein-, weder die Lach-, noch die Gerichtsvollzieher-, nicht die Fisch- noch die Stummel-, nicht die Bonaparte-, bis jetzt noch nicht einmal die Schwalbenmöwe: diese Namen entnehme ich einem Buch, das dem Maat gehört, der Skipper bestimmt sie für mich, schlägt vor, ich soll sie mit Abfällen füttern, damit ich sie mir aus der Nähe ansehen kann, will unbedingt, daß ich eine Dreizehenmöwe fotografiere, seine Lieblingsmöwe, die nicht weit von uns neben der Brücke dahingleitet. · · · · · Der norwegische Lotse starrt geradeaus, nicht derjenige, der letzte Nacht Dienst hatte, seine Ablösung, sie arbeiten zu zweit: er starrt auf die Berge, die Öffnungen voraus, das Stillwasser zwischen den Fjorden. Ich sinniere über die Ableitung des englischen Wortes für Möwe, *gull* nach. Walisisch gwylan, weinen, klagen, die Möwe eine Klagende, nach ihrem Schrei: schön, treffend.

Um eins die Nachrichten der BBC, verbreitet von irgendeiner Auslandsabteilung, offenbar ausgestrahlt für den Nahen Osten, durch irgendeine Laune der Natur von uns aufgefangen, oder weil wir auf demselben Längengrad sind oder so, ich möchte Molloy nicht fragen: Nachrichten, eingeleitet von martialischer, patriotischer Musik, und sehr viel bombastischer vorgelesen als die Nachrichten zu Hause, im Bewußtsein, der Welt ein Bild von Großbritannien zu vermitteln. Ich bin nicht stolz darauf, mir kommt es wie eine Täuschung vor.

Ein gespaltener Berg ist zu durchfahren, so scheint es. · · · · · · Zu beiden Seiten in die Höhe ragend, schwarz, naß. · · · · · · · · · · Dann hinaus ins Stillwasser, das Land fällt auf beiden Seiten zurück, eine Insel voraus. · · · · · · · · Jetzt wird die See etwas kabbelig, ich werde wieder seekrank, ich fühle es, aber noch nicht gleich: die See bricht sich am Fuß der Klippen, soweit das Auge reicht, ich werde seekrank, es gibt kein Entrinnen, aber ich kann es wieder hinnehmen, ich habe es durchlebt, wieder, jetzt, früher. · · · · · · · · · · Ein Wolkenband taucht aus einem Fjord an Steuerbord auf, wird so von gesitteten Luftströmungen emporgehalten, so daß ich die schwarzen Sockel der seeumspülten Kliffs darunter und die schneebedeckten Häupter der Berge darüber sehen kann, getrennt durch dieses Wolkenband, diese dichte, schwebende Masse. · · · · · · · · · · Ein spitzer Berg wie ein Dreieck am Horizont. Näher, dreidimensional, fast ein Kegel. · · · · · · · · · : Eine merkwürdig ländliche Szene auf Deck, die Männer werkeln an dem Netz herum, das rings um sie ausgebreitet ist, sie flicken es mit hölzernen Netznadeln, es hängt an Netzhaken, damit es sich nicht verzieht, sie ordnen, sie prüfen, eine ländliche Handwerkskunst, anscheinend, dabei ist es ein modernes Netz, aus Nylon, japanisch, bis zu einem gewissen Grad noch im Experimentierstadium, unserem Skipper anvertraut, weil er dafür bekannt ist, daß er sein Gerät nicht oft verliert, manche Skipper verlieren auf jeder Fahrt ein Netz oder mehrere, und Nylon ist viel teurer als Hanf: dies ist die dritte Reise, von der das Netz heil wieder zurückgebracht wird. Duff klettert in die Takelage, die großen Füße finden sicheren Halt, die Hände packen die Wanten, die kleine rote Wollmütze bleibt auf seinem Kopf, trotz des Windes. Er macht den Arm des Steertbaumes fest, mit dem wir auf der ganzen Fahrt den Netzsteert übergehievt haben, nachdem er nach oben gekippt worden ist und nun nicht mehr fast im rechten Winkel, sondern fast parallel zum Fockmast steht. Der Wäscher ist abgebaut und in der Netzlast unter dem Runddeck an das Schott geschraubt worden, die Fischbunkerluken sind gesichert, keine Kurrleinen machen das Deck gefährlich mit ihren plötzlichen Mahlbewegungen, die Dahnboje, die auf dieser Fahrt nicht gebraucht wurde, lehnt festgezurrt an der Takelage, und die Männer arbeiten nun mit einer Unbeschwertheit, die beim Schlachten nicht zu finden war, sie reden und lachen.

Plötzlich fällt mir auf, daß wir an einer der Städte, die zwischen den Bergen liegen, an den Hängen oder an der Küste, nicht vorbeilaufen, daß wir nicht mehr auf das nächste Stück offene See zwischen den Bergen zuhalten: sondern uns einer Stadt nähern: und ein kleines Boot mit einem stehenden Ruderhäuschen und Autoreifen an den Seiten als Fender kommt blechern tuckernd auf uns zu. Das muß nun also die südliche Grenze der nördlichen Fjorde sein. Duff grinst mich an, voller Vorfreude, Von nun an geht's bergab, sagt er und beschreibt mit der Hand einen Bogen über die Krümmung der Hemisphäre und grinst nur noch breiter, als ich mich beklage, sein Witz wäre wohl etwas schwach. · · · · ·
Kurz vor dem Heckgalgen springen die beiden Lotsen vorsichtig hinunter auf das kleine, von einer Reling eingefaßte Deck. Festy hebt dem Kapitän des Lotsenbootes einen Korb Goldbarsch hinüber und ein Trinkgeld für die Lotsen und bekommt dafür eine Handvoll Briefe für das Schiff zurück. Die Koffer der Lotsen werden hinübergereicht, die Norweger verschwinden im

Ruderhaus, das Boot heult auf und die keilförmige Lücke zwischen uns verbreitert sich. Wir halten wieder auf die Lücken zu.

Jetzt haben wir das letzte Land, das ich in den nächsten drei Tagen sehen werde, hinter uns gelassen, ein kurzer Tag geht zu Ende. Und wir fangen an zu schlingern, die See ist unruhig, ich werde – ich werde nicht seekrank!

Heute, an diesem kalten Nordseemorgen, nehmen sich die Fischer das Schiff wie Putzfrauen vor, sie wischen und schrubben und wienern, mit Abziehsteinen reiben sie die eingeweidefleckigen Deckplanken ab, bis sie wieder weiß sind, überall spritzen Schläuche, wird Messing poliert, wird mit federnden Besen gefegt. Das Schiff glänzt infolge dieser ehrlichen Anstrengungen. Ich gehe auf die Brücke, finde aber keinen Platz, wo ich nicht im Weg gewesen wäre, da die Grätings hochgenommen worden sind: ich bin diesen Männern mehr im Weg als während der ganzen Fangzeit und auch während der Überfahrt. Das Deck schäumt von Schlämmkreide, nicht einmal auf dem Bootsdeck ist Platz, dort schlagen Männer den Schmutz aus den Kokosmatten, mein Lieblingsplatz am Heck neben der Hilfssteuerung ist unbewohnbar geworden durch Wolken von Fasern, Staub, Schmutz. Auf dem

Runddeck sind Männer beschäftigt: als ich versuche, mir einen Platz bei ihnen zu suchen, werde ich zum ersten Mal wegen meiner Untätigkeit verflucht, die erste ausgesprochene Ablehnung meiner Vergnügungsreiserei. Gerade, als ich einer von ihnen sein will, mich wie einer von ihnen fühle, gibt es keinen Platz für mich, keinen Platz, und ich werde wieder einmal in meine Isolierung zurückgestoßen. Wenigstens gehört mir meine Koje, dann lege ich mich eben wieder hin, obwohl ich gerade erst vor einer Stunde aufgestanden bin, aus meiner neuen Nicht-Isolierung.

Nein, das ist lächerlich, dieses Fehl-am-Platzesein ist nur eine Erinnerung an das, was war. Das Gefühl, etwas exorziert zu haben, kommt zurück, steigt wieder in mir hoch. Seht, ich habe es geschafft! · · Geschafft! · · · · · Es ist, als hätte ich eine enorme Gefühlsschuld abgetragen, die ich in all meinen Jahren aufgehäuft hatte: als hätte ich in den letzten drei Wochen genug verdient, um diese Schuld zurückzuzahlen. Aber wie? · · · · · · Ich weiß immer noch nicht genau, warum ich mich isoliert fühlte, wie es geschehen konnte, daß ich isoliert war: aber ich weiß jetzt, daß ich es nicht mehr fühle beziehungsweise, daß ich die Isolation jetzt hinnehmen kann, so, wie sie war, daß ich sie annehmen und weitermachen kann. Nein, noch einmal, ich fühle mich, als hätte ich mit Wucherzinsen eine Schuld abgetragen, die all meine Gedanken beansprucht hat, all meine Energie, unmöglich zu begrenzen oder zu definieren: und was das Schlimmste ist, ich kann mich nicht einmal daran erinnern, je von dem Kredit profitiert zu haben. Dieser Auftrieb – Bilder reichen nicht aus und sind unwichtig, genau wie die Gründe: was für einen Zweck haben schon Gründe? Das Warum zu wissen, warum man ist, hat nicht mehr Zweck, als zu wissen, daß man ist: und zu glauben, der Zustand würde erträglicher, wenn man das Warum kennt, ist eine Täuschung. Es ist ein Zustand, der als solcher ausgestanden werden muß, um seiner selbst willen, nicht wegen irgendwelcher Gründe. Dieses exzentrische Gefühl habe ich. Was für einen Zweck hat es, einen Grund zu wissen? Ich habe bei der Analyse meiner Vergangenheit kaum Gründe gefunden, also muß mir wohl die Aufzählung der Erfahrungen selbst genutzt haben, so als schriebe man eine Erfahrung nieder, es hält sie fest, nimmt ihr den Schmerz: man erinnert sich dann, daß einem etwas weh getan hat, aber an den Schmerz selbst erinnert man sich nicht. Ebensogut könnte man fragen, welchen Zweck es hätte, dieses Schiff zum Beispiel als Mutterschoß darzustellen, als ein Symbol, sowohl als Zuflucht dieser Männer als auch als ihr Fegefeuer und solchen Quatsch. Was für einen Zweck hätte das? All das, all diese

Gründe liegen im Zwischenreich des Unbewußten, im Niemandsland des Unbekannten: auf das vielleicht schon bald der wissenschaftliche Fortschritt ein Licht werfen wird, vielleicht auch nicht, das aber jetzt (die Sorge gilt immer dem Jetzt) noch nicht bekannt ist, nicht bekannt sein kann, und die Sorge darum, um die Gründe, muß immer eine Täuschung bleiben. Das, was ich jetzt bin, ist wichtig.

Voller Mitleid für den Jungen war ich, als ich mich an die Mädchen erinnerte, die meine Frauen waren. Ja, ja, all ihr Lieben und ihr Wunsch-Lieben, an euch brauche ich nie mehr zu denken, habe euch exorziert, ich brauche mir nie mehr den Kopf darüber zu zerbrechen, was ihr getan habt oder was ich hätte tun sollen: habe euch sowohl im Geiste als auch in der Zeit abgehängt: ihr werdet mir nie wieder auf dieselbe Weise in den Sinn kommen, höchstens aus Zufall, durch Assoziationen mit dem Unpersönlichen: ich bin froh, daß ich euch los bin.

Und ich fühle, daß es jetzt mit ihr klappen wird, mit Ginnie, daß es mit ihr klappen muß, daß ich den Ballast der Vergangenheit aus meinem Leben abgeworfen habe, daß ich ihr ganz gegenübertreten kann, ehrlich. Und es muß klappen, denn dies ist die letzte Chance, die ich dieser bizarren Konstruktion aus Gedanken und Gesetzen und Eindrücken gebe, die man Leben nennt,

die man Existenz nennt, mit ihrem absurden Problem, das ich genauso ungern zu lösen wünsche, wie ich es aufgeworfen habe. · · · · · ·
· · Also dann: auf diese Vision einer nicht mehr als fünf Jahre entfernten Zukunft zu: Ginnie zur Frau, ein Kind, ein Sohn vielleicht, dem der Speisebrei über das Kinn kleckert, die Freiheit zu arbeiten, denn arbeiten muß ich: ein Heim: in der schwachen Hoffnung auf dieses Glück gebe ich dem Leben noch diese eine Chance: und auf diese Zukunftschance werde ich ehrlich und hoffnungsvoll zusteuern.

Ich bin nur, was ich jetzt bin · · · · · Ich bin nicht, was ich war · · · · · Es ist, als wäre ich frei, das zu sein, was ich sein kann · · · · · Ich bin nicht, was ich sein werde · · · · · Ich bin, was ich jetzt bin.

Und die Dinge werden tatsächlich langsam besser, die Vision, wie ich sie sehe, kommt langsam: muß nur Geduld haben mit der Langsamkeit, mehr und mehr der Vorwärtsbewegung angehören, die gleichzeitig auch die Bewegung weg von meiner eigenen Isolation ist, wenn sie nur zum Aushalten ist, die Langsamkeit dieses Fortschreitens. · · · · · Ich sollte diesem Gefühl Form geben, ich sollte eine Geste des Vertrauens in diese Zukunft machen, in das, was sie am meisten repräsentiert, was eine Frau ist, was Ginnie ist: also, auf. · · · · · Im Funkraum erzählt Molloy mir, daß ich von dieser Nordseeposition aus Blumen im Wert von einem Pfund für ein Pfund extra telegrafisch verschicken kann: das mache ich.

Ruhig heute, Scheißruhig, sagt der Skipper, ein nützlicher Ausdruck, finde ich: und Sonne, wenn auch verschwommen, aber immerhin Sonne, die Scheibe gerade auszumachen, der Nachmittag heiterer, als mir seit Monaten einer vorgekommen ist, die See fast blau hier, was sie vorher nicht war, und wer behauptet, ein Stück See sei wie das andere, der irrt sich gewaltig, die See kann auf so unterschiedliche Weise anders aussehen, wie ich es nie gedacht hätte. · · · · · · · · Ein belgischer Trawler schleppt langsam querab von uns, er fischt an einer Stelle, die für uns nur Durchgangsstation ist. Starre hinunter ins Wasser, direkt unter der Oberfläche sehe ich einen großen Kabeljau, vielleicht ist es auch ein Dorsch, er schwimmt: merkwürdig, bis ich merke, daß er vom Deck des Belgiers gesprungen sein muß. · · · · · · · · · Johnny bittet mich, seine beiden großen Seespinnen zu fotografieren, die Spanne der Beine beträgt mindestens sechzig Zentimeter, die er im Maschinenraum getrocknet hat und lackieren will, um sie seinen Kindern nach Hause mitzubringen. Er baut sich auf Deck auf, vor der Tür zum Kombüsenkorridor, in seinen hohen Seestiefeln, deren Schäfte er bis zu den Knöcheln hinuntergerollt hat, einen derben Fetzen in der Lücke, die der Kittelausschnitt offenläßt, ohne zu lächeln steht er da mit seiner Mütze, macht ein steifes Gesicht für das Foto, auf dem er die Seespinnen hält.

Duff trommelt mir auf die Schulter, will mir etwas zeigen, als ich mich zu ihm umdrehe, und ich sehe einen Tümmler, der die Wellenformen der ruhigen See nachahmt. Man erkennt, daß es kein Delphin ist, weil er keine lange Schnauze hat, sagt Duff. Mir tut noch immer der Arm weh, wo er mich geknufft hat.

Wenn Sie wieder an Land sind, sagt Duff, kommen Sie sich vor, als wären Sie drei Meter groß, die Leute an Land haben doch keine Ahnung, was Leben heißt!

Trotz des ruhigen Seegangs auf der Fahrt über die Nordsee verpassen wir das Abendhochwasser um eine halbe Stunde. Schlepper bugsieren uns so, daß wir als erste vor Reede liegen. Ich kann die Lichter der Strandpromenade im Süden sehen, andere Lichter den Fluß entlang. Am Morgen werden wir einlaufen. Ich schlage die Gelegenheit aus, an Land zu gehen, anders als Festy, Scouse, Stagg und Johnny, die mit dem

Schlepper fahren, um eine Nacht länger in ihren eigenen Betten zu schlafen.

Wir bewegen uns, der Schlepper führt uns. Sie schlingert, kaum spürbar, und mir wird schon wieder schlecht, zum letzten Mal seekrank: die Bitterkeit steigt mir in der Kehle hoch, keine Galle, keine grüne Galle, ich würge zweimal, freue mich fast, daß ich noch einmal daran erinnert werde, was ich durchgemacht habe, und dann geht es mir besser: es ist vorbei. · · · · · · · Ich starre von der Reling hinunter, der Himmel wird hinter mir heller. Rote Lichter an Land, wir halten auf rote Lichter zu, darunter schattenhafte Formen, ein wenig dunkler als der Himmel. Und der Turm! Der eckige florentinische Turm ragt hoch vor dem Himmel auf, die Umrisse seiner Zinnen angedeutet zu sehen, die Spitze hervorgehoben von einem roten Licht. Der Schlepper ächzt vor uns her, schräg vor uns. Eine Uhr an einem winzigen Gebäude, zwischen den roten Lichtern, die, wie ich jetzt sehe, auf Karos angebracht sind, die Lichter, ihre Stellvertreter bei Tageslicht, zu beiden Seiten des Schleusentores. Der Schlepper bugsiert uns schnell, fast zu schnell, scheint es mir, auf das linke Tor zu. Neben der Schleuse die Umrisse von Männern, die warten. Sie rufen, als wir das Tor ausfüllen, als wir dumpf an die rechte

Schleusenwand stoßen, sie rufen Duff etwas zu, der ehrenvoll, hoheitsvoll auf der äußersten Spitze des Runddecks steht. Und dann sind wir hindurch, sind im äußeren Becken, der Schlepper macht die Leinen los, und wir halten auf eine Lücke in der langen Reihe von Schuppen auf der gegenüberliegenden Seite zu, mit eigener Kraft. Duff schreit, daß wir uns eine Spur mehr nach Backbord halten müssen: der Skipper neben mir sagt, wenn wir das machen, rammen wir nur die andere Seite. · · Das Schiff knirscht ein wenig an Steuerbord. Jetzt sind wir hindurch und können unseren Anlegeplatz sehen, den ersten der am weitesten entfernten vom Fischmarkt, offene Gebäude, lang, niedrig. Und eine kleine Gruppe Leute wartet schon da, wo wir anlegen werden, Frauen, wenn man nach den Farben der Mäntel geht, beige, rot, blau. Mick kommt nach vorne, im Dufflecoat, den Koffer in der Hand, bereit für den Landgang. Duffs Frau und Schwägerin, sagt der Skipper und lenkt meine Aufmerksamkeit noch einmal auf den Kai, an dem wir anlegen werden. Es ist zu weit entfernt, um Gesichter zu unterscheiden: er muß sie an ihren Mänteln erkennen: beige, blau, rot, noch ein blauer, das Rot genau wie das von dem Mantel, den Ginnie hat – Ginnie? Kann sie es sein? Sie kann nicht gewußt haben, wann wir einlaufen sollten, nicht einmal, auf welchem Schiff ich war, weil ich es ihr nicht sagen wollte. Aber sie könnte es herausgefunden habe, wenn sie sich wirklich bemüht hätte, von sich aus könnte sie versucht haben, meine Isolation zu durchbrechen auf die einzige Weise, wie sie durchbrochen werden konnte. Ginnie! Aber ist sie es? Ich kneife die Augen zusammen, strenge mich an, durch das frühe Morgenlicht zu sehen, durch den Dunst, die Schatten am Kai, in das Gesicht der Gestalt in Rot. Es muß von ihr selbst kommen, um es aufzuhalten, zu akzeptieren, das Wissen, die Gewißheit... · · Ich, immer mit ich · · · · · man fängt immer mit ich an · · · · · · · · Und so hört man auf: mit ich.